风隐者黄宗羲

符利群 著

宁波出版社
NINGBO PUBLISHING HOUSE

图书在版编目（CIP）数据

风隐者黄宗羲 / 符利群著 . -- 宁波：宁波出版社，2023.10
 ISBN 978-7-5526-5111-9

Ⅰ.①风… Ⅱ.①符… Ⅲ.①长篇历史小说—中国—当代 Ⅳ.① I247.5

中国国家版本馆 CIP 数据核字（2023）第 187140 号

风隐者黄宗羲
FENGYINZHE HUANG ZONGXI

符利群　著

责任编辑	陈姣姣
责任校对	虞姬颖
装帧设计	金字斋
出版发行	宁波出版社
地　　址	宁波市甬江大道 1 号宁波书城 8 号楼 6 ~ 7 楼
邮　　编	315040
联系电话	0574-87341015（编辑部）　87286804（发行部）
网　　址	http://www.nbcbs.com
印　　刷	宁波白云印刷有限公司
开　　本	710mm×1000mm　1/16
印　　张	19.75
字　　数	230 千
版　　次	2023 年 10 月第 1 版
印　　次	2023 年 10 月第 1 次印刷
标准书号	ISBN 978-7-5526-5111-9
定　　价	68.00 元

如发现缺页或倒装，影响阅读，请与出版社联系调换，电话：0574-88395156

目录

第一章　史案遗祸（一）　001

第二章　史案遗祸（二）　014

第三章　史案遗祸（三）　020

第四章　遗卒的悲声　034

第五章　绝学之辨　044

第六章　焚　书　053

第七章　告　密　065

第八章　康熙读反书　087

第九章　山中僧　103

第十章　著书待后　122

第十一章　翰林院小供事　136

第十二章　子民的死难　156

第十三章　征召博学鸿儒　172

第十四章　「朱三太子」疑云　182

第十五章　布衣入史局　195

第十六章　诏狱对话　223

第十七章　前朝的悲歌　240

第十八章　国史非公莫知　271

第十九章　风隐化安山　291

后　记　308

第一章　史案遗祸（一）

康熙三年（1664）早春，杭州武林门外北关夜市，商贾云集，人烟辐辏。

正应了宋时柳永赞叹，"东南形胜，三吴都会，钱塘自古繁华。……市列珠玑，户盈罗绮，竞豪奢"。又如苏轼吟唱，"灯火钱塘三五夜。明月如霜，照见人如画。帐底吹笙香吐麝，更无一点尘随马"。满街灯火通明，叫卖声不绝于耳。西湖刮来的寒风把人冻得骨头打战，也掩不住这座曾经的南宋皇城的繁华。

一家酒楼的偏门吱嘎打开，一个包袱飞出，包袱里掉出一卷书。接着一个约莫二十岁的男子被推出门，摔倒在地。他破衣烂衫，蓬头垢面，脸上还有几道血痕。显然，这是一个被酒楼赶出的小伙计。

一双双脚在书上碾来碾去，他扑过去试图遮挡。有人瞥见书的封面，顿时大叫："《明史辑略》？反书，大反书啊——"

这喊叫声犹如湖中起了炸雷，适才如潮水澎湃而至的人群，瞬间

又如潮水纷涌而去。那人把书抓在手上,一手抱着包袱,茫然环视众人。有那么一会儿,双方互相对视,眼神充满恐惧,犹如僵在原地的鬼。

忽而人们清醒过来,有人喊抓反贼,有人像没头苍蝇一样逃窜。两个乞丐反而扑向男子,嚷着"抓反贼,送衙门去"。茫然不知所措的男子任由他们推搡着,进了一条巷子,两个乞丐夺过男子的包袱就跑。男子呆若木鸡地看着他们消失,他手上仅剩下一本人人恐惧的书。他想追上去,可两脚就像戴了脚镣,动弹不得。

午夜时分,男子晃到一座破庙前,闻到烟火和肉混杂的气味。他挪进去,庙里燃着一堆火,地上有一堆鸡毛,两人正睡得香,梦里仍咂着嘴唇。他凑近一看,正是那两个恶人,便从火堆里抽出一根燃烧的柴棍,劈头盖脑抽去,骂道:"恶贼,抢老子的东西,老子跟你们拼了!"

两个乞丐在梦中挨了一顿揍,仓皇逃离。他一番寻找,却不见包袱,那包袱里除了衣物和一点碎银,还有一张账单。这意味着他什么都没有了。他跪地痛哭,哭天大地大无家可归,哭这些年流浪的苦难……

哭了一会儿,他从怀里掏出书,一页一页撕下扔进火堆,书页仍能看出"奴酋""建夷""隆武""永历"等字。纸在火中蜷曲、焚化,随后如一只只灰蝶,飘飘摇摇飞上屋顶,再晃晃悠悠落下来。

他释然而笑——藏了很久的、或许是世上最后一本《明史辑略》也焚毁了,再也不用担惊受怕了。他对着蛛网虬结的黑黝黝的屋顶大笑:"烧了好,烧了好,免得留下祸根,烧了好啊……"

庙顶的寒鸦被凄厉沙哑的笑声吓得扑腾起来,细细的雪花在夜空中飘飞。远处有人喊下雪了。

东方熹白,雪落四野。

一个人影赤足狂奔,身后的雪地上留下一个个渗血的脚印,又被雪覆盖,无迹无痕。村舍、河流、树木越发混沌,天地间只有他的清晰喊叫:"二弟,二弟我来了,我来救你……"

"大哥,大哥,我在这里。"有人拍醒了他。

五十五岁的黄宗羲睁开眼,发现自己安然躺在船舱里,舱外细雨霏霏。二弟黄宗炎好端端坐在边上,问他是否又做噩梦了。友人吕留良、吴之振和高斗魁也围上来相问。

黄氏兄弟是浙江余姚人,父亲黄尊素为万历进士,天启中官御史,因弹劾阉党魏忠贤而遇害,崇祯朝业已昭雪,为"东林七君子"之一。黄宗羲,字太冲,号南雷,别号梨洲山人,多才博学,于经史百家及诗词、天文、算术、乐律等无不研究,尤精史学。黄宗炎,字晦木,自幼得兄长教诲,学问追随兄长。加上三弟黄宗会,三兄弟有"浙东三黄"之称。

顺治七年(1650),黄宗炎入义士冯京第的抗清义军,遭捕即将问死。黄宗羲从余姚黄竹浦家中赴甬上求援,路上跑脱鞋子,以致十趾鲜血淋漓。后得老友万泰父子、高斗魁等相救,黄宗炎死里逃生。之后逢雨雪天,黄宗羲总会做这样的噩梦,迄今心有余悸。

天亮时分,雨意渐止。船在常熟拂水山庄的尚湖码头停泊,一行人上岸。黄宗羲叩响山庄漆色剥落的门扉。应门的老仆觑着浑浊的老眼,盘问了好一会儿才开门——老爷都到这般光景了,竟然还有人上门?

山庄内曲水斜桥,枯竹败荷,昔日富甲一方的文坛宗盟钱谦益住在这里。

黄宗羲此行是从浙江石门语溪镇出发的。

两年前的康熙元年(1662)二月,黄宗羲的化安山龙虎山堂突遭火灾,屋舍书籍珍本毁损甚多,他只得搬回黄竹浦老宅。刚安顿下来,五月老宅再遭祝融突袭,一家人侥幸逃生。一年两遭火灾,这让本不富裕的家境雪上加霜,"半生滨十死,两火际一年",他在诗中这样写道。九月他搬到蓝溪陆家埠,继续修改顺治十年(1653)完稿的《留书》,至去年冬成为有《原君》《原臣》《原法》等二十一篇内容的书集,名为《待访录》。

康熙二年(1663)四月,几近难以举炊的黄宗羲收到吕留良的邀请,聘他为侄儿的教书先生。黄宗羲明白,这是家境丰裕的吕留良对自己的顾念和体恤,于是欣然前往。

吕留良,字用晦,号晚村,博学多艺,精通天文、兵法、星卜、算术等绝学。顺治二年(1645),他散财抗清,兵败后退隐。顺治十七年(1660),他始识黄宗炎,再识黄宗羲,因与黄宗羲意趣相近,两人结交为好友。

黄宗羲自此在吕家授学。其时友人高斗魁也住在语溪,常来常往。高斗魁出身于仕宦医学世家,生性侠义,研医道,善诗文,亦儒亦医。他在江南行医贩药,常以所得接济明遗民和黄宗羲兄弟等。石门人吴之振也频频凑兴,吴之振锐意于诗,兼工书画,性情豪爽。教书讲学之余,他们选《宋诗钞》,鉴赏字画,诗歌唱和,游历山水,好不逍遥。

没多久,黄宗羲收到一个不好的消息——故人钱谦益病情日笃,怕是挨不过这个春天了。于是众人决定前去探望这位名闻一时的文坛宗盟。黄宗炎也随行。

面对偌大而寂寥的宅院,吕留良轻叹:"若是昔日,老先生该与河东君在水榭赋诗吟词了。"

黄宗羲的脑海里掠过一连串熟悉的名字——荣木楼、拂水山庄、半野堂、绛云楼、红豆庄……这些斯文楼馆曾是江南文人向往的所在。钱谦益最得意时,尽得苏州常熟地区最出名的四家藏书,几与皇室内府藏书相匹敌,时称"大江以南,藏书之富无过于钱""东南文献尽归诸钱"。

他们在清冷的客厅干坐着,既无人招待茶汤,也无人寒暄,客厅外偶尔闪过几张冷漠的脸。几只蜘蛛自屋顶悬下,忙碌地结网。

过了会儿,钱谦益的如夫人柳如是出来,一身荆钗布裙,清丽的面容上尽是忧伤。她为远道而来的客人奉上茶汤,黄宗羲喝出了一腔烟火油腥味——当年钱谦益和柳如是的烹茶功夫可称一绝,而今也只能奉上一盏涮锅水了。

几句寡淡的寒暄后,他们来到钱谦益的病榻前。

钱谦益衰老得像一具木雕,他举手作揖,蜡黄的面孔上浮现的笑容里带有欣喜、谦卑和激动的复杂意味。他清楚地叫出他们的名字,惶然称让他们路远迢迢来探病,真是罪过。

"牧斋先生,可好些了吗?"黄宗羲替大家问候道。

钱谦益苦笑:"我时日不久了,眼下草衣木食、弱妻幼儿。太冲兄,晚村兄,诸位日后若能襄助如是母女料理我的身后事,我是感恩涕零了……"

高斗魁为钱谦益望闻问切,心中有数,宽慰他只是年老体虚,静休调养一段时日应无大碍。他开出药方嘱柳如是抓药,柳如是心领神会——哪怕神方亦无济于事,无非宽慰了病家而已。

吕留良奉上补益膏方,他与钱谦益早有交谊。顺治十八年(1661)钱谦益八十大寿,吕留良至红豆山庄贺寿,钱谦益则为其作过《吕留侯字说》一文。

黄宗炎和吴之振说要学他饱读诗书的精神。

钱谦益惨然一笑:"甲申之乱,古今书肆图籍一大劫也。庚寅之火,江左书肆图籍一小劫也。读尽天下书又能如何?"

顺治七年(1650)十月,钱谦益的藏书楼绛云楼突焚,火势延及半野堂,古籍珍玩尽付一炬。之前钱谦益与黄宗羲曾相约在绛云楼闭门共读三年。此灾令钱谦益身心大伤。而今莫说藏书,连藏书人亦成风中残烛。功与名,身与书,皆可轻易被焚毁。

众人顾念行将就木者的萧索心绪,只能说些不着皮毛的闲话。

钱谦益向黄宗羲招招手,让他离自己近一些。黄宗羲近前,钱谦益让他再近一些。吕留良等人识趣,起身走出房间。柳如是有点窘迫,带他们下楼喝茶。

黄宗羲猜测钱谦益可能有一些不便在众人面前说的事,比如借点钱应急——但瘦死的骆驼比马大,钱家再落魄也比自己强;也可能要赠几本善本秘籍……

钱谦益急迫道:"太冲兄,帮我写三篇文章可好?"

黄宗羲吃了惊,一时不知如何应对。

钱谦益苦笑:"实话跟你说吧,有人央请我代笔三篇文章,润笔费可观。你也知道,这些年,我和如是为抗清结党,尽囊以资,已散尽家财。唯恐我死后无葬身之地,这笔钱想用来做丧葬费。"他喘了会儿气,"可我两眼如蒙雾,一字不见,腕中如有鬼,连握笔的气力也没有了。只求太冲兄代我捉刀。"

前些年,钱谦益暗中为反清复明的义军筹集军饷,此后接连两次受此牵连入狱,柳如是奔走营救所费不赀,家道愈加窘迫。此时有人仰慕钱谦益名望,出三千两白银让他作三篇文章。钱谦益有心赚钱而无力举笔,之前央人代作过三篇,皆不甚满意。黄宗羲的到来,无疑解了他的燃眉之急。

黄宗羲愕然。这并非因为钱谦益近乎无礼的恳求,也不是对雄才峻望、四海共瞻的文坛宗盟或已江郎才尽的怀疑,而是昔日常熟首富竟然要为自己赚取"丧葬费",人世凄凉莫过于此。

钱谦益瘦骨嶙峋的手紧攥黄宗羲的衣襟:"太冲兄,我知道此事不体面,若非已到这般田地,我也不想为难兄……"

书房里,笔墨纸砚和命题在案,只等捉刀人。

写三篇文章对黄宗羲来说本非难事,念及钱谦益那被世人诟病的大半生,他思绪纷乱如窗外被风拂乱的柳枝,纠成一团。

钱谦益与黄宗羲的父亲黄尊素同为东林人,黄尊素被阉党迫害致死后,钱谦益对故人之子倍加关照,不遗余力向人推举黄宗羲的才赋学识,尽管自己还背着一身说不清道不明的污点……如今,濒死的他发出卑微的求助,无论如何是推不得的。

天启七年(1627)八月朱由检即位,改元崇祯,钱谦益与老友谈及高攀龙、黄尊素等被阉党迫害致死的东林七君子,说大明国初如一锭十成足色的大银元宝,人人赞好,都拿来炼一炼,每一炼就夺银而掺铜,迄今剩下七八手铜而无银气,就是管仲再世也无药可救,唯有将这一锭铜元宝回炉重铸,方能还国初本色了。

崇祯十三年(1640)十一月,一身男装的秦淮名妓柳如是造访半

野堂,钱谦益惊为天人。柳如是说"天下惟虞山钱学士始可言才,我非才如学士者不嫁"。钱谦益诺言"天下有怜才如此女子者耶,我亦非才如柳者不娶"。翌年,五十九岁的钱谦益迎娶二十三岁的柳如是,招致世人包括东林人的汹汹抨击。钱谦益浑不在意,为柳如是筑造绛云楼、红豆馆。两人点校古籍、鉴赏字画、诗酒唱和,钱谦益品到了做人的好滋味。

崇祯十七年(1644)清军入关。东林人暗中推举的潞王朱常淓与庐凤总督马士英拥立的福王朱由崧纷争不下,及至福王监国,建立南明弘光小朝廷。钱谦益奉迎马士英,宴请魏阉余孽阮大铖,命柳如是奉酒,由此得到了南明礼部尚书之职。马、阮掌握权柄后,按复社诸人抨击马、阮的《南都防乱公揭》所具一百四十人名录大肆抓捕,但放过了钱谦益。黄宗羲名列其中,侥幸逃脱返回余姚……

黄宗羲按捺纷繁的思绪,定神落笔,文思纵横驰骋于字里行间……不知不觉,他的眼睛发涩,手腕吃力,便搁笔歇息,心想吕留良他们不知在做些什么,便推门欲出,但没有推动只传来门锁碰撞门板的声音。钱家老仆在门外低声说,文章成后先生方可出门。

黄宗炎、吕留良等人在枯山瘦水的拂水山庄闲走。山庄的亭台楼榭多已朽坏,他们都不敢往小池的九曲桥走。

吕留良叹道:"牧斋先生过世后,河东君的日子怕是难熬了。"

黄宗炎抱不平:"以河东君的心气,是受不了钱家人排挤的。"

高斗魁惋惜道:"河东君遇牧斋先生,幸也是,不幸也是。"

"坊间传说,牧斋先生称'水太冷''头皮甚痒',果真如此吗?"吴之振好奇地问。

顺治二年(1645)清军抵南京城下,柳如是劝钱谦益投尚湖殉国,他下水试了试,称"水太冷,不能下",柳如是毅然沉水,被钱谦益死死拖住;清廷下令"留头不留发,留发不留头"后,一日钱谦益称"头皮甚痒"出门,再次回家,已然成了前额锃亮、后脑留辫的新头颅。对于这两种说法,钱谦益称皆是时人诬蔑,首先顺治二年他和柳如是在南京,尚湖在常熟,何来投尚湖一说?再者剃头令之下,他何须再找个"头皮甚痒"的借口自欺欺人?

不管外界评议如何,钱谦益还是带着焕然一新的面目,与东阁大学士、大书家王铎等人率南明文武百官,在倾盆大雨中跪迎多铎进城。多铎的铁蹄掠过,泥浆溅上他们整束一新的衣冠,他狼狈地抚着满脸泥浆蓦然想到,就算五体投地,征服者也不会对被征服者多看一眼。

对于被人鄙视的通和之举,钱谦益称是为了避免再演"扬州十日"惨剧,"投诚归命,保全亿万生灵,此仁人志士之所为"……确实,因钱谦益、王铎等人的雨中屈降,南京没有重蹈扬州旧辙。

钱谦益的忍辱负重得到了回报,顺治三年(1646)正月,清廷任其为礼部右侍郎,充修《明史》副总裁。但他的官运差到极点,礼部右侍郎之位如鸡肋,《明史》副总裁又是闲职,同僚之间、满官与汉官之间倾轧算计,外界讽喻詈骂汹汹,对前朝的愧疚越来越强烈地啃噬他的心,不到半年他又悻悻南归。绛云一炬焚毁了他修撰《明史》的壮志,他索性带着自焚般的决绝,尽囊资助抗清义军,卜筑红豆山庄与各地义军联络,刺探清军情报……

钱家老仆过来说老爷请他们过去。几人算算不过一个时辰,太冲真是倚马可待。之前他们从柳如是期期艾艾的言语中,已知黄宗

羲被强留书房的隐情。

有了黄宗羲秉笔,钱谦益睡足了一个难得的好觉,斜卧病榻读文章,读毕连声道谢。众人继续喝茶叙旧。

顺治六年(1649)后的钱谦益隐居于野,暗中继续资助抗清义军,奋力洗刷一度降清的污名。

"'楸枰三局'鞭辟入里,只惜谋不逢时啊。"黄宗羲说。

"若'楸枰三局'成功,时势或许不一样了。"黄宗炎道。

当年钱谦益致信留守桂林的门生瞿式耜,提出以收复长江中下游为目的的"楸枰三局"计划,称"人之当局如弈棋然,楸枰小技,可以喻大。在今日有全着、有要着、有急着,善弈者视势之所急而善救之",指出应以江南为财赋之基,挥师北上,扫河朔,克京师,平四川,取荆州襄阳,下洞庭,入长江,最终克复明室,并列出具体方略。瞿式耜禀永历帝获认可,钱谦益把浙东一带的起兵联络事宜交给了黄宗羲。

顺治七年(1650)三月,黄宗羲和黄宗炎来到拂水山庄,与钱谦益共商参与延平郡王郑成功、南明兵部左侍郎张苍水的抗清事宜,此前他赴日本乞师未果。当夜钱谦益来到他卧室,取出七锭金子,说是柳如是的意思,助黄宗羲路途奔波所用。时年十一月,清军南下桂林,楸枰三局告破。第二年春夏之交,清军云集东南沿海,黄宗羲派人急赴舟山向鲁王告警,九月舟山攻破,鲁王南逃福建。顺治十一年(1654),张名振派密使与黄宗羲联络,密使行至天台被捕,黄宗羲逃入化安山,尝尽栖身荒村野岭之苦。

顺治十五年(1658)春,黄宗羲、黄宗炎赴杭州与钱谦益会面,商议营救被捕入狱的张苍水妻儿。钱谦益慷慨解囊,黄宗羲苦劝张氏母子出狱后迁居他处而不成。又三年后,钱谦益派门生邓大临辗转打探到余姚化安山,意欲再议抗清复明之策。彼时黄宗羲年五十二,钱谦益至八十杖朝之年,纵然壮志峥嵘,亦是日薄崦嵫……

天近黄昏,话题越说越黯然,钱谦益面色萎靡,黄宗羲提出告辞。钱谦益让他近前说话。众人以为又有秘事相告,准备避嫌。

钱谦益摆摆手,喘息道:"只有太冲兄知道我这一生所历所念,我殁后的墓志拜托兄费心了。"

先嘱托丧葬事,再恳求代笔,又拜托墓志铭,他把身家性命都托给了黄宗羲。钱谦益又让柳如是喊来儿子钱孙爱,再叮嘱一番,表示墓志铭非黄宗羲撰写不可。黄宗羲和钱孙爱应下了。

"我一生夙愿是修撰《明史》,而今终成泡影。昔日石斋先生曾寄我厚望,说'虞山尚在,国史犹未死也'。钱某自知此生毁多于誉,难堪修史大业。太冲兄幼承庭训,得蕺山教诲,史学渊博,当世无人可替。日后若有机缘修《明史》,太冲兄须勉力啊。"钱谦益伸出枯槁的手紧攥黄宗羲的手,费劲地摇晃,"为故国留信史,非兄莫属!"

黄宗羲的心头一沉。"虞山尚在"之言,出自明吏部尚书兼兵部尚书、武英殿大学士石斋先生黄道周。黄道周精通六经、天文、历数,工书善画,抗清失败殉国。而今钱谦益又将修史大业托付自己,岂是年过半百的自己能承接的?

众人俱惊惧。从顺治十八年(1661)湖州庄氏明史案发到去年案结,"明史"二字浸透了弥天血腥,当世无人敢触碰。钱谦益偏生还要嘱咐黄宗羲,也是糊涂了。

一行人上船渐行渐远,满载一江夕色。倚门而望的柳如是,泪水濡湿了那张曾经艳惊秦淮的清丽面容。

黄宗羲不敢回头。他曾评说钱谦益和柳如是结缡"为牧老平生

极得意事,缠绵吟咏,屡见于诗"。这对夫妇当年有多春风得意,今日就有多凄风苦雨。

船出尚湖,入太湖,转运河,两岸山川静默如睡兽,江水挟裹凛凛的风,愈显岑寂寒冷。

"明史"二字比夜色还重,沉沉地悬在众人的心头。孤舟独行,湖山空旷,众人便大胆说开了。

钱谦益与"明史"有着千丝万缕的干系。天启七年(1627)至崇祯元年(1628),他先后编修《开国群雄事略》《开国功臣事略》等,立志私修国史,"以国史为经,以野史家乘为纬,州萃部居,条分缕析,而后使鸿笔之士,润色其辞"。南明时他上书福王《修国史疏》,说自己壮岁登朝,留心史事二十余年,要以司马光为典范,在家中自开书局编修国史。可时局动荡,哪个有心思修史?此后他入京仕清,两次欲修《明史》,终究未成。

黄宗羲说:"绛云一炬,尽毁牧斋先生的史籍,却也因此免遭史祸,算是因祸得福吧。潘柽章和吴炎却是令人痛惜了……"

顺治五年(1648),吴江人潘柽章编《明史记》,吴炎后参与。潘柽章请教钱谦益、顾炎武等前辈,钱谦益慨然相赠绛云残存史稿,顾炎武出借珍藏的一千多卷史籍。《明史记》将成之际,湖州庄氏明史案发。庄氏曾经请潘、吴参阅《明史辑略》未成,却私自将他们列入参阅名录。受此牵连,两人于去年六月被凌迟于杭州弼教坊。

吕留良说:"当时吴炎痛斥审讯官员,骂得他们不堪忍受,出老拳把他击倒在地。潘柽章忧心连累老母,不骂不辩,却也没有求饶半声。真是大义凛然。"

高斗魁说:"亭林先生先前就鄙薄庄氏不学无术而私修国史,拒绝参阅,庄氏不敢擅自将其列入名录,倒是逃过一劫,亦是不幸中的万幸。"

吴之振愤然道:"最可恨的是首告庄家的归安县令吴之荣,庄氏虽不学无术,私修国史到底也是振兴史乘,何至于惨绝至此?"

黄宗炎说:"庄廷鑨私心想学'左丘失明,厥有国语',却是刻鹄不成尚类鹜,可怜见的。"

黄宗羲叹道:"亭林先生出借的千卷史籍毁于一旦,令人痛惜。秦始皇焚书坑儒,六学自此缺矣。不承想千年后还有读书人遭此惨烈史祸。"

风高浪急,风声鹤唳,似有无边幽泣涌起,众人一时噤若寒蝉,随后各自在舱中睡下。

第二章　史案遗祸（二）

之后他们到义乌赤岸，访昔日桃叶渡大会的复社旧友，至常熟乌目山三峰寺，访受法于灵岩山继起弘储禅师的昔日复社领袖、南明东阁大学士熊开元。

黄宗羲与熊开元夙夜长谈，熊开元斥法门诸多宗统争辩，黄宗羲暗叹"脱得朝中朋党累，法门依然有戈矛"，红尘中哪有清静地？之后吕留良和吴之振回语溪，黄宗羲、黄宗炎和高斗魁到灵岩山访弘储禅师。他们论法门之争，诉遗黎之悲，痛骂阉党乱臣，说到怆痛处放声悲哭。

离开灵岩山，高斗魁云游江湖，黄宗羲兄弟俩经杭州回乡，寓居南屏山下净慈寺。

黄宗羲与杭州因缘甚深。崇祯六年至八年（1633—1635），他在南屏山、孤山读书，结交复社名士。每日薄暮，众人乘湖舫泛游，月夜荡舟谈事论义，笑声泛波逐浪。杭州读书人倾慕复社风雅，争相划船追随,西湖画舫租银竟为之涨价。彼时他二十出头,崇祯初朝励精图治,读书敦学日见长进,游学生涯逍遥物外,湖山清澈如洗,天地风和日丽——转眼间江山变色。

南屏山下湖光渺弥,松风梵语,黄宗羲踽踽而行,思虑纷繁:年已五十有五,该好好著述,莫像钱谦益那样行将就木却提不动笔;诗稿零落也须好好整理;故人陆续辞世,连墓志铭都不及写;净慈寺附近有几家书铺,去看看有没有善本……正想着,忽听前方传来喧嚣的笑浪。

抬眼一看,几个奴仆围着一个瘦弱的青年乞丐,叫嚣着要他拾起地上的馒头,一个衣衫华丽的公子歪着脑袋瞧他们戏耍。按黄宗羲年轻时的火爆气性,早上前抱不平了,如今他也不想无端生事,便避开人群朝前走。

"就算饿死,我也不吃嗟来之食。"乞丐声音不高,语气坚硬。

富公子踢了踢馒头:"狗咬吕洞宾,不识好人心。今日这馒头你吃也得吃,不吃也得吃。"

奴仆们强行揪住乞丐的辫子,扒开他的嘴,硬逼他吃下。乞丐扭动乱蓬蓬的脑袋,痛苦而决绝地抗拒。

黄宗羲断喝"住手",指向附近的净慈寺:"佛门前恣意妄为,耍弄弱者,就不怕遭天谴吗?"

富公子轻蔑地说:"哪来的村夫,莫非也要捡馒头吃?"

奴仆们围上来对黄宗羲骂骂咧咧推推搡搡。

乞丐感激而担忧地说:"老先生不用管我。"

"今日我倒是管定了。"黄宗羲嘴上这么说着,心中也急,他虽说还有几路拳脚功夫,毕竟年岁不饶人。

净慈寺门口的两个扫地僧听得动静,扛着大扫帚大步过来。富公子见势不妙带着奴仆逃走。扫地僧问过几句便走了。

乞丐跪地谢恩,黄宗羲扶起问询。乞丐说他肚饿难耐,路过馒头铺子,想替店家帮忙换吃的,那公子路过听到,便命奴仆拿馒头掷地戏耍,要他捡起来吃。

"昔日伯夷、叔齐不食周粟而死,我做不到,但就算饿死,也不食嗟来之食。"他傲气地说。

黄宗羲见他跟二子正谊差不多年纪,心生怜惜,见前方有小食铺,便寻思请他吃个饭,一摸肩头惊叫:"我的褡裢呢?"

他本欲去书铺买书,褡裢里有纸墨信书,还有钱袋。乞丐帮着四处寻找。黄宗羲暗责自己粗心。片刻,乞丐在山脚草丛边喊找到了,提着蓝印花布褡裢跑来。黄宗羲回想几个奴仆推搡自己时,被拉扯过肩头,纸笔书信倒是齐全,看来那些人看不上眼丢了。他取出几个铜钱欲示谢,乞丐笑说填个肚子就好了。

两人来到小食铺,黄宗羲要了一荤一素两菜,一碗米饭。那人说自己叫严秋毫,二十岁,从湖州来杭州给东家收款,买家不认账,他无颜回去,找了几家店铺都没干多久,后来连包袱都被抢,账册亦被烧毁,只好在杭州流浪度日。

"多亏老先生仗义相助。请教老先生大名宝地,容我日后好回报一饭之恩。"严秋毫感激不已。

黄宗羲淡然道:"我姓黄,余姚人,途经杭州。你日后作何打算?若想回湖州,我便助你。"

严秋毫的脸肌一抽搐,低头默然吃饭。黄宗羲见他似有隐情,也不多问,从褡裢中找出一本书读起来,只等严秋毫吃好饭彼此告别,清了这一笔江湖人情。他一读书就沉湎,忽听喧嚣声起,抬头见严秋毫不知何时跑去与人吵架了。

他脸红脖子粗嚷道:"你莫要血口喷人,修史何错之有?"

那人恶声道:"庄家私修《明史》大逆不道,恶言诋毁大清。你同情庄家,莫不是史案漏网之鱼?"

"我升斗小民,与史案无涉。你恶语相向,我不过与你辩理。"

那人揪住他衣襟:"你定是史案漏网之鱼,店家快报官,有朝廷缉拿要犯,抓到了有大把赏银。"

食客顿时四下逃散。严秋毫连挨了几记老拳,鼻孔出血。黄宗羲暗暗叫苦,这人偏生沾上万不该沾的话头,真是怕什么偏来什么。

他把几个铜钱放在桌上,快步过去,喝道:"好小子,叫你出来办事不成,吃个饭又闹事,明日赶回家算了。"又对那人道,"伙计年轻不懂事,我自会教训。走!"他拉起严秋毫怒气冲冲往外走。

那人一时愣怔。两人旋即出门奔跑,七绕八绕奔向山上。那人纠集了几个人追上来,叫嚣一阵,看竹林幽暗风声诡异,只得悻悻散去。黄宗羲摸摸褡裢,这回倒是没丢。

严秋毫擦着鼻血,甚是愧疚:"是我多事,让黄老先生受累了。"

黄宗羲淡然一笑。他大半生经历过多少惊涛骇浪,这场风波只能算是小涟漪了,但经此一波,也绕不过那个可怕的话头了。

"小兄弟,你为何要为明史案辩白?"

"黄老先生说辩白二字,莫非也认为庄家是受冤屈的?"

"坊间传言如此。"

"读书人都明白庄氏明史案是冤案,只是无人敢则声,黄老先生岂会不知?不妨说几句真心话。"

黄宗羲见他执意要讨明史案的是非曲直,不免生出几分疑虑,但彼此素昧平生,只能说个约略:"庄氏明史案牵连千余人,庄家遭灭门之祸自不必说,《明史辑略》列名于书者,刻书、印书、鬻书、购书、读书者皆遭屠戮。千古文祸莫过于此了。"

"史案还有没有翻身之日?"

"庄氏已然灭门,《明史辑略》绝版,千余史籍付之一炬,翻身又能如何?"

严秋毫张了张嘴,呆了好一会儿没说话,神情木然。

"北魏太平真君十一年,崔浩编国史,直书拓跋氏帝前史,触怒帝颜,招致诛族;奏邸之狱,乌台诗案,车盖亭诗案,皆因笔墨;洪武年间,因几个字而遭害者无数。方孝孺诛十族后,世间藏方孝孺诗文者皆死。一支笔,说轻则轻,说重亦重啊。"黄宗羲缓缓道来。

"黄老先生,读书是不是天底下最无用的事?"严秋毫问。

黄宗羲讶然:"为何这样说?"

"读书人手不能提,肩不能挑,考上功名是百里千里挑一,好多人读得白发苍苍也不得功名。文章有人赏识是稀罕事,无人赏识是常事,甚至还会性命不保,读书何用之有?"他的语气极为沮丧。

黄宗羲碰到了一个难以三言两语作答的难题。两人走出山林来到湖边,黄宗羲指向湖光山色、游船画舫、亭台楼阁,问这些是不是常见事物。严秋毫点点头,不明白黄老先生要说什么道理。

"举凡砌屋造桥,修车凿船,稼穑种植,悬壶济世,乃至为君为臣之道,田制兵制财计,无不以学问为要旨,方能人人相授,代代相传,延续百代千秋。"

"我儿时邻舍大字不识一斗,卖鱼为生,不读书也能安身立命。"

黄宗羲莞尔："读书不只是字面之义,其实他读的是人间学问。学问之道,以各人自用得着者为真,不可拘泥一格啊。"

"学问之道,以各人自用得着者为真。学问之道……"严秋毫玩味此话,看黄宗羲的眼神越发多了敬慕之意。

严秋毫拱手道："黄老先生,一饭之恩我牢记了。但凡严秋毫有出头之日,定当赴宝地相报。还有,学问之道,以各人自用得着者为真,老先生此话我也牢记了。就此别过。"

黄宗羲目送萍水相逢之人的背影消失于杳杳山道,落叶飘曳,又被风卷起,飘向更远处。

黄宗羲离开拂水山庄一个多月后,有明一代文章伯钱谦益去世。

临死前他悔恨道："当初不死在乙酉,如今不是太晚了吗?"说的是顺治二年乙酉(1645)屈降清军的不堪事。再一个月后,柳如是自缢。钱孙爱将墓志铭交与他人撰写。

翌年黄宗羲作《八哀诗》,凭吊相继辞世的故人,其中有《钱宗伯牧斋》："四海宗盟五十年,心期末后与谁传?凭裀引烛烧残话,嘱笔完文抵债钱。红豆俄飘迷月路,美人欲绝指筝弦。平生知己谁人是?能不为公一泫然。"此是后话。

第三章 史案遗祸(三)

　　余姚四明山北麓有一座化安山。四明山乃浙江东部一座胜川，碧峰衔云，浮岚暖翠，横跨宁波、绍兴两府。唐宋以来，无数诗人墨客登临此山，为之吟咏。唐代李白有诗："四明三千里，朝起赤城霞。日出红光散，分辉照雪崖。"宋时黄巨澄赞叹："会稽东南秀，四明名更佳。蜿蜒三百里，惨淡青莲花。"

　　化安山位于四明山北麓，亦是水秀山明。黄尊素有诗："越岭寻幽处，行行几曲涯。忽惊途欲绝，数转地逢奇。"黄宗羲亦诗："剡湖曾是宋名村，故老云亡孰讨论。犹喜霜风吹不尽，尚留玉箸在藤门。"可见化安山乃一处奇俊的山水胜景。

　　化安山东峰状类虎，西峰状类龙，龙虎山堂位于龙虎峰的山谷地，此处是崇祯帝为黄尊素平反昭雪后赐给黄氏的坟地。顺治三年（1646）六月，黄宗羲抗清兵败，带全家迁徙至此，筑三间小屋，是为丙舍，又名龙虎山堂。

虽说山静似太古，日长如小年，山中无历日，寒尽不知年，黄宗羲还是孜孜不倦于洪荒万古的历算。顺治四年（1647）至顺治十四年（1657），他在龙虎山堂著述《授时历故》《授时历法假如》《西洋历法假如》《回回历假如》，深研"矩度""八线""三角"这些新奇古怪的西洋名词和理义，与中国传统历算反复比较，愈觉西洋历算乃至西学的奇妙。月夜下，他对着冷寂的深山幽谷长叹空有屠龙之技，却无与之相论者。

他敬重同邑先贤王阳明先生，遂以阳明心学发端传承为主干，撰《明儒学案》记述有明一代诸儒学说、生平和评说。书桌上稿纸一页页厚起来，他的面容一天天瘦下去。

这天写完一章，黄宗羲闻到室外飘来青涩的茶香，便放下书，揉着酸胀的眼睛走出书房。夫人叶宝林和仆童正在院子里架锅炒茶叶。黄家有几亩山地，种植竹子、茶叶、杨梅等，以补贴家用。

五岁的小孙女阿迎张开手臂娇笑，黄宗羲乐呵呵地把她抱起。阿迎是黄宗羲之子黄正谊之女，夙慧异常。黄宗羲读书著述时她常坐在书桌对面，安静地摆弄笔墨纸砚。黄宗羲教她背诗词，背沈龙江《女诫》，她倒背如流。他外出，她坐在门槛上念叨阿爷。他归来，她蹦跳相迎，坐在他的膝上碎碎念家中琐事。小孙女的稚声欢语，让黄宗羲枯焦的心时泛温润。

"阿迎，背一背爷爷的制茶诗。"黄宗羲放下小孙女，帮着夫人炒茶。

"檐溜松风方扫尽，轻阴正是晒茶天。相邀直上孤峰顶，出市都争谷雨前。"小女孩娇声娇气地背诵。

黄宗羲一边翻炒茶叶，一边连声叫好。

"两筥东西分梗叶，一灯儿女共团圆。炒青已到更阑后，犹试新分瀑布泉。"小女孩背得越发起劲。

黄宗羲闻着茶香,听着燕语呢喃,比喝了一壶新茶还开心。

叶宝林笑道:"好好,爷爷把阿迎背的诗炒进茶叶,阿迎喝了这茶啊,越发伶俐了。"

柴门推开,甬上弟子万斯选进来,拱手问先生师母好,笑说三里外就闻到了茶香。

万斯选是黄宗羲挚友万泰的第五子。万泰是宁波鄞县人,长于文学,精史善诗,曾任崇祯朝户部主事。黄宗羲与万泰早年师事刘宗周,两人同为复社名士,同署揭露阉党余孽阮大铖的揭文《留都防乱公揭》,共举反清大旗。黄宗羲组织反清复明义军世忠营,结寨四明山,万泰参与右佥都御史、东阁大学士钱肃乐的宁波城隍庙抗清起义。黄宗羲名闻姚江,万泰首开宁波学风。万泰对宁波学子称,"今日学术文章,当以姚江黄氏为正宗",令八个儿子——万斯年、万斯程、万斯祯、万斯昌、万斯选、万斯大、万斯备、万斯同皆拜在黄宗羲门下。黄宗羲则誉其"浙东门风之雄,莫过万氏矣"。七年前的顺治十四年(1657),万泰病逝于江西。

万斯选问先生近来作何学问,有何需要相帮打理。黄宗羲指着书稿说要把有明诸儒的学案囊括于书,让他提提见解。万斯选细细翻读,见每桩学案前有案序,简述该学派师承渊源、主要人物、学术宗旨等;之后是学者小传,以首列学派创始人为案主,按师承或地域胪列本派学者的个案;小传后摘录传主的主要著作、言论精华,编成语录,间有按语评论,以呈有明一代学案之风貌。

万斯选大赞:"太好了,这等编纂法,尽得有明诸儒的学说学术之精髓,后人一读便明确要旨,不必去汗牛充栋的书屋淘沙了。"

黄宗羲直指要旨:"国朝早年提倡程朱理学,无奈后期趋于僵化沉寂。阳明先生的心学破空而出，取代程朱理学已是必然。但心学后来又被各种分化、搬弄，弄得玄乎其玄，几代后说不定成为一笔糊涂账。有明学术，由白沙而阳明而蕺山，至阳明心学才明明白白。我编纂此书，梳理其发端乃至今日面目，去除学术弊端，把握诸家精髓，还原阳明心学立言本意，以不误后人。"

黄宗羲说的"白沙"即为岭南大儒陈献章陈白沙先生，他上承程朱理学，下接心学，其弟子湛若水与王阳明为挚友。黄宗羲认为责无旁贷要做好这桩庞大的学案。

两人聊得投入，直到叶宝林来请吃晚饭。万斯选带来甬上海鲜黄花鱼、带鱼、蚬子等，黄宗羲下厨烹饪，一端上桌众人啧啧称鲜。

饭后叶宝林端来新茶，带阿迎去歇息。万斯选见先生的诗稿散落于书案、柜子、床榻乃至灶头，便提出帮忙整理。两人在书房忙碌。

万斯选偶一抬头，见窗外闪过一个鬼鬼祟祟的黑影。他高喊"有贼"，直奔出去，三五步将其抓住。黄宗羲出来一看，是邻村老媪徐太婆，两手揣着不知什么物事。他纳闷，她是多么不长眼才会偷到他这个"廿两棉花装破被，三根松木煮空锅"的家。万斯选夺过她揣的东西，竟是五六本书，大为诧异。

黄宗羲说："太婆，你家有人要读书吗？你说明白了，何必偷拿。"

徐太婆翻着白眼："除了黄先生你这个书蠹头，深山冷岙有几个读书人？读书不能当饭吃当衣穿，你这么多书，我拿几本有啥要紧？"

万斯选更纳闷："你家既然没有读书人，拿去做什么？"

徐太婆怒气冲冲："前些年世道乱糟糟，我小儿子跟黄先生当兵打仗死掉了。"

黄宗羲愕然："你儿子也入过世忠营吗？"

"什么世忠营五忠营,我不晓得,我只晓得我小儿子跟你黄先生活着出去,尸骨都没回来。我小儿子走的时候说,朝廷乱了,皇帝上吊死了,黄先生要跟北兵打仗了。后来呢,北兵胜了,黄先生败了,我小儿子也死了。"

黄宗羲愧疚难当。十八年前入抗清义军世忠营的皆是周边村庄子弟,原来徐太婆的儿子也是其中之一。

"我大儿子早年也病死了,我腌菜为生,有几瓿咸菜酱瓜,山里虫子蚊蚋多,想找个平整的盖子盖酱瓿防虫。白天路过黄先生屋门口,见夫人晒书,那书本倒是平整厚实,当酱瓿盖子最好了……"

"你拿先生的书盖酱瓿?你你你你!"万斯选气得满脸通红。

龙虎山堂一半屋舍是书斋,有黄宗羲收藏大半生的书籍,"数间茅屋尽从容,一半书斋一半农"。前些年兵灾、搬家、失火毁去甚多,加上鼠虫啃噬、风雨淋湿、被人偷盗,每损一书都令他心痛不已,想不到还有人偷书当酱瓿盖的。万斯选更是痛惜先生居深山冷岙,谈笑无鸿儒,往来有白丁。

徐太婆边往外走,边嘟嘟囔囔:"这个黄先生虽说有学问,却是穷得要命,要不是你们常走动,我看他都要喝西北风了。还不如老太婆我腌咸菜酱瓜卖铜钱。化安山化安山,山高水又长,化安山下有个书蠹头……"

徐太婆的话虽刻薄,却也不虚。这些年他外出教书授业,也只为养家糊口。三年前抗清同人王正中到访化安山,希望留下共修学问,他却无力供养友人食宿,不得不窘迫地拒绝,"剡湖岂是乏茅蓬,那得君来住此中"。

万斯选想劝慰先生,却见黄宗羲埋首疾书,浑不把方才发生的意外当一回事,遂咽下话头,继续帮先生做事。

深山冷壑,双瀑当空,猿啼虎啸,落叶簌簌,龙虎山堂一灯如豆,化安山的长夜喧哗而寂寞。

康熙五年(1666)四月,海昌(今浙江海宁)硖石东山,野村晴日,流云缥缈。

黄宗羲和友人陆嘉淑一前一后走在崎岖山道上。山道两侧林木幽密,鸟虫清鸣,两人且行且叙,甚是不俗。只是走得久了,一时汗水涔涔,累得够呛。

陆嘉淑,字孝可,号冰修,诗学兼宗唐宋。他喘着气在山石上坐下:"太冲兄,还得走一个时辰才到伊璜兄的山居,我们歇会儿吧。"

黄宗羲道:"别后十余年,伊璜兄变故甚多,不知是否安好?"

陆嘉淑压低嗓门:"听说,伊璜兄这些年在做一桩秘事……"

突地,前头山林有人高呼"打劫啊!救命啊!"两人循声望去,只见丛林里晃动着几个身影,两人对一人拳打脚踢,抢夺包袱,被抢的拼命抵挡呼救。黄宗羲火起,大步向前。

"太冲兄,你怎么敌得过他们?"陆嘉淑急喊。

黄宗羲捡了根粗壮的树枝,冲上前喊:"何方恶人,胆敢光天化日抢劫行凶?!"

两人气势汹汹道:"好哇,两个一起劫了,发大财了。"

黄宗羲抡起树枝朝他们劈头盖脑抽去,陆嘉淑虚张声势地朝身后吆喝"阿牛阿虎快来"。两人见势不妙撒腿就跑。黄宗羲吁了口气,两人扶起倒地的苦主。

那人蓬头垢面,脸上青一块紫一块,青色粗布葛衣沾满泥污,紧

抱怀里的灰白色包袱，跪地叩了三个头：“两位老先生古道热肠，在下感恩戴德，不知如何相报。”

黄宗羲安慰道：“路见不平岂能旁观。你可曾受伤？”

那人捋开额头的乱发，露出一张苍白凄惶的脸，三十多岁年纪。

"无妨无妨，命如蝼蚁，还有一口气便算活着。老先生，日后若能江湖相见，再道谢意。"他朝他们深深一揖，便朝山下一瘸一拐走去，身影萧条。

两人苦苦一笑，加紧步子翻山越岭，一个多时辰后来到东山查继佐的草屋。

查继佐，初名继佑，号伊璜，崇祯六年（1633）举人。明亡后随鲁王监国绍兴，授兵部职方司郎中，驻防钱塘江，后从黄宗羲至鲁王行朝健跳所，两人算是流亡袍泽。彼时黄宗羲四十岁，查继佐四十九岁。健跳所一别十七年，如今俱华发早生，形神苍老。

三年前，查继佐因湖州庄氏明史案牵连入狱。他未参阅《明史辑略》，却与陆圻、范骧同被列入参阅名录，为脱罪自保率先向浙江学道自首。他辩称：“我是杭州举人，不幸薄有微名，被庄廷鑨擅自刻入校阅名录。如果以自首早为功，我在前而归安县令吴之荣在后，则我的功劳在吴之荣之上；如果以检举迟为罪，则我早而吴之荣迟，他的罪名不应在我之下。如今吴之荣以罪而受赏，我却以功受戮，岂不颠倒是非吗？”

后来他与陆、范三人脱罪。坊间传闻，查继佐得挂印总兵官左都督吴六奇相救。相传查继佐早年酌酒赏雪，遇一乞丐破衣烂衫却气宇轩昂，自称吴六奇，他邀其同饮同宿，赠衣赠银，勉其自强不息。入清后，改天换命的吴六奇邀恩人赴其任所，又赠宅邸以报。当世文人蒲松龄将此事记入《聊斋志异》，称查继佐初见吴六奇单手可提庙内大钟,取出藏在钟内的剩饭,认为他是乱世英雄,遂赠银相助,吴六奇衣锦荣归后涌泉相报。查继佐对这类传闻野史三缄其口。

当下薄酒淡菜,三人谈昔论今。

黄宗羲记起陆嘉淑说的半句话,道:"伊璜兄近来做何学业?"

查继佐走到门口张望一圈,关紧柴门,低声道:"查某虽深遭史祸冤屈,仍死心不改,这些年在密修明史。"

查继佐让他们相助,合力移开床头大橱,拿铲刀撬动橱后的墙壁,撬开两块砖头,露出洞口,摸出一包厚重的油纸包。摊开来是一沓厚厚的纸稿,上书"明书"二字。

史稿记载"靖难"和明清易代之事,《荒节传》记"靖难"迎降诸臣,《播匿传》录"靖难"时反对朱棣的臣子和抗清忠臣,《抗运传》和《致命传》则记录其他易代人物。三人不发一语,唯有纸页轻翻的声响。

"伊璜兄,你何苦来哉?"陆嘉淑叹道。

"伊璜兄,你什么时候开始写的?"黄宗羲冷静地说。

"甲申之变后我开始修史,还没写完,因庄氏明史案而受牵连;如今死里逃生,却非写成不可了。"查继佐惨然一笑,"我是死过一回的人,否则岂不是白死了?岂不是白白担受世人责我告发庄家之罪?"

陆嘉淑道:"此次太冲兄来海昌,乾初兄、康流兄叮嘱毋涉明史,我也不愿两位因此而遭殃及。"

访查继佐之前,黄宗羲和陆嘉淑探望了陈确。陈确,字乾初,以文学驰名,精书法,善琴箫,与黄宗羲受业于蕺山先生刘宗周。因早年纵酒至深,国故后身心俱伤,罹患拘挛风痹病困在床。这对早年性情旷达、立志穷千秋之业的他来说是残酷一击。

陈确学问主张"今日有今日之至善,明日有明日之至善",没有一

成不变的至善标准。

他以种植作譬喻："五谷菜蔬都须后天培植，除草去虫，方能养成。所以我不喜《大学》知止于至善之说，道无尽，知亦无尽，今日有今日之至善，明日有明日之至善，没有一成不变的善。"

黄宗羲说："人之气本善，心性气质出偏差，变性恶，大多是后天习染所致，并非人的本性。如何恢复人的善性，便是传道授业者的功夫了。"

"太冲兄之性善论，有超然之本质。乾初兄之性善论，倡后天之功用。二者互补便是最好了。"陆嘉淑赞赏两人的评议。

陆嘉淑尤推唐诗，与喜好宋诗的陈确讨论两者的高下。黄宗羲在语溪选过《宋诗钞》，自然深有心得。

黄宗羲说："我年轻时迷恋于声调抑扬，妄相唱和。如今才明白，真正的诗之道，乃是藏纳一人之性情，天下之治乱。孟子说诗亡然后《春秋》作。我以为，史亡而后诗作。诗与史相为表里，以诗补史之阙，记录天下之治乱。所以诗不分唐宋，诗道至阔，海涵地负。"

陆嘉淑道："我向来认为以史证诗、以诗证史已是诗之高境，还没有悟到以诗补史之阙这一深层，太冲兄高见。"

陈确转了话题："太冲兄，听说钱牧斋死前托你修《明史》，可有此事？你可应承了？"

黄宗羲说还没有。

"没有应承就好。我们未能如先师殉国，已是愧疚难当。明史案后，已无人敢私修国史；再则，官修国史须与清夷相勾连，有违先师遗志。当年先师赠我'千秋大业'四字，望我有成。我说，千秋大业真吾事，临别叮咛不敢忘。你学识蔚然，乃蕺山门下最富成就之高足，切莫负先生忠义殉国之节。"

黄宗羲颔首说明白。

"忍死,比速死更难啊。"陈确幽幽道。

临行前,陈确把完稿不久的《葬书》送给黄宗羲,说自己死后要俭葬:"当年我去绍兴山阴,见倪鸿宝先生丧久而未举,我问其子,他说举丧要二千金之巨,故而一直未举。世人岂知厚葬非福?筑墓破坏山石树木水流,重金殉葬,让贼子生出盗墓歹心,更是得不偿失。为厚葬而破家,愚不可及啊。"

倪鸿宝即崇祯朝户部、吏部尚书,山阴书法家倪元璐,甲申之变时殉国。饶是如此,身后事还是这般凄伤。

黄宗羲深以为然:"有贫之养,亦有贫之葬。我以为连棺椁都可以省掉。乾初兄俭葬之说甚合我意,他年我死后也必然要俭葬。"

之后黄宗羲和陆嘉淑又拜访黄道周的弟子朱朝瑛。

朱朝瑛号康流,崇祯十三年(1640)进士,继承其师经学真传,明亡后隐居研经学。朱朝瑛请黄宗羲点评《五经略记》,黄宗羲赞叹其作出入诸子百家,有微言大义。

说到黄道周,三人怆然涕下。顺治三年(1646)四月二十日,黄道周临刑留血书给家人,"纲常万古,节义千秋;天地知我,家人无忧",当时头断而身不倒,衣衫留有"大明孤臣黄道周"七字。

朱朝瑛道:"太冲兄,听闻钱谦益托你修《明史》,先师与蕺山先生有'二周'之誉,望我们余生绝不替清廷做半点事,宁愿把学问烂在肚子里。"

"宗羲余生厕身儒林,坚不仕清。"黄宗羲答道。

查继佐听得他们如此这般说来,道:"知我罪我,其惟《春秋》。官修国史,必有隐讳。私修国史,实是亡命之举。乾初兄和康流兄出

于善意,可我横竖撇不清与明史的干系了,倒不如尽性而为。太冲兄,当年我们在鲁王行朝,海水为金汤,舟楫为宫殿,孤舟冷月下,你与我说起国朝旧事,我皆记录在史,望太冲兄谅之。"

黄宗羲道:"伊璜兄,你我俱为故国留史,无分彼此。只是,你的《明书》能否见天日,怕是未知啊。"

"伊璜兄,你须谨慎,切莫再受二道罪。"陆嘉淑叹道,"我们还是多聊聊唐诗宋诗之辩,亦好过史祸争端。"

余姚黄竹浦又名官埭浦、官船浦,是余姚与宁波的进出水路要道,官船来往必经之路。入港是黄氏一族聚居之地,不入港往东则是宁波。元代诗人柳贯有诗:"连延黄竹浦,隐见白龙堆。"黄家竹桥两岸竹林茂盛,别有幽情。

黄宗羲的船抵黄竹浦村口,夫人叶宝林携小孙女阿迎站在黄家竹桥,阿迎莺舌初调,甜甜地唤阿爷。黄宗羲掏出糕饼果子,阿迎叫得越发殷勤。黄宗羲放声大笑,尽洗一腔郁伤一身疲累。

读书倦时,黄宗羲牵起小孙女的手走向南面的化安山。鸟雀清鸣,山溪潺潺,野蔷薇花清香漫溢。阿迎采花插在头上,蹦蹦跳跳。

"阿迎,给阿爷念首诗。"黄宗羲指着山景说。

"蔷薇篱落香千屋,粉黛舟航艳一泓。村社春深随杜宇,人情乱后仗神宫……"阿迎的小嗓门脆生生的。

这是黄宗羲写的《从洋溪暮归》,教几遍阿迎就倒背如流。爷孙俩来到飞珠溅玉的化安双瀑,在瀑前的喷珠池边洗手。

"还记得太爷爷的诗吗?"黄宗羲掬水洗她的小手和汗津津的小脸。

"越岭寻幽处,行行几曲涯。忽惊途欲绝,数转地逢奇。"

这是黄尊素写的《化安山》。一苍老一稚嫩的吟唱在山巅水涯回荡："峭壁当空出,飞湍带石移。难将戴顾手,画出景淋漓……"

爷孙俩吟山咏水,摘花采果,清泉濯足。含饴弄孙之乐,淡化了黄宗羲对十二年前夭折的寿儿的思念之痛。

阿迎发现林中飞过一只白鸟,欢喜地追上去："百啭千声随意移,山花红紫树高低。阿爷阿爷,小鸟,小白鸟——"

黄宗羲喊慢慢跑别磕着。阿迎却越跑越快,跟白鸟跑向黄家墓园。小白鸟停在一座馒头小坟顶,对阿迎尖叫两声就飞走了。黄宗羲心中一悸,这正是寿儿的坟墓。顺治十二年(1655)黄宗羲心爱的小儿子寿儿出痘夭折,时年七岁。他悲恸地写下《亡儿阿寿圹志》,此后又写了八首诗痛哭爱子。翌年次子黄正谊之妻和一孙又相继卒亡,"曷来四月叠三丧,咄咄书空怪欲狂。八口旅人将去半,十年乱世尚无央",他在《子妇客死一孙又以痘殇》中痛诉惨痛家事。

黄宗羲本不想让阿迎见到寿儿的坟,小白鸟还是把孩子引到了这里。

阿迎问道:"阿叔睡在这里会不会孤单?"

"不会,还有太爷爷、叔伯、大娘、小哥陪着呢。来来,回家吃果子,读书,玩耍。"黄宗羲平时独自来回墓地,不想未谙世事的稚儿过早体会生死况味。

阿迎一脸凝重:"阿爷,我晓得,阿叔是死了。"

黄宗羲惊道:"你懂什么是死?"

"死,就是花谢了,树叶落了,山溪没有水了,小白鸟飞去远方不回来了。"她的目光里有超龄的幽深,"阿迎跟阿爷走散了,再也找不着阿爷了。"

黄宗羲抱起她，急急离开墓园："不会，阿爷跟阿迎不会走散，不会不会……"

暮霭渐聚，林子里传来悠长的风啸，枯叶乱舞。

在家住了一段日子，黄宗羲又要去语溪教书，阿迎不肯让他出门。黄宗羲说不出门就没有铜钱银子给她买果子吃，阿迎说只要阿爷在家，宁愿不吃果子。

之后黄宗羲从语溪返乡，余姚正盛行痘疫，许多孩子染疫或病或亡，他天天把阿迎带在身边，唯恐有半点闪失，不管阿迎怎么哭闹撒娇要出门玩耍，也不肯答应。忐忑不安的黄宗羲再度去语溪，频频写信嘱家人要护好阿迎，千万不要让她出门染疫。

熬到十一月返回黄竹浦，黄宗羲老远看见夫人和阿迎站在院门口相迎，阿迎如小山雀飞奔而来，他的心才稍得宽慰。十二月初七是阿迎的七岁生辰，黄家办了一个热闹的生日宴，桌上摆满馄饨，阿迎穿着红色新衫，念诗唱曲，把家人们逗得欢笑不断。

当晚阿迎发起高烧，昏迷不醒，全身冒出状如火疮的痘子。黄宗羲找来郎中给她看病，翻寻古医书寻找良方。用生绿豆、生黄豆、生黑豆、生甘草和金银花，配成"三豆饮"水煎给她喝；用橄榄和生莱菔配成"青龙白虎汤"水煎给她喝；将痘疾存活者的痂屑吹入她鼻中；按葛洪《肘后备急方》，用蜂蜜、酒浸中药升麻抹在她瘦弱的身上……孩子被折磨得哇哇大哭，黄宗羲心痛如绞。

十余日后的康熙五年（1666）十二月，黄正谊之女、黄宗羲之孙阿迎夭折，葬于黄氏墓地。

寒冬岁尽，冰雪满山，与十二年前黄宗羲痛葬寿儿的景况竟一模一样。他点起纸钱，纸灰飘袅，状如白鸟。再定睛一看，山川茫茫，哪还寻得着那幽灵之鸟？

他含泪写下《女孙阿迎墓砖》："阿迎者，梨洲老人之女孙也。父黄正谊，母虞氏……夙慧异常儿，余甚爱之，其在左右，洒然不知愁之去体也……"

十二年前黄宗羲痛失寿儿，夜夜入梦相见。七年前他游庐山圆通寺，寺内有"重来塔"，他夜梦寿儿与他匆匆告别。回余姚后阿迎降生，此后不复梦见寿儿。这让他深信寿儿现灵于圆通寺，"重来塔"即重来之意，阿迎乃寿儿的再生……万万想不到，"沤珠槿艳，七年旋瞬而失，抑缘分之有浅深欤？何其慰予而反毒予耶？"

"阿迎跟阿爷走散了，阿爷再也找不着阿迎了……"黄宗羲悲伤难抑。他可以勘破自身生死，却无法勘破小孙女的生死。

"老来触事尽无聊，儿女温存破寂寥。阿寿五年迎七载，如何也算福难消？""为因望我太频烦，嘱我明年莫出门。我在家中犹未出，儿何反作不归魂？"……

黄宗羲猝然想到，他曾作诗《书贻孙女迎》："莺舌初调学话新，牵衣索抱唤频频。七年阿寿无踪迹，见汝眉头又一伸。眉清目秀齿排匀，掌上明珠价自珍。老子寄身为道士，女孙端合魏夫人。"

北宋女词人魏夫人极具才情，金国大诗人元好问为心爱的第三女阿秀作诗，有"看取元家第三女，他年真作魏夫人"之句。黄宗羲亦以"魏夫人"喻之，满是对小孙女的珍爱与厚望。"女孙端合魏夫人"——元好问的女儿阿秀聪慧异常，却不幸早夭。他痛悔自己为什么要作此谶语诗句。

北风卷地，白雪纷茫，老泪顺着黄宗羲脸上的皱褶曲折淌下，须发沾雪，分不清哪是白发，哪是白雪。

第四章　遗卒的悲声

康熙五年（1666）十二月，杭州，严秋毫背着薄薄的行囊，在江天一白的西湖边艰难地跋涉。

雪山雪水雪树雪路，行人车马寥落，西湖上下一白，浩瀚寥廓。他只想找到一处避风雪之地，以免被风雪埋了。往日他会溜进寺院，帮扫地僧扫个地，帮烧火僧烧个火，混几日吃住，这些天寺院皆大门紧闭。他的肚子越来越饿，身子越来越僵，眼看着连闭门羹都吃不上了。

迈上桥时，他才想到这就是有名的断桥。

他记得东家说过杭州西湖如何美，断桥残雪如何绝色。他那时暗想一定要赏一赏西湖。后来他果然来到杭州，但那是一场生死逃亡。心境一变，天地亦变了。他到杭州已四年，从没有赏过西湖，想来不过一潭水而已，一个颠沛流离人是没有资格看风景的。

严秋毫的脑中恍恍惚惚，眼前模模糊糊，脚一滑，连人带行囊从断桥往西湖溜去。他张嘴喊救命，被灌了一嘴风雪，完了完了，要去见白娘娘了……忽然他的身子凌空一掠,像雪球一样落在雪地,一个满脸络腮胡子的中年汉子杵在面前。

"好好的生路不走,偏要跳湖,你活腻了?"汉子吼道。

严秋毫冻得说不出一句话。

"年纪轻轻有手有脚全毛全翅的,爹娘生下来让你寻死的吗?"那汉子仍骂着,好像把他救上来是为了骂他一顿。

"我并非寻死,我是,失足落水。"他在冻昏前虚弱地说。

高堂武馆开在西湖边一处巷弄里,门面隐蔽,进院是一块偌大的练武场,后院是住家。

高堂很满意这种大隐隐于市的风水。他收徒严苛,不收太有钱的、太贫穷的,不收精明机巧、愚笨痴呆、品行不端、争强好斗、懦弱无能之辈,称学武的唯一目的是强身健体,如此这般筛选下来,学武的都是家境中等、性情平和的子弟。徒弟们认真学武,不惹是生非,他教起来也不费神费力。

高堂孤身一人,吃喝不讲究。严秋毫烧了几道菜,厨艺一般,高堂却称美味,便让严秋毫住下。高堂立了规矩,吃喝用度不计较,但不得学武。他收的弟子家世清楚,这样就不必为他们在外闯祸惹事而担心,但严秋毫来路不明,他不想担风险。

"你不是学武的料,你的骨头都硬了。"高堂看着他白净的手断言,"你或许能做个小书吏,摇摇笔杆子,吃墨水米饭。"

严秋毫羞愧地说:"高师傅,我也不是书吏的料。"

高堂说:"你记的账,写的招牌,有书法底子,你是读过书的人。记住,小秋,别人可以看轻我们,但我们一点也不能看轻自己。"

严秋毫没想到自己还有被人赏识之处,暗暗欢喜。

除夕夜,高堂让严秋毫置办了一桌酒菜,加上弟子们送来的鱼肉果品年礼,年夜饭颇为丰盛。

严秋毫殷勤地为高堂倒酒夹菜,说自己遇着贵人,无论如何要好好报答师傅的大恩大德。高堂说不必说这些虚头巴脑的,今日不知明日事,活一天过好一天就是。严秋毫最感激高堂的是,他从不打听自己的身世。他想高师傅若是追根问底,就如实相告——命都是人家救的,还有什么可隐瞒的?有几回严秋毫说漏了一些,高堂却把话题扯到另一处。

正酒酣耳热,外面响起敲门声。起初严秋毫以为是风雪拍门,再细听,分明还夹着急促的叫喊。

高堂醉醺醺地摇头:"敲错门的。除夕夜谁会上门?不管,喝。"

严秋毫知道风雪夜走投无路是什么滋味,便说:"万一,是高师傅的故人亲戚——"

高堂的脸色一沉:"我没有故人亲戚,大年夜找上门的,是仇家。"

门板啪啪作响,来人显然翻墙进来了,他的声音穿透风雪,严秋毫清楚地听见"鲁伍长"这个称呼。高堂一顿酒杯,拉开门。

风雪扑面而来,油灯一暗。严秋毫连忙摸火石,重新点亮油灯。一个陌生人出现在屋里,全身披雪,约莫四十岁,面目黑瘦,脑后拖一根乱糟糟的辫子。

那人冲他抱拳:"鲁伍长,山海关一别已二十二年,你还活着。"

高堂声音冰冷:"你不该找我。"

"我在北地苟活二十年,这些年积攒了些许盘缠,四处打探消息,听说南明鲁王重建朝廷,心下欢喜就南下。鲁伍长——"

高堂打断他的话:"桂王死了,鲁王死了,早死了。"

那人本就死灰一般的脸色愈加灰暗,胡须花白的下巴战栗着:"都死了?那大明怎么办,大明怎么办?"

"死得骨头渣都没了,冯龙你死了这条心吧。"

严秋毫暗想高师傅也太没人情味了,如此相待二十多年没见面的故人,于是大着胆子让他坐下吃点热的。冯龙感激地对他点点头,便狼吞虎咽。屋外风雪呼啸,三人只顾吃喝,谁也不说话。

严秋毫朝高堂瞥了一眼,惊见他满脸是泪,下巴悬挂的泪水滴落酒杯,他和泪咽下,一杯又一杯。严秋毫知道他们之间一定有难以言喻的过往,不比他来得少。他匆匆吃完,欠欠身,想让他们好好叙旧。

高堂喝道"坐下",停了停,面无表情地讲起来。

他曾是镇守山海关南水门的伍长,辖下有冯龙在内的五名明军。这是大明军卫建制中最低级的军职。山海关北依角山,南傍渤海,城高墙坚,外筑罗城、翼城互为犄角,易守难攻。他们是镇守大明江山的最后一道屏障。

高堂和明军每天操练,高喊"日月山河永在,大明江山永在"。身为最低阶的伍长,他不清楚日月与大明有什么关系,天地亿万斯年,大明之前是元朝,元朝之前是宋朝,宋朝之前还有很多朝代,帝王将相如长城内外的草木,春去秋来一茬又一茬,千百年来有什么"永在"呢?他想不了那么多那么远,但当气壮山河的呐喊在群峰山谷之间回荡,他莫名地热血沸腾,命令手下仅有的五名明军誓死护卫山海关。

崇祯十七年(1644)四月二十二日,他们在南水门与李自成的大顺军肉搏血战了很久。明军像大片枯苇一样倒下,大顺军同样血肉横飞。他和冯龙抵背互守,即将淹没于尸山血海。骤然间,山海关南

水门、北水门和关中门三门洞开,万马奔腾,箭矢如蝗,飞沙走石,清军如洪水猛兽从关外直扑大顺军。一场更激烈的血战再一次排山倒海而来。彼时他不知道,那天山海关总兵吴三桂引清军大将多尔衮入关,夹攻大顺军。

高堂逃过清军的乱刀,爬到一条堆满死尸的壕沟里躲起来。带着浓烈血腥味的风吹来碎衣屑和血肉沫,糊了他一脸。他问自己——我为谁而战?我的敌人是谁?我是谁的敌人?我要死还是要活?天空飞过一群鸟,飞过肝髓流野的山海关振翅向南,他盯着鸟群消失在远空,在心里大声告诉自己——我要活下去!

杀戮转到离他很远的地方。他不想知道此时占据上风的是大明军还是大顺军,这一切与他无关了。他挪动血肉模糊的身体往壕沟外爬,爬了两下不动了,因为有人死死抓住了他的脚。那人哀求着带他一起走,高堂缓慢地转过头,看到一张狰狞如鬼的血脸。那人愣了愣喊:"鲁伍长,我是冯龙。"

他们从死人堆里爬出来,一路躲躲藏藏。后来在一处荒无人烟的村子里找到一些残存的粮食。他们蛰伏下来,像受伤的野兽无声无息地舔舐伤口,熬过生死关。

此时的天下不知是大明、大顺还是关外鞑子的,如果还是大明的,那么他们是败兵,会遭到严惩。如果是大顺或鞑子的,他们是敌军,也难逃一死。横竖都是死,不如自寻活路。两人在一起,山海关血战会成为他们一辈子绕不开的痛,余生都不得安宁。他们挥泪告别,约定有生之年不再过问对方生死音讯。

高堂辗转漂泊到杭州,在湖山秀美之地隐名落脚,凭着一身好功夫开了家武馆。为免惹是生非,他精心挑选弟子,指望安然度过余生。

最初他时时被噩梦惊醒，如今已渐渐淡忘——直到冯龙又把他拉回那一场弥天血腥。冯龙回到老家山东青州，发现一家老小早已惨死于清军屠村，村里唯一存活的老者得知他从山海关逃回，痛骂他为何没有守住国门。他无颜相对，只得再次离乡远走。

"身为大明军，我没有为大明守住国门，我恨自己。可我就是一只蝼蚁啊。"冯龙擦着泪说，"后来我开了家煎饼铺子，十三年前娶妻生子。半年前，几个清军吃煎饼不付钱，我妻跟他们讨要，他们侮我妻，杀我长子，还把我两岁的小儿——"他嘶吼，"把我儿扔进煎饼炉子，活活烧死，活活烧死啊！"

高堂的手握成拳头，手背上青筋暴起，仍一语不发。严秋毫悚然。

"我妻当夜悬梁自尽，我又成了孤家寡人。鲁伍长，我恨啊，我恨没能守住山海关，守住国门，守住我的家园亲人啊。"冯龙拎起桌上的酒坛往嘴里灌，酒水哗哗淌了一身。

严秋毫忙劝阻，高堂冷然道："让他喝。"

冯龙大着舌头打着酒嗝，举起拳头："鲁伍长，当年你带我们喊口令，喊起来啊。呃，日月山河永在，呃，大明江山永在。喊起来啊，呃，日月山河永在，大明——"他赤红着眼，叫喊一声比一声高，陷入狂热的兴奋。

严秋毫吓呆了。这个大年夜闯进门的大明遗卒，自己不想活了，还要把他们都连累进去吗？高堂没有阻拦，也没有惶恐，他不动声色地喝酒吃菜，好像冯龙的叫喊是助兴的伴曲。严秋毫到门口倾听动静，屋外唯有风雪肆虐呼啸。

冯龙趴在桌上醉去，满脸酒水泪水，发出"日月山河永在"的嘟囔。严秋毫费了很大劲把他拖上床，清理刷洗一番。他走到堂屋，一

桌杯盘狼藉,高堂也去睡了。

严秋毫站在空荡荡的屋子里,喃喃地重复"日月山河永在,大明江山永在",声音孤独空洞,更像一种质问。蓦地他捂住嘴。冯龙还能找到高堂诉说,可他的恨和痛无人可说……

这个原本只有一个男人的宅院,现在成了三个男人的家。

高堂教徒弟练武,严秋毫和冯龙烧菜做饭打扫屋子。自那天后,他们谁也不提旧事,三个男人像一起过了大半辈子一样安静默契。严秋毫自是欢喜,干活越发殷勤卖力。一天凌晨,他正睡得迷糊,被争吵声惊醒。

"小民能活命就行了,改朝换代与我们何干?你好好活着不行,非得去送死吗?"高堂吼道。

"你对得起山海关那么多殉难的袍泽吗?我只认大明不认清!"冯龙喊道。

"清夷入关二十多年,我们已是知天命年,活一天是一天。你非得找死,明天就走,别连累我过安生日子。"高堂冷酷无情地说。

冯龙没有走,此后也不再提那些话。高堂要严秋毫紧盯他,发现有异样举动就拦住。冯龙沉默地做事,把门窗家什擦得闪闪发亮,把练武场打扫得连碎石子也找不着,每天挑满水缸,把柴禾劈好码成一垛垛的,似乎要长住下来。高堂视而不见,也不提让他走。

数日后一个清晨,高堂和严秋毫醒来发现冯龙不见了。巷弄外有人喊叫有刺客刺杀八旗将军。他们随人群奔向西湖边的八旗营,再奔向事发的钱塘门。

顺治五年(1648),清廷在杭城西隅跑马圈地千亩,建营地防城。

顺治十七年（1660）又濒西湖为堑圈地。防城城头设犬牙箭垛，垒筑炮台，炮口对准西湖，震慑百姓。内城五门、外城十门皆由八旗重兵把守，外城钱塘门由正黄旗把守。八旗营围西湖，筑湖滨，把它当作私家花园，普通汉民不可越雷池一步。

此时的钱塘门外，几个旗兵团团护住一名八旗官，那官员吼叫着"杀死刺客"。

"日月山河永在，大明江山永在。日月山河永在——"嘶吼声从人群里发出。

旗兵朝倒地的刺客挥刀乱砍，刺客就像砧板上的鱼，无能为力地抽搐几下便不动了。高堂扑过去，严秋毫用从没有过的蛮力把他拦住，拽着他拼命跑。

高堂说那晚冯龙突发奇想要刺杀杭州八旗营将军，说既然反不了清，杀掉这个杭州最大的鞑子官也够本了。高堂严厉制止了，可他最终还是莽莽撞撞地死于非命。

数日后，他们把被扔在乱坟岗子的冯龙运到仁和县郊外的山林。

高堂一边烧纸钱一边对着坟地吼："我们死过一回，我们从死人堆里爬出来，就是为了活下去，活下去，活下去！你为什么要找死，为什么要死在我面前，为什么……"

一个离奇古怪的念头，如坟前袅袅的纸灰缭绕着严秋毫——最大的鞑子官不就是鞑子皇帝吗？那为什么不去杀康熙？！……回过神，他为自己有如此想法而大骇，告诫自己不可胡思乱想，以免沦为又一个冯龙。也许只能像高师傅这样，一年年麻木地活下去，直到带着无数仇恨一起老死。

当晚高堂把严秋毫叫到面前:"从今往后,你跟我练功夫。"

严秋毫一惊:"高师傅,我没有学武功底,我连杀一只鸡都不敢。您也说过我的骨头都硬了,不是学武的料。"

"我说你不是,就不是。我说你是,就是。"

"那我怎么学?"

"只为你以后被人欺侮时,能抵挡一把。这个世道能救自己的,唯有自己。"高堂从枕头底下摸出一枚铜钱。

严秋毫见是一枚铭文模糊的康熙通宝,不由疑惑,一个铜钱能救自己?师傅是不是被冯龙的死气糊涂了?

高堂带他来到屋外一条深长的弄堂,指着十丈开外弄堂尽头的墙壁说:"你每天用这枚铜钱掷墙上那个圆圈,早一天掷中圆心,你就能多一天活路。"

严秋毫捏着铜钱琢磨片刻,开窍了,师傅准是让他用铜钱掷人,好保护自己。可铜钱掷丢了多可惜,反正满地是石子,石子不花钱。他抓了一把石子,朝墙壁胡乱掷去。

连着几天他天天掷石子,胳膊酸疼,只觉又无聊又扫兴。师傅武功这么高,怎么就教了自己这么一种无趣的功夫?石子是能伤人,可人人都会用,这能算"救自己"吗?……他是不是嫌弃人了,借这个法子让自己无趣地离开?

突然一个声音炸响:"你以为你很聪明吗?"

高堂一脸怒容,严秋毫慌忙拿出康熙通宝,高堂劈手夺过,一挥手,铜钱霍霍飞出。高堂令他去看墙上。

严秋毫跑过去一看,铜钱牢牢嵌在圆心,只露出小半片,怎么也拔不出。这要是掷在要害处——他大为惊骇。高堂轻轻一弹把铜钱弹出。严秋毫羞愧地低下头,暗想这等功夫不知得练多少年。

"如果我手上有金银,就会让你用金银投掷。"高堂戳着墙上的圆心喝道,"器不在器,而在于心。器物越值钱,你就会越用心。懂不懂这个道理?"

严秋毫想起自己儿时学书法,父亲拿出名贵的宣纸让自己练习,他不敢落笔,怕弄坏了纸。在父亲的呵斥中,他凝神静气地落笔,书法越来越好——原来是同一个意思。

"师傅我错了,我明白您的深意了,我一定用心。"

"以后逐步增加丈距,直到铜钱入墙。什么是最好的利器?你随手用得着的,就是最好的。世事叵测,人不伤我,我不伤人,人若伤我,我必还之,切忌伤及无辜之人。"高堂把铜钱放在他的手上。

严秋毫紧紧捏着,手心出汗,仿佛捏住了唯一的护身符。

第五章　绝学之辨

康熙七年（1668）三月，宁波城西鄞县万氏白云庄，学子络绎不绝地进庄，皆冲着白云庄礼请的姚江大儒黄宗羲而来。

白云庄古朴典雅，庄外河道环绕，小桥流水，庄内前庭后院，竹木幽深，清静别致，乃讲学授业的好所在。此处是黄宗羲好友万泰的别业。此时万泰已过世十年，万氏八子视黄宗羲如父师。

去年，万氏兄弟率甬上二十五名学子，到黄竹浦拜在黄宗羲门下。学子们聆听黄宗羲讲学后欣然不已，之后每月在甬上举行两次"证人之会"共学。在此之前，黄宗羲在绍兴恢复先师刘宗周的证人书院，每月逢三讲学，从者云集，一时大振越中学风。当年五月，黄宗羲至宁波为弟子们授蕺山之学，听者如云，书院亦命名为甬上证人书院。甬上弟子有不少是复社、抗清志士和遗民子弟，故极易接受黄宗羲的学问。慈溪学子郑梁听后，顿觉别开生面，一把火烧掉过往的书稿，执意追随黄宗羲。

本年三月,黄宗羲放下手头正在编纂的《明文案》书稿,与儿子黄百家再赴宁波。讲学点最初在广济桥高氏家祠,即高斗魁兄弟的家祠,因听者众多场地局促,后迁至延庆寺,仍是听者济济。之后一迁再迁,先后在多位友人家的书楼、祠堂讲学,以万氏白云庄为最久。

"慎独是学问的第一义,言慎独而身、心、意、知、家、国、天下一齐俱到。……《大学》之道,一言以蔽之,曰慎独而已矣。《大学》言慎独,《中庸》亦言慎独。慎独之外,别无学也……"讲堂内,一名侍讲学士捧着刘宗周的《子刘子学言》朗声宣读。

黄宗羲端坐上首,万斯年、斯程、斯大、斯同等兄弟在堂下首排。其他学子们依次而坐,执笔书写,侧耳倾听,或颦眉思虑,或若有所悟。等侍讲学士读完一段,黄宗羲示意学子们提出疑难。

一名学子起身作揖,问道:"梨洲先生,蕺山先生说慎独是学问的第一义,慎独之外别无他学。昔日阳明先生说过,致良知是圣人教人第一义,良知之外更无知,致知之外更无学。如此说来,慎独与致良知岂不是一回事?"

黄宗羲道:"先师蕺山先生之学,以慎独为最宗大义,古往今来儒者人人皆言慎独,唯有先师才始得真义。独者,是人的本心本性。慎独者,是尽本心、尽本性的学问。慎独于身、心、意、知、家、国、天下,小到谨言慎行,身正影端,瓜田李下而不摘不取,守心明性,大至收拾人心,解世道之祸,为天地立心,当家国大义,皆是慎独功夫。人若能慎独,便可为天地间完人——"

说到这里,黄宗羲示意黄百家回答。

黄百家道:"先祖师蕺山先生早年不喜阳明之学,以为阳明之学只从内心修炼,有流于禅学之危。之后先祖师回乡修学,开始深研阳

明心学。致良知,便是致达良知之道。能保持天然良知的,是圣人。能勉强保持良知的,是贤人。遮蔽良知而不肯做,是愚昧之人。愚人的良知虽被遮蔽,但并不是说他们的良知没有存在过。若良知还能致达,与圣人就没什么区别了。所以阳明先生说,良知之外更无知,致知之外更无学——"

"这么说,慎独与致良知还是没区别啊,阳明先生致良知之说在前,蕺山先生为何还要倡慎独?莫不是为了标新立异?"另一名学子急不可待地发问。学子们窃窃议论。

万斯同起身向黄宗羲作揖:"先生,斯同愿作答。"

黄宗羲点头应允。

万斯同道:"阳明之学后来愈来愈流于禅学,这并非阳明先生本意。阳明心学传至数代后,正应了蕺山先生的忧虑。其时天地晦暝,人心灭息,蕺山先生认为世道之祸在于人心,人心之恶在于不学,遂创证人书院。"

万斯选也起身答道:"慎独最早出自《中庸》,'莫见乎隐,莫显乎微,故君子慎其独也',人若能闲居独处而恪守其心,实为良知。慎独比致良知来得明了易懂。故蕺山先生创慎独之学,开宗明义,启发人心。"

学子们鼓掌称好,黄宗羲让大家继续大胆提问。

"我读过梨洲先生的《易学象数论》,只觉取古法、斥伪说,掘其源流,晓其是非,真是耳目一新。只是一事不明,我泱泱中华历算数千年,精妙之极,为何还要以西洋人汤若望的《时宪历》一统天下?如此,我中华古历法岂不是无用了吗?"另一个学子问道。

黄宗羲说:"宋代沈括《梦溪笔谈·技艺》记载《春秋》的日蚀数量、

时辰和蚀法,世人皆不疑有他。我用西汉三统历推算,鲁庄公十八年二月是否有闰,用授时历并参考西方历法,查考比月频食是不可能发生的;《春秋》记载的两次比月食都是'前食而后不食',我用中西历并用,查证《春秋》中鲁襄公二十四年之月食记录有误,而鲁庄公十八年三月日食记录确有其事。"

"郭守敬所著《授时历经》,集传统历法之大成,行用三百八十二年,为中国历法之最长,不逊色于西历。"又一个学子质疑。

"鲁王监国时,我作成《大明监国鲁元年丙戌大统历》,为鲁王所采纳,颁之浙东;丁亥年我为《授时历经》作注,只惜屠龙之技无可与语者。而今有幸与诸位共论,纵然诘难蜂起,我亦是喜不自胜。诸位不可墨守成规,而应撷取各家之长,为我所用。"黄宗羲耐心解释如何妙用中西历算之长。

"梨洲先生,中华古时即有容圆、测圆、割圆之学,西周商高、魏晋刘徽,皆熟稔勾股之学,时至今日,为何象数西学更胜我中华一筹呢?"

"中国数千年皆以科举取才,寒门士子苦读数十年诗赋经义,方得以出人头地。八股文浑厚老成,历经数千年而不朽。西学不伦不类,算得了什么?"

"梨洲先生推崇历算、乐律、测望、占候、火器、水利之流,希冀朝廷借此而诏用人才,试问这等学问于科考何益之有?⋯⋯"

学子们争相疑问。黄宗羲侃侃而谈,黄百家和万氏兄弟次第代答。堂内文采激扬,声震内外。也有人离席,称荒谬不经误人子弟。

此时门口喧嚣起来,把讲学声都压住了。黄宗羲停顿下来。几位白发长须老者走进来,一个个面红耳赤愤愤然。

万斯同把他们扶到座位上:"诸位老先生请喝茶,慢慢道来。"

这几位是当地教馆老先生,近来教馆学子越来越少,迟到早退不说,还传出"勾股""工商皆本""经世致用"等离奇古怪的字眼。一打听,原来他们都到万氏白云庄听余姚黄宗羲讲学去了,还说黄宗羲的学问才是真正的大学问,八股文是早该被塞进灶洞当柴烧的老古董。老先生们于是相约前来兴师问罪。

领头的许老先生扶着拐杖,大声道:"老朽早就耳闻梨洲先生大名。先生有才,我等也并非枉读诗书。你道工商皆本,将商贾与我等读书人相提并论,真是辱没斯文。"

"士大夫不杂于工商。梨洲先生身为读书人,称'世儒不察,以工商为末',我等实在不敢苟同。"

"天子重英豪,文章教尔曹。万般皆下品,唯有读书高。梨洲先生妄论工商皆本,荒废八股经义,相授奇技淫巧,置读书人的脸面于何地?置千古道德文章于何处?"

"真是世风日下,人心不古,礼坏乐崩……"

老先生们的质难劈头盖脸砸来。黄宗羲年轻时性情刚烈,若遇到这般状况早与他们一争高低了。而今他只是微笑恭听。

弟子陈夔献性子急躁,捋着袖子嚷道:"喂,有学问辩学问,有道理说道理,你们实是胡说八道——"

郑梁起身道:"各位老先生,《周书》曰,农不出则乏其食,工不出则乏其事,商不出则三宝绝,虞不出则财匮少。无商,轻则三餐不继,重则药石无救,何以如此鄙视商户?"

郑氏是慈溪名门望族,以刻书为业,算是商贾,故而不平。其他弟子也跟着纷纷相驳。

黄宗羲款款道来:"诸位老先生,所谓工商皆本,实为倡导有用之学，有用之道。士农工商者，道无定体，学贵适用，各任其能，竭尽其力。"

老先生们自知心虚，遂顾左右而言他。

"听说梨洲先生推崇西洋天文历算，我中华学问源远流长，车载斗量，包罗万象，为何长他人锐气，灭自家威风？"

"我们有礼乐、象纬、医药、书数、律法、农桑、火攻、器制、图书、皇极……"

"律吕、山经、水志、分野、舆地、算法、太乙、壬遁、演禽、风角、鸟占……"

"兵符、阵法、卦影、禄命、建除、葬术、五运、六气、海道、针经……"老先生们得意扬扬地数出一大堆学问的名称。

等他们发泄得差不多了，黄宗羲又道："昔日徐阁老徐光启师从西洋人利玛窦，学习天文、历算、火器、兵机、水利诸学，最为推举度数之学。他曾说，算学若能渐次推广，更有百千有用之学相出，尤可直接用于钱谷财赋算计，这岂是八股经义所能涵盖的？若广泛用于礼乐刑政、天文律历、朝章国纪、赋税水利、兵机利害，更能衡量古今成败兴废之故，天地阴阳之变。"

许老先生胡须发抖，脸色赤红："一派胡言。中华千百年来善用数术，区区几十颗算盘珠子，便可推演千百万数目，世代延益迄今，又岂是你等奇技淫巧可招摇撞骗的？"

黄宗羲道："治赋理财非算学而不能核，只是为历代鄙视之，视为不入流之学。算学若能广泛应用，精打细算，有明也不至于因财匮而九边不守……"

当下时局虽不似前些年那样草木皆兵，终究还须谨言慎行。故

而黄宗羲讲学一贯只谈心学、慎独以及天文地理历算，少触及时政，此时一言既出，众人默然，老先生们也坐立不安了。

黄宗羲想起二十二年前的旧事。那时他举兵抗清，衣甲粮食皆是自备，日日夜夜以算学筹谋兵饷，一个铜钱掰成两个花，磨尽心血，最终还是兵败如山倒。他困涩地咽下话头，对黄百家和万斯同说了几句。黄百家走向堂后。

万斯同对众人说："诸位请移步庭院，一睹西洋奇观。"

众人纷纷涌向庭院。老先生们不情不愿又忍不住好奇，也跟出去看究竟。黄百家抱来一块用蓝印花布包的物件，问老先生此刻是什么时辰。老先生们遮额看日光，再看看树影，有答巳时三刻，有答午时一刻。黄百家小心地把物件平放在草地，揭开蓝印花布，露出一块白色石盘。石盘四周雕镂二十八星宿和子、丑、寅、卯、辰等十二时辰，石盘中心有一条金龙背负指针，日光照耀下，指针阴影落在晷面的十二时辰，正指向午时二刻。

"日晷，这是日晷。我在书中见过。"有人高叫。

老先生们没有说准时辰，又恼羞又发作不得。一般人家置不起日晷，官府也只用漏刻，这等精巧日晷更是少见。老先生们凑上前细看，既惊讶又不以为然。

黄宗羲抚须笑道："多年前，汤若望来到中国，参与编纂历书，发明多种西洋器物，制造了一具大理石日晷进呈朝廷，还做了一批小型象牙日晷赠予朝臣。天启三四年间，我与汤若望先生相识，初涉西学，自此喜好象数之学，深觉西学广博，开启智慧。崇祯十五年我入京应试，与汤先生再次相遇，互研中西算学，汤先生赠我抄刻本历书和这一面日晷。汤先生历两朝变迁，两年前病逝。他半生漂泊中国，倡导西洋绝学,令宗羲受益良多啊。"

许老先生冷笑:"老朽要是没有记错的话,当年令师蕺山先生视西洋人汤若望为异端之人,请求崇祯帝将其驱逐出国,永绝异端之根。只可惜先帝心软,以致洋贼转而效忠于新朝,弄出个不伦不类的《时宪历》。你此番言论,岂不是有违师道尊严?"

众人窃窃私语。当年崇祯意欲师夷长技以制夷,刘宗周坚决反对汤若望制造火器攻防清军,称"火器终无益于成败之数",愎拗偏迂地坚持以"仁义"退敌。崇祯不得已再次将其革职。刘宗周的某些学说黄宗羲亦是不甚认同⋯⋯

眼下也不便辩驳,于是他道:"老先生有何质疑尽管说来。"

许老先生越发得意地称:"西洋喜作奇巧,究其根源并无太多智慧。中华早就有日晷,只不过少有人见过罢了。我中华绝学哪里比不过西洋异端邪说?"他掐指数点,"河图洛书,木人木鹊,龙骨水车,木牛流马⋯⋯"

黄宗羲恳切道:"质疑辩难是绝好的事。自科举之风盛起,世人为进仕途而死学,不知还有其他实用学问。宗羲并非为西学而辩,实则旨在倡导有用之学,有用之道,兵农礼乐九流六艺切于民生,方是经世致用的实学。"

"这么说,倒也有一点道理。"一个老先生若有所思道。

"宗羲少年时,父亲谆谆教导,学者不可不通史事。自此我发奋研读史书,明白一切学问终必以六经为根底,若没有六经为底,只为迂儒之学,夸夸其谈,于人于己都没有好处。学必原本于经术而后不为蹈虚,必证明于史籍而后足以应务。读史、穷经、经世,三者贯通融会,天下则无难读之书,无难做之事。"

老先生们交头接耳,渐露赞赏之色。

黄宗羲抚着日晷:"我期望朝廷录用人才,应以绝学量取,考察其有成果发明而待诏录用,否则不用也罢。倘若绝学早一日引入大明……"他还是说出很早想说的话,"或许,也不会国破山河在了。"

众人鸦雀无声。黄宗羲的话如一面刀刃,令遗老遗民子弟顿感切肤之痛。

许老先生赞道:"梨洲先生言之切切,老朽今后也要前来恭听,受教先生的经世学问。"老先生们也跟着称好。

掌声、喝彩声响彻白云庄内外,流云飘过天空,挂在白云庄檐头,经久不散,仿佛亦在驻足谛听。

第六章　焚　书

康熙九年（1670）初秋，杭州，严秋毫在巷弄扫地。

他在高堂武馆一住四年。每年有两天，高堂把自己关在屋内，与冯龙隔空对饮，一是他与冯龙从山海关死人堆里爬出来的日子，一是冯龙惨死的日子。每年除夕夜，他们也会在桌上多放一副碗筷，对着空位沉默地敬酒。

严秋毫已经能把康熙通宝掷向三十丈开外，嵌在墙上，露出一大半。高堂说，啥时能够把整个铜钱嵌进墙，他的功夫就到家了。

有时，他会梦见走进一片幽暗森然的血雾，雾中响着嘶哑的声音，"日月山河永在，大明江山永在……"，隐约出现冯龙血肉模糊的脸。他惊惧地跑开，血雾中又响起一个苍老的声音，"儿啊，欠账迟早有一天要算清的，不要忘了把债讨回来，不要忘了——"

他惊醒，跪在床上，对着黑夜泪流满面："父亲，我至死都记得。可我两手空空，卑微如蚁，怎么办，我该怎么办……"

有时,他还会记起那位陌路相逢的黄老先生的话,"学问之道,以各人自用得着者为真"。寄人篱下终非长久之计,可到底该做什么呢?早年他在东家和身为管家的父亲的教导下,颇识文墨,还写得一手好字,虽然他并不喜读书。当年若无意外,他会接过父亲的衣钵继续为东家卖命,娶妻生子,获得体面的终老……世事难料,如今他连做一辈子奴仆也不能了……

严秋毫蹲下身,捡拾嵌进青石板缝的落叶杂物。

"小哥,请问西山书铺搬去了何处?"有人路过问询。

严秋毫头也不抬地朝巷弄外一指:"去年搬了,出巷弄往东,过两条小巷再往西——"

那人谢过后就走,严秋毫朝那人背影瞥了一眼,顿觉眼熟,便跑到那人面前一看,欣喜地喊黄老先生。问路的是黄宗羲,他也一喜。严秋毫一定要请他进院喝茶,再送他去书铺。黄宗羲看看他身后的院落,听得里面传出拳打脚踢的动静,不免诧异。

严秋毫把这些年状况大致说了下,道:"黄老先生,您救我于危难,有一饭之恩;高师傅救我于生死,如再生父母。你们的大恩大德小秋没齿难忘,让我请您吃个饭吧。"

黄宗羲略一思索便应了。两人进院子,院里十来个赤膊后生拳脚呼呼生风,一招一式颇见功夫。高堂在一边指点。

严秋毫对高堂低语几句,高堂对黄宗羲拱手道:"先生与小秋有旧识,我早已听闻,请歇个脚吃个饭。"

两人正要引他进屋,黄宗羲对着练武的后生颔首,说哪一个入了门道,哪一个尚缺火候。高堂诧异,严秋毫更惊奇,这老先生竟然还懂武学?

黄宗羲道："少林以拳勇闻名，主要功夫在搏击，对手亦容易找到纰漏。内家拳则以静制动，对方一应手容易落败，故有别于少林功夫，自成一家……"

高堂警觉："黄老先生到底是什么人？为何还懂拳术？"

严秋毫与黄宗羲相识时，黄宗羲只说自己姓黄，没有透露更多详情，又听他谈吐斯文，只当他是个老儒生。没想到老儒生藏得深。

黄宗羲笑道："我儿曾拜四明内家拳传人王征南先生，学得几手拳术，我耳闻目睹多了，故而略懂皮毛。"

"王征南先生乃四明内家拳高手，我自然知晓。敢问黄老先生尊姓大名？"

"余姚黄宗羲。"

高堂退后一步长揖："久仰梨洲先生大名。小秋，快请梨洲先生入内，煮茶，做最好的酒菜。"他挥挥手，"今日散了。"

后生们蒙然散去。严秋毫更蒙，不明白自己的萍水之交为何转眼成了高师傅的座上宾。

酒菜上桌，黄宗羲与高堂俨然故人重逢。

原来，黄宗羲的三子黄百家自幼喜武学，拜甬上内家拳传人王征南为师，精通内家拳。后来黄宗羲担心儿子热衷武学，会沦为少年狭邪之徒，遂令其弃武从文。黄百家起初不愿，后来读书读出真滋味，遂长进神速。黄宗羲少年时亦学过搏击之术，力大能举鼎，千里赴京锥刺奸宦，青壮年时抗清举事，皆受益于武学，故能道出一些门道。

高堂反过来向严秋毫介绍梨洲先生。他早就听闻黄宗羲的抗清义举和学识名望，所以久仰大名并非客套话。严秋毫方才明白，原来他无意间结交了一位大名鼎鼎的江南大儒，慌忙说自己有眼不识泰

山，赶紧给黄宗羲倒酒夹菜。黄宗羲不善酒，以茶水掺之。

酒热耳酣，高堂坦然说起自己蹈锋饮血的往事。黄宗羲虽不曾亲历山海关之役，而亡国之痛远甚于人，也说起追随鲁王抗清的旧事。两人年岁相近，经历相似，性情相亲，一时杯觥交错，长歌当哭。

"梨洲先生，我一介武夫，远不如先生见识宏阔。请教先生，高堂和袍泽们忠君爱国，出生入死，守的到底是谁的边关，护的到底是哪一家的天下？"高堂睁着通红的泪眼问道。

黄宗羲早发现墙壁上贴着一张陈旧的军事舆图，走近一看，图上还有几处褐色血痕，显然是高堂当年所用。

"问得好。芸芸众生汲汲营营，少有人如此相问。"黄宗羲指着舆图，"李唐，赵宋，朱明，千百年来，都以为天下为君王的天下，财富为君王的财富。那么守护的自然就是君王的边关和天下，百姓耕种的自然也就是君王的田地。既然如此，大明天崩地解，也不过是换了一个朝廷，偌大的国土与百姓又有何干？"

严秋毫和高堂大愕，他们从未听过这等惊世骇俗之论。

"上古三代，君主为民制产，田土广阔，井田养民；百姓有田可耕，瘠土之民不至于贫困。三代之后，井田尽遭破坏，百姓自行购田，君王非但不授田于民，还要施以苛税重赋，百姓岂能不贫困？大明岂会不倾覆？高堂先生，边关将士再强的血肉骨骼，也挡不住夷狄入关啊。"黄宗羲抚着旧舆图。

"正是，先生，我们护的只是老朱家的朝廷。"高堂怆然，"大明丢了天下，受苦的是我们百姓啊。"

"天下为主，君为客，天下之治乱，不在一姓之兴亡，而在万民之忧乐。其实，朝廷是朝廷，天下是天下，朝廷不是天下，天下不是朝廷，朝廷代代更替,天下亘古不变。高堂先生,你们守护过的,并非一家一姓的天下,而是天下人的天下。黄宗羲敬先生一杯。"黄宗羲把酒杯举到高堂面前,辞真意切地说。

严秋毫和高堂蒙了。这一番掷地金石声闻所未闻,连想都没有想过——天下,竟然可以是天下人的天下,而不必是帝王的天下?!

高堂颤然举杯。原来,他和袍泽们历经的血战并非一文不值,至少,他为天下人拼过命。他把泪水和着酒水一饮而尽。

严秋毫怕他们醉了,又偷偷将酒杯换成茶杯。两人只顾咀嚼故国山河,也没觉出异样。严秋毫也很想把萦绕胸口多年的心事吐出来,索性也跟着痛快淋漓一场,再三思虑,还是和着酒菜咽下。父亲说过,欠账迟早有一天要算清的。

此番来杭,黄宗羲为搜集编撰《明文案》《宋儒学案》《元儒学案》所涉史籍而来。高堂便让严秋毫陪同,黄宗羲应允。严秋毫更是欢喜,他原本闲散惯了,只因感恩高堂,故不敢随意偷懒,这回名正言顺了。第二天他便挑上书箱跟随黄宗羲出门。

严秋毫轻车熟路,带着黄宗羲专往冷僻的书铺书肆钻,那里多有孤本珍籍,令黄宗羲大获意外之喜。严秋毫坚持要结账,说高师傅吩咐过了,若办事不力会被责骂,会被赶走,就又要流落街头了。黄宗羲也不再坚持。购满两箱书,黄宗羲将其放置在钵池庵,带严秋毫游胜。

他们泛舟西湖,游览南山、高丽寺、法相寺、烟霞寺,登凤篁岭,酌龙井泉,寻寿圣寺。黄宗羲说一些有趣的历史掌故,吟吴山,咏南山,"昔年曾向此山居,盛世繁华一梦余。箫鼓声中明月落,湖山胜处美人居","凌晨出郭门,一舸破烟雾。赤山遂登陆,落叶莽回互。初经

高丽寺,涧水琤琮注……"

严秋毫听得津津有味,深深叹服梨洲先生的博学多才。晚间他们借宿钵池庵,用过素斋后各自回房歇息。

严秋毫迷迷糊糊入睡,梦中又见血雾弥漫,一个苍老的声音响起:"儿啊,欠账迟早有一天要算清的,不要忘了把债讨回来,不要忘了——"

"父亲,我至死都记得。可我两手空空,卑微如蚁,怎么办,我该怎么办……"他无能为力地呜咽。

父亲愠怒:"你活着就要替我们报仇,此仇不报枉为我儿!"

父亲的脸骤然变成另一张血肉模糊的脸,高呼:"日月山河永在,大明江山永在……"

严秋毫连连后退,后背一痛醒转过来,发现自己掉下了床。

冯龙刚死的那段日子,他夜夜做噩梦,以致与父亲的梦中相见都被打断。高堂本不信邪,见他面相不祥,便带他去冯龙坟前烧了一堆高香纸钱,此后倒也渐渐平息下来。如今倒好,父亲与素不相识的冯龙结伴而来了。可他们明明知道,他一无武功二无文治,拿什么报仇雪恨啊?一闭眼,父亲和冯龙又在血雾中飘来飘去,好像今夜非得逼他拿出一个答案不可。

严秋毫披着被子敲开隔壁房门,黄宗羲诧异地问这么晚了还有何事。他支支吾吾说做噩梦睡不着,黄宗羲哑然失笑。他索性把冯龙的事说了出来,高堂讲山海关往事时没有提及冯龙。

黄宗羲一时沉默。甲申之变后,且不说扬州十日、嘉定三屠之惨绝人寰,且不说自己变卖家产纾国难,随监国鲁王驻兵钱塘江,五百义军死难四明山,半生濒十死,单是好友故交死于清军屠刀下者便不知凡几。冯龙亦是无数冤魂之一。

"梨洲先生,我们汉人还有出头之日吗?"严秋毫悲伤地问。

这种悲怆的质疑已然在黄宗羲心中长啸多年,他可以解答弟子们的诸多学问疑难,却难以对这个质疑给出一个圆满的回答。

"我一直记得梨洲先生的话,学问之道,以各人自用得着者为真。可是,很惭愧,我不知自己的学问之道在哪里。"

"这些年,你学得了哪些有用之学?"

"我替高师傅烧饭做菜,不擅文武艺,也不懂做生意。高师傅待我如兄弟,只是终非久长之计,不知日后何去何从。"

"你先问问自己,有何长足之处?"

"我自小跟父亲学算账,会几个墨字。"

黄宗羲拿出文房四宝铺在桌上。严秋毫犹豫了下,定了定神落笔。黄宗羲吃惊,他这一手书法笔老墨秀,潇洒俊秀,比他尚有几分稚气的面庞老练多了,便让他再写几张。严秋毫唰唰落笔,一幅幅字各有千秋。

黄宗羲赞叹:"小秋,你这一手书法至少该有十年功底。"

"我儿时跟父亲学各家书法,稍长再跟他学算账,只是没能学得多少,父亲的书法才叫好——"他喉头一哽。

黄宗羲找了两本墨帖给他:"你有家学渊源,加以苦练,日后必有长进。这两本书有空多看看练练。"

严秋毫连声道谢,又问:"梨洲先生,我考取功名行不行?"

严秋毫也并非异想天开。武馆虽安好,可天下没有不散的筵席,他时常盘算日后的谋生之道,但不得其法,所以也是苦闷日久。

这些年,黄宗羲告诉弟子们须以谋生为重,功名也可试一试,若

是饥寒交迫衣不蔽体,哪来的心思做学问?自己后辈子做定了遗民,弟子们则不必蹈袭覆辙了。

黄宗羲说:"科举之法早就弊端重重,只限于八股时文,士子不得尽其才,破坏人才尤甚。且每科限于名额,千人仅取一二,令士子们兴叹,只得以揣摩科考为意旨,哪里还有做学问的真正乐趣?"

"读书不是为了考功名,那是为了什么?"严秋毫不解。

"我年轻时屡求功名,自觉经义之文不输于他人。崇祯三年乡试落榜,我遂弃时文制艺,专攻经史诸子百家及至西方绝学。崇祯十三年、十五年皆落榜,此后绝了仕途之心,专研于著书立说。"

严秋毫愕然,梨洲先生这般饱学鸿儒尚难以登科,他又岂敢妄称考取功名?

"考功名,须读书。读书,却未必是为了功名。读书的最终目的是经世致用,士子以振兴圣学为己任,君主治乱天下,明白天下之治乱不在一姓之兴亡,而在万民之忧乐的道理,方是读书做学问的真义。若是读书而蠹国病民,倒不如不识字的种田翁。"

严秋毫瞠目,偷偷朝窗外看,好在外面只有风吹竹林声。

"高师傅说要教我练武,可只让我天天掷铜钱。考功名吧,我学识浅薄。再者,一字不慎还会招来杀身之祸。我是一无用处了。"严秋毫沮丧地说。

"一个人要用足自己的长处,便是我常说的,学问之道,以各人自用得着者为真。你既懂账目,又通笔墨,好好学习簿记算账,亦能安身立命。"黄宗羲又翻出几本书给他,"这是我著述的书,你且看看。"

严秋毫翻看,《气运算法》《勾股图说》《开方命算》,只觉名字新鲜古怪,便说:"梨洲先生谆谆教诲自有道理,我一定好好读有用之书,争取有作为。"

"我明日去会友,你不必再跟我奔劳了,代我向高师傅致谢。"

严秋毫心知不可扰了梨洲先生的雅兴,毕竟自己与他的学识见闻相距甚远,且这回也算是报得恩情了,便点头应允了。他在窸窸窣窣的翻书声中沉沉睡去,脑海中飘过模糊的念想:东家当年因书而招来杀身之祸,为何梨洲先生还读得如此欣然?

第二天严秋毫醒来,屋外秋雨沥沥。梨洲先生和书箱皆已不见,看来一早就走了。他怅然若失,这一别也许难以再见了。

想起昨晚跑来与黄宗羲同睡一室,他不免羞愧,便整理衣物书籍准备离开。一本书从桌上滑落,他捡起,封面上书:待访录,黄宗羲。

他翻开来看:"凡天下之无地而得安宁者,为君也。是以其未得之也,屠毒天下之肝脑,离散天下之子女,以博我一人之产业,曾不惨然,曰:我固为子孙创业也。其既得之也,敲剥天下之骨髓,离散天下之子女,以奉我一人之淫乐,视为当然,曰:此我产业之花息也。"

他大惊失色,朝窗外张望,钵池庵内只听得雨打竹林萧萧声。他颤着手继续看下去。

"天下为主,君为客……为天下,非为君也;为万民,非为一姓也……不以天下为事,则君之仆妾也;以天下为事,则君之师友也……天下之治乱,不在一姓之兴亡,而在万民之忧乐……"有几句话黄宗羲说过,可说过的话风吹即散,写下的可是白纸黑字。

这书是梨洲先生送他的,还是无意遗落的?严秋毫如置身雨地,巨大的恐惧从头顶淋到脚底,再从脚底涌上,延向四肢百骸。

严秋毫刚进高堂武馆的巷弄,巷口剃头铺子伙计问他怎么才回

来,武馆出大事了。

高堂昨日去菜市买菜,遇到一队八旗营兵调戏一个汉人女子。这本是常有的事,小民都只能忍气吞声。高堂本不愿多事,但那女子惨叫声声,他忍不住拔拳相助,虽勇猛,到底敌不过恶狼,此刻不知生死。

伙计指点他,不花足钱财怕是替高师傅收尸都不能了。高堂有几个富家弟子,但面对飞扬跋扈的八旗营兵,谁也不敢担事。经过七拐八弯的托情,严秋毫花掉辛苦积攒多年的工钱,得以进监牢看望高堂。

牢房角落稻草堆上,昔日一拳能撂倒四五个汉子的高堂血肉模糊。严秋毫小声喊着,好一会儿高堂艰难地爬过来。他端上肉粥恳求师傅吃一些,一边喂一边哭,怪自己没有照顾好师傅。

高堂喘息道:"小秋,陪梨洲先生游玩可尽心?"

严秋毫越发哭得说不出话。

"我还想着,以后再见到梨洲先生,听他讲学,看来是不能了。"

"师傅,我要救你出去,我一定要救你出去。"严秋毫恨声道,"我会好好练武,杀死那帮清夷,为你报仇。"

高堂吃了几口粥,撑不住气力躺倒:"我眼睁睁看着清军入关,亲历亡国之役,我恨清夷。可是,还有比他们更可恨的。"

"哪个?"

"大明。"

"为何?你,不是忠心守护大明的吗?"严秋毫愕然。

"我为大明守了半辈子边关,出生入死,九死无悔。直到与梨洲先生一番谈论,我才明白,什么大明,什么大清,都是帝王家天下。可他们连我们姓甚名谁都不知道,我们只是山海关脚下一块脱落的墙皮。呵呵,可怜的冯龙,可怜我为大明而死难的袍泽,可怜我自己……"

严秋毫一惊,高师傅的说法,与梨洲先生何其相似。

"高师傅,我们想办法先出去……"

高堂剧烈咳嗽,嘴角溢出一股股血:"知道为什么让你掷铜钱吗?因为你练武的根基不足,只能练小技。暗器,本为练武之人所不齿,只是要看用在哪里。记住,不可伤害无辜之人。"高堂气若游丝,"宅子卖了,小秋,活着,替我和冯龙好好活下去……"

严秋毫把高堂埋在冯龙的坟旁,一对难兄难弟在九泉之下又重逢了。

他重重叩了三个头,抬头时血从额头渗下,滴进眼里,眼前血雾弥漫,如噩梦重现。此时他不再惧怕,还盼着父亲从血雾中走出来。漂泊多年的他遇到侠肝义胆的高堂,有了一个家,可一转眼这个栖身之处也没了。难道他真是命如漂萍吗?纸灰袅袅,野林里的鸦叫声古怪凄惨,怎么活下去?

"一个人要用足自己的长处,便是我常说的,学问之道,以各人自用得着者为真。你既懂账目,又通笔墨,好好学习簿记算账,亦能安身立命。"梨洲先生说得没错,一个人最终要靠自己安身立命。

多年前他以为难逃一死,还是活了下来。高师傅说让他替自己好好活下去,那么,从今往后他不只是活自己的命,还要活高师傅和冯龙师叔的命,不,加上父亲的,加上……他一个人要活很多人的命。他身心一凛——无论如何也不能死,非但不能,还必须拼尽全

力活下去。

他摸了摸铺盖和包袱,摸到几本书,取出一本,一看是《待访录》。他犹豫良久,把书举到燃烧的纸钱上,火苗贪婪地舔舐纸张。

蓦然,他想起六年前破庙烧书的情景,心中大恸:为何屡屡与书有此孽缘?

第七章 告 密

康熙十二年（1673）十二月是黄宗羲的母亲姚太夫人的八十寿辰。黄宗羲最觉愧对母亲，所以逢母亲整寿，便邀亲友相贺。

姚太夫人是绍兴上虞人氏，十六岁嫁入黄家，秉性贤淑，深明大义，历经丧夫失子的生离死别、大明倾覆的天崩地解、抗清复明的颠沛流离、家宅屡遭火灾的苦厄艰辛。当年黄尊素被害的噩耗传至家中，黄宗羲的祖父愤然题字"尔忘勾践杀尔父乎"，贴在家中出入处，耳提面命少年黄宗羲铭记。姚太夫人亦常提点他不要忘记祖父的壁书。她颠沛坎坷大半生，如今老迈之年才稍得安稳。

外地老友陆续寄来寿联寿诗。理学大家孙奇逢寄来倾力之作《理学宗传》和寿诗，史学家李清寄来《鹤龄录》，复社旧友巢鸣盛寄来寿文。寿宴上黄氏家人和诸亲友向姚太夫人祝寿，姚太夫人清楚地叫出他们的名字。

众人逗趣问她还记不记得自己早年写的诗，姚太夫人吟出《咏蒲

扇》诗:"挺出淤泥不染尘,清寒透骨世无邻。何人采织还成扇,留取遗风披后人。"众人鼓掌叫好。

宴后送别亲友,黄宗羲整理友人历年相赠的寿诗寿文,发现旧稿《四明山古迹记》已遭鼠虫啮咬,书中有老友陆文虎的评校文字,朱墨如新,而故人作土中人已近三十年,不禁泫然。陆文虎性情耿直,善作古文辞,文章气节高昂,与万泰相携师从刘宗周,甬上有"万陆"之誉。

三十一年前的崇祯十五年(1642)十一月,黄宗羲与黄宗炎、黄宗会游历四明山,十一月十二日出发,沿途勘察四明山地理地貌、古迹方志,正月十九日返家。黄宗羲编写《四明山古迹记》五卷,黄宗炎作赋,黄宗会作《四明山游录》。翌年十二月姚太夫人五旬大寿,黄宗羲的好友纷至祝寿。刘宗周书写祝文,令其子送至黄竹浦,施邦曜、孙嘉绩等好友送来寿文寿诗,陆文虎和万泰至黄竹浦祝寿。黄宗羲拿出《四明山古迹记》请诸友评读,陆文虎大为称赏,称要刻录成书。黄宗羲说还须削笔,未料一搁就是三十年。

二十八年前的顺治二年(1645),黄宗羲率世忠营赴钱塘江迎监国鲁王,驻兵江上。是年十月十日,时任监国行人的陆文虎来看望他,两人临江迎风,愁绪如江涛滚滚。望着对岸隐然的清军舟旗,他们清楚地知道,诸事已不可为了。翌年十月十日,家仆从甬上回来告诉黄宗羲,见到陆文虎坐于轿中,全身束布,将入城葬殓。与老友的生离与死别竟是同一日,真是冥冥中的劫数。

黄宗羲细读《四明山古迹记》,越读越觉得旧稿凡例不齐,词不雅驯,须好好削笔方可成书。他一则庆幸早年没有应承陆文虎刻书,再则深觉愧对老友的成书之愿,又念及同游四明的三弟黄宗会亦在十年前作古,越发怆痛。黄宗会性情狷介,读书过目不忘,每日必读百页书,若有事耽搁,次日必加倍补上。尤令黄宗羲哀痛的是,宗会逝日亦是自己的生日。

思旧念故,又想着老母不知还能过几个寿辰,黄宗羲越发唏嘘。夫人端来茶汤,劝慰母亲大寿之日不宜伤悲。黄宗羲让她先去歇着,不用管自己。

"麟儿,你已是耳顺之年,须多听听妻儿的话了。"姚太夫人扶杖走进书房。夫妻俩扶母亲坐下,姚太夫人问他因何伤悲。

黄宗羲出生前,姚太夫人梦见祥兽麒麟入怀,故给他取乳名"麟儿"。只是他半生颠沛屡劫生死,哪有祥瑞可言?黄宗羲告知旧稿《四明山古迹记》有陆文虎批注,与宗会游历四明历历在目,而今山川依旧,故人已逝,故而伤感。

"《四明山古迹记》未成书,本已是憾事,如今你唯有查漏补缺,用心削笔,方可告慰文虎和宗会在天之灵。逝者不可追,你留有念想就是了。"姚太夫人谆谆劝导。

黄宗羲愧然:"母亲言之有理,儿子只顾伤怀,疏忽了正经事,有愧于母亲教诲,更有愧于文虎兄和宗会弟的遗愿,儿子即日振奋精神,重为修撰。"

这一年年末,黄宗羲和黄宗炎重修《四明山古迹记》,考证、勘误、增删,并将书名改为《四明山志》。

黄宗炎前不久从杭州回来,一边整理书稿,一边说起从杭州听来的新闻。康熙撤三藩以来,吴三桂自称"天下都招讨兵马大元帅",举起"兴明讨虏"大旗起兵,十三省泰半举旗响应。眼下吴三桂和其子吴应麒在湖南与清军呈强硬对决。

"大哥,吴三桂能取胜吗?取胜之后真的会复兴大明吗?"黄宗炎把勘误修改后的新稿写上页码,捋齐书稿边缘。

黄宗羲校勘过两页书稿后放下笔:"吴三桂首鼠两端,进退无据,本无忠义节烈之心,当初归顺清廷是苟且,清廷早就防着他,故而必有撤藩之举。这样的人如何能成就大业,又如何会效忠故朝?"

"看来他是假兴明讨虏之名,成自家好事。"

"晦木,厕身儒林著书立说,是我们当下要做的事。"黄宗羲从书稿中抽出一页旧稿,"朝代有如一页换下的旧书稿,及时削笔还能用,若不然,只能如此。"他把旧稿扔进炉子,很快变成纸灰,又把一页新稿夹进书稿。

黄宗炎点点头,给炉火添上木炭。两人继续埋首于故纸堆。屋外北风呼啸,室内暖意融融。

黄宗炎整理了一会儿又说:"大哥,你别笑我道听途说,吴三桂以朱三太子之名起兵讨檄清廷。我在杭州,也听说了朱三太子现身江南。这下够康熙忙了,一手要平三藩,一手要对付朱三太子。"

甲申之变后出了南北两起"太子案"。崇祯自缢前,将太子朱慈烺、三子定王朱慈炯托付给周皇亲,四子永王朱慈炤托付给刘皇亲。李自成攻陷京师,三皇子皆不知所终。后来,逃出宫的太子朱慈烺得知顺治哭祭崇祯,声称要善待前明后人,信以为真,遂返回京师找到周皇亲,也就是亲外公周奎。周奎思前想后,将太子献给清廷。摄政王多尔衮称朱慈烺是假太子,将其速决,一绝后患。不久弘光朝又来了一位太子,福王和马士英等众官员一致认定其为假冒,亦将这名太子处决了事。

"弘光非先帝之后。当时南明派出使臣与清廷和谈,马士英之流提出出使事宜,第一条便是'于天寿山特立园陵,厝先帝梓宫,并太子二王神衬',意图先声夺人昭告两太子死讯,以绝先帝之后,让遗民彻底死了心。"提及南明时的潞王福王之争,黄宗羲仍愤然。

"太子朱慈烺已死,定王朱慈炯和永王朱慈炤皆下落不明,江湖所传朱三太子不知是哪一位?"

"朱三太子案我早有听闻。定王或已蒙难,永王或尚存活,但不可能有东山再起之力。江湖中有真反清的,也有假复明的,多是拉虎皮作大旗。辛卯年,江湖传言朱三太子被抓送往京师,其后不知生死。丙申年,直隶真定也出了个朱三太子,声称复兴大明,又买卖官职,被抓后亦被处决。己亥年,又有个朱三太子出没,据说半年骗了七万余两银子。"黄宗羲撕掉一页旧书稿扔掉,"所谓朱三太子,早已沦为江湖笑柄了。"

"朱三太子出没,也让清廷尝尝草木皆兵的苦。"

黄宗羲拍拍书稿说:"朱三太子之疑不必管了,这书稿中还有几处疑点,我须再去一趟四明山,实地勘察以定稿。"

康熙十二年(1673)十一月,杭州汪氏书铺。

严秋毫每天早起擦桌抹凳,整理书籍,烹茶焚香。等书铺掌柜汪先生进入时,室内已窗明几净清香袅袅,一派书卷气。

三年前高堂师傅死后,他打算离开杭州,行前一晚在一家书铺檐前过夜。翌日起晚了,一睁眼对上一张惊诧的老脸。他慌不迭起身道歉,准备卷铺盖走人。那书铺掌柜问他前些日子还来买书,怎么转眼落魄至此。严秋毫细看,原来他此前与梨洲先生来过这家书铺,买了十来本善本,掌柜汪先生盛情相待,他也出手爽气,故而认得。严

秋毫只说东家回乡养老，自己要另谋出路。汪先生对严秋毫颇有好感，再则书铺正需小伙计，问他是否愿意留下。严秋毫想自己虽命苦，却也屡屡绝处逢生得贵人相助，遂磕了几个响头，就此留下。这一留又是三年。

严秋毫整理好书籍，把剪来的梅花插在花瓶中，摆上书架，正忙着，有客人走进店铺。

"客官，我们书铺有官刻本、私刻本，也有自家坊刻本，各大刻书堂号的都有。先生要四书五经、制义时文，还是诗词曲赋……"严秋毫一边介绍一边打量来人，此人四十岁上下，陈旧的青色粗布葛衣，挎灰白包袱，面容苍白，神情萧索。

"小哥，讨一碗热茶可好？"那人用嘶哑的声音说。

严秋毫倒了一杯热茶给他，那人迫不及待喝起来，喝了两口就往后倒。严秋毫慌忙扶住他。汪先生正好走进来，两人扶他在躺椅上躺下。汪先生对医术略有涉猎，搭了把脉说不碍事，多半是饥饿疲惫所致。

一番折腾后那人醒来，起身叩谢。汪先生又让严秋毫送上热粥小菜，问他哪里人，来杭寻亲还是访友。

那人喝着热粥，看看书盈四壁典藏云集，再看看温文儒雅的汪先生和殷勤热切的严秋毫，迟疑了下说："我姓王，表字士元，南直隶凤阳府人，教书为业，来杭访旧，只是友人迁居他乡，钱物又被窃，故而颇为窘迫。"

严秋毫想原来世间苦命人不止我一个啊。

汪先生朝店铺外一指："王先生，沿小店往前走，往左过两条小巷，有一个徽州会馆，可襄助流落异乡的徽州人，你虽是凤阳人……"

王士元像被虫子蜇了,手上的粥碗差点又要摔了,连连摆手:"我还要赶路,多谢两位恩人相助,王某铭记在心。"他搁下粥碗,起身对两人深深一揖,朝门外走去,走到门口腿脚一软,忙扶住门框。

"汪先生,他很虚弱,能不能留住几日?"严秋毫忙说。

汪先生说:"王先生,你既入小店,便是我的客人,我不能让你带病离去,否则是我不仁义了,传出去有损我书铺名声。小秋,带王先生歇息,再找郎中来看看。"

当晚,王士元借宿严秋毫的厢房。严秋毫端来汤药,王士元喝过后失声痛哭,严秋毫一慌,以为他又怎么了。

王士元平静下来说:"这些年我江湖漂泊,尝尽人世炎凉,小秋兄弟和汪先生大义相助,不知如何相报。"

"我也是无家可归人,是汪先生收留了我。个中悲苦,我懂。"

"天涯同命,小秋,你我也是有缘了。"

"你先安心住下,择日再作决定。天无绝人之路。"

第二天王士元的精神好了不少,向汪先生告辞,并从包袱中取出一本旧书捧到他面前:"汪先生,我身无钱财,只有一本旧书,带着也是累赘,你开书铺,恳请收下。"

汪先生一看吃了惊,是宋刻本《东坡集》。他连忙让严秋毫关上铺门。严秋毫不明白一本旧书为何让汪先生惊惶如此。

汪先生小心地翻看旧书,啧啧称赞:"椒纸,工艺精湛,墨色清润,版式精致绝伦,校勘甚严密,真正是寸纸寸金的宋刻本。"他疑虑道,"王先生,如此贵重的宋刻本,你是祖传还是……"

"故人相赠。我一则熟习东坡先生诗文,学他不畏苦难乐游浮生,

再则潦倒时,或可换饥饱寒暖。"

"王先生,一本宋刻本几可换一幢宅子,我不可白白收受。若是出钱,我亦是买不起啊。"汪先生坦然相告。

严秋毫瞠目结舌,不就一本旧书?书铺里还有这么多书呢,比它还新,难不成那字纸是金子做的?

王士元道:"宋刻本高古雅致,简洁深蕴,向为历代书家所喜爱。前朝藏书家张应文说,藏书者贵宋刻,纸质莹洁,墨色清纯,为可爱耳。藏书家高濂亦道,宋人之书,纸坚刻软,用墨稀薄,开卷有一种书香。有宋刻本可读,实在是读书人的福分。我与汪先生有缘,书亦与贵铺有缘啊。"

汪先生讶然,此人谈吐不凡,学识匪浅,看来非一般人等。他既喜欢又觉得不妥,便道:"收受如此宝书,岂不是折煞我了?我赏读一番就够了。"

王士元望着窗外的晴空浮云,道:"江山皆为云烟,社稷转瞬易主,一册宋刻本又算得了什么?只可惜,那年离开时,我只拿了一册《东坡集》,行色匆匆带不了更多。"

"那年离开时?"汪先生和严秋毫听得茫然。

"汪先生的恩情,是一本宋刻本相报不了的,恳请收下。"

严秋毫想到一事,便说:"汪先生,前几日听您说起,想请一位教书先生教小可读书。"

汪先生欣喜地说:"正是,王先生学识广博,定是出自书香世家。小儿不才,亟待良师启蒙。先生执意要我收下宝书,我却之不恭,但恭请王先生为小儿良师,如此我才心安理得啊。"

"对对对,王先生做我家少爷的先生吧,如此两相便宜岂不更好?"严秋毫竭力劝说。

王士元长长一揖:"恭敬不如从命,王某定当不负恩人厚望,倾力相授。"

王士元果然不负厚望,不知用什么好法子,汪先生的顽皮儿子小可很听他的话,读书写字无不恭正,汪先生夫妇大喜过望。

严秋毫和王士元同宿一室。王士元闲下来读书,与严秋毫保持着礼貌的间距。严秋毫也只得耐着性子,读《气运算法》《勾股图说》《开方命算》,深觉艰涩,但又读出几分趣味,一时又叹气又称好。

王士元问他读什么书。这些书是抄本,封面没有署名,严秋毫便说是一位江南大儒写的书。严秋毫很想炫耀梨洲先生是何等了不得的人物,虽然他也不甚了然到底有多"了不得",想了想,一则怕王士元问询书中内容,答不上就露怯了,再则弄不好反而会给黄宗羲带去大麻烦,于是闭口不提。

王士元细细翻看了几页《气运算法》说:"好书。历朝历代制义时文,都不如这些经世致用的好书,只可惜——"他忽地噤声,放下书,拿起自己的书读了起来,似乎怕触到什么犯讳的话题。

严秋毫不知他可惜什么,也越发好奇,他因何落难至此?与自己一样也有难言之隐吗?日后他会何去何从?……他猜测他人,思忖自身,感叹命运何其相似乃尔,心头纷乱,不觉迷迷糊糊睡去。

半夜里他醒来发现王士元的床上无人,忽见窗外人影晃动,他贴近纸窗的破洞一看,王士元怎么跑外面去了?是解溲?屋里有夜壶啊。再则一个读书人,怎么会斯文扫地跑去街上解溲?

严秋毫启开窗缝,见王士元正面朝北方跪地叩拜,夜色中看不清

神色,但看得出姿势恭敬虔诚,还对着夜空低语,擦泪。地上有一堆纸钱,烟雾袅袅。深夜的街头杳无人迹,寒鸦凄叫,远处响着冷寂的敲梆声。大半夜的,他拜神还是祭祖宗?

过了一刻,王士元进屋,严秋毫躺下装睡,王士元悄无声息地上床。严秋毫心中狐疑不止。翌日王士元一如既往,越发勤勉地教书授业。

没出两个月,汪小可学业渐长。王士元说再过一年少爷可以应童子试了,十之八九能考中,汪先生夫妇喜不自胜。严秋毫也释然了。王士元应该也有一笔没人能算得清的旧账吧,自己的欠账还没收回,用不着去管他人的闲账了。

王士元空下来就读书,汪氏书铺对他来说有如鱼入江海,飞鸟投林。汪先生和他探讨各门学问,他都能道出一二,对史学尤为熟稔。只是有时说到前朝,他三缄其口。汪先生也不在意,前朝遗民多是不愿触碰这一场隐痛的。

一天深夜严秋毫再次醒来,见王士元又在屋外烧纸钱叩拜。严秋毫被惊着了,难道他家死了那么多人吗?难道也遭了灭门之祸吗?

严秋毫呆坐床上,直到王士元悄然进屋还没察觉。王士元倒被黑夜中的他吓了一跳,静了静问他是不是都看到了。

"没,没有,我在看书。"严秋毫慌忙从枕头底下抽出一本书。

"看书为何不点烛火?"王士元点亮蜡烛问道。

严秋毫索性半夜说亮话:"士元哥,你为什么多次半夜祭拜?你家到底遭遇了什么变故?"

王士元的身影在烛影下庞大而模糊,如同身背一座沉重的大山。

"我祭拜先父先母兄弟姐妹——只是,江山变故如此,家门变故已是无足轻重了。"他黯然道。

严秋毫觉得他说的话似曾相识,再一细思,像梨洲先生,同样揣一腔遗民之叹,只是梨洲先生慷慨激昂,王士元则寂寥萧条。

"江山变故算什么?朝廷是朝廷,天下是天下,朝廷不是天下,天下不是朝廷,朝廷代代更替,天下亘古不变。"

两人在昏黄的烛光下惊惧地瞠视对方。严秋毫从没有说过这些话,他也被自己吓着了,好像这些话一直堆在嘴边,此刻脱口而出。

王士元直视他:"这些话,是你内心所想,还是听来的?"

严秋毫恨不得缝上自己管不住的嘴,把拿书的手往身后藏去。

"是不是这书中所讲?给我看看。"

王士元眼神里的执意诚恳让他心头一软,把封面烧焦的书递过去,恳求道:"只可看看,不可外传。对了,那几本《气运算法》《勾股图说》《开方命算》也是这位江南大儒写的。"

王士元读着,神情由迷惑而愕然而震惊。

严秋毫在屋里走来走去道:"天下为主,君为客。天下之治乱,不在一姓之兴亡,而在万民之忧乐。大明只顾一姓之安乐,不顾天下万民之忧乐,岂会不倾覆?还有……"他颇为能记住这些句子而得意。

他念了一会儿,看王士元会不会夸自己。一看愣住了,王士元捧着书,眼神空洞,嘴唇嗫嚅,神情痴愣。严秋毫喊了两声,他仍一动不动。严秋毫上前拍他的肩问他怎么了。

"为何?为何会这样?"他呢呢哝哝。

"士元哥你没事吧?"严秋毫急了,一般人看不得《待访录》,他若是被这书惊吓着,是自己的罪过了,"你快睡下。"

严秋毫扶王士元上床盖上被子,他还在喃喃问"为何"。

告密

"为何,他为何会这样?"这下轮到严秋毫疑惑了。

此后每晚,王士元都要细读《待访录》,读得很慢,很细,似乎要把每一个字掰开揉碎,细嚼慢咽,反复回味。

严秋毫很惭愧。一来他从没如此细读过《待访录》;再者他还跟黄宗羲承诺过要好好读有用之书,争取有作为;最惭愧的是,三年前在高堂师傅坟前他还险些烧掉这书。当时火苗舔到手指,他陡然一惊,抽回书拍熄火苗,封面封底已烧焦了,心中甚是愧痛。

此后,两人每晚各执一书挑灯夜读。严秋毫有疑问相询,王士元虽不甚了然,也能点通一二。黄宗羲那些深奥难懂的书,严秋毫越读越有味,之后也读起其他书。汪先生原本只当他是小伙计,能写得一手好字已觉庆幸,不指望他学富五车,现在见他爱读书自是欣喜,也越发觉得王士元是上天送来的贵人。

王士元有时读着会游离出神,老僧入定一般,嘴唇嗫嚅,眼神深幽,仿佛在与看不见的人说话。严秋毫不敢多说什么,更怕与王士元点评《待访录》,毕竟他没有细读过,食髓而不知味,也不好意思索回,只盼王士元快快读完了事。

有一晚王士元说:"小秋,我想抄录《待访录》。"

严秋毫一惊,婉言道:"士元哥,抄写太辛苦了。"

"我不怕辛苦,只觉憾恨。"

"为什么?"

"大明若是早点读到《待访录》,先帝要是早点懂得书中真义,刮骨去毒,切实行事,何至于江山变色?"王士元一脸沉痛。

莫非他是破落潦倒的前明官宦或大户人家子弟?严秋毫见多听

多了这等事,也不觉稀奇。只是觉得他过于怪异,为自家性命忧心忡忡倒也可解,何必替故朝故君忧心呢?再说他又不是梨洲先生那样的大儒,难不成也想文章济世?

"士元哥,你才学过人,为什么不去考功名?考上功名光宗耀祖,可告慰令尊令堂兄弟姐妹在天之灵。我功底不好,难有机会了……"严秋毫热切地说。

"纵然一死,我也不会考清廷的功名!"王士元冷冷地说。

严秋毫想自己也是随口一提,他何至于说得如此决绝?

"我无力光耀祖宗,也不求祖上余荫泽后,只求不要祸及于我就好。此生,若能无虞老死而不至于横死,便是最大的福气了。"

严秋毫暗想,梨洲先生对功名也不以为意,可他说过"学问之道,以各人自用得着者为真",听起来就磊落大气。王士元似乎对世间万物不再有任何索求欲念,他还是更适合出家。

王士元用了三个晚上抄完《待访录》,装订成册。严秋毫小心地把书收起,看了看他,欲言又止。

王士元会意道:"我会世袭珍藏,绝不会向人提及只言片语,更不会让人多看一眼。小秋你可放心。"他用布把书一层层包起,装进包袱,放在枕头边。

两人读了会儿书,吹熄蜡烛便睡觉。

半夜里严秋毫被烟雾呛醒,王士元推搡他大呼"走水了"。两人忙不迭奔出,严秋毫的脚被重物砸了下。两人在烟雾弥漫中连滚带爬逃出。汪先生一家也逃到街上。众人泼水救火。火灭后,汪氏书铺尽成灰烬,好在左邻右舍的风火墙挡住了火势,只熏黑墙面而未遭殃及。

原来当夜汪先生赏读宋刻本，越读越入味，后因困倦沉沉入睡，蜡烛点燃了床头橱上的宋刻本，酿成火灾。汪先生喊妻儿和伙计逃生。王士元惊醒后带上了包袱，严秋毫则两手空空，这回《待访录》真的葬身火海了，也许是书命吧。

汪夫人知道汪先生夜赏宋刻本而致火灾，不免心生怨恨。严秋毫心知怪不得王士元，可他到底难辞其咎。汪先生稍作安定后叫来两人。

他还没开口，王士元跪地道："汪先生，是我的罪孽。"

汪先生扶起他："天没有塌，地没有陷，没有断手断脚，怕什么？我在乡下还有老宅田地，还怕养不活一家人？命，这就是命，命中合该有一劫，逃不过的。哈哈哈。"他抹了把眼角的泪，朗声笑道。

严秋毫不敢吱声，寻思自己真是倒了八辈子大霉，到一家毁一家，若汪先生知道他之前的遭遇，只怕会疑心是他的霉运殃及于人。

"只是我再也无力留你们了。本以为我们意气相投，能走得更久一些。"汪先生恳切地说，"王先生，我不知你的身世，但看你举止矜贵，定非一般人。日后你要谨言慎行，好好保全自己。"

一家人带着残留的物什坐上马车，驶了没多远马车停下，汪小可提着两个小包袱跑来，对王士元深深一揖，说会好好读书，不负先生期望，放下包袱抹着泪跑了。两人打开包袱一看，里面是四季衣裳和一封碎银。

他们在焦垣残壁前告别，虽是半路结缘，没想到因缘却如此短暂。

"士元哥，你去哪里？以后，我们还会再见吗？"

王士元走进焦垣瓦砾堆翻寻，找到一个破碗，从破水缸里舀了碗水走过来："小秋，这碗水就当离别酒吧。你好好活下去。持此盈觞，化为别泪。昔也姬姜,今焉憔悴。"他喝了一半递给严秋毫。

严秋毫喝完,把碗砸向瓦砾堆。

"山高水远,无相见时。各保玉体,将死为期……"王士元越走越远,背影如被风吹落的黄叶,转眼无踪。

严秋毫挎起包袱走了两步,鬼使神差地一回头,瞥见王士元刚才翻寻过的瓦砾堆,有本书露出一个角。他搬开压住书的破橱,一本残书掉下来,捡起一看——《待访录》。封面封底烧毁了,边缘焦卷,好在内页基本完好。他想起,逃出房间时被床头橱砸了下,橱是硬木,《待访录》藏在橱里,未及烧毁便被水泼灭,才得以留存。

他抱着书泣不成声,天涯同命,书命不该绝,自己也命不该绝。以后无论如何要好好护着它。

晚风吹起,书烬飘忽,伴着他的哭泣,犹如书魂幽泣。

康熙十二年(1673)冬,杭州,寒风彻骨,云天低沉。

严秋毫决定再碰一碰运气,把赵记湖州货铺十二年前的欠款收回来,再离开杭州。十二年前他来杭州,就是帮东家收取这笔欠款,当时没有收回,后来连账单也被乞丐抢走。好在他书法极好,记忆过人,后来重写了一张账单,连收货人的签字笔迹也仿得极真。

他费尽周折打听到搬了几回的赵记货铺。店东赵茂,老家湖州,迁到杭州已十多年,店铺以前专卖湖州货,如今改名赵记苏湖货铺。店铺比以前更为宽大敞亮,他很高兴,要是赵家店铺生意凋零或关门了,他更无从收款。

严秋毫站在店铺门前的树荫下,又仔细看了看夹在《待访录》里的账单,货物有湖笔、羽毛扇、长兴白果、紫笋茶等,原计三十两八百

文,按眼下行情,最少也能拿到二十五两银子。十二年过去了,这笔账对他来说还是两难选择,他希望赵茂记得这笔账,又不希望他记得太多。他忐忑不安地走进店铺。

小伙计在门口迎客:"客官,上好的苏州西山板栗,又香又甜又糯,湖州长兴紫笋茶刚到,芳香甘冽,客官品一品?"小伙计嘴上热情招呼,见严秋毫衣着凌乱面黄肌瘦,嘴角浮起不屑的笑。

严秋毫拱手:"小哥,我找赵茂先生。"

"生意上的事跟我说也一样。"

"我与赵先生是故人,麻烦小哥通报一声。"

小伙计摸不透他的来历,倒了碗茶给他,进去通报。严秋毫奔波多日,一口下去,身心一暖,觉得茶汤从来没有如此好喝过。

一个冷硬的声音响起:"你是谁?来做什么?"

赵记苏湖货铺店东赵茂一脸狐疑。小伙计说来了故人,可他根本不认识这个小乞丐。

严秋毫拱了拱手:"赵先生,我,是湖州春山货铺的伙计小秋,十二年前,来贵铺收一笔款子。"他小心地取出账单奉上,"您看,这是账单,这是您的签名。"

赵茂仔细看账单,正面反面看了好几遍。严秋毫的心跳得厉害,账是真的,账单是假的,要是被识破就糟了。十二年前他来到赵记店铺,刚把账单拿出,赵茂就告诉了他一个惊天大消息,提醒他避避风头。他仓皇逃离。这笔款子一欠就是十二年。

赵茂叹了口气:"十二年了,这笔账也该了了。小秋,这么多年难为你还要再跑一趟。请坐,请喝茶。"

严秋毫鼻酸眼热,看来世道还没让人太绝望。

赵茂又和气地说:"我刚进了一批货,手头有点紧。这样吧,你暂且在我铺子歇两三日,我筹到钱就还你。当年是多少,现在就是多少,你东家是可怜见的,你也是命苦,我一文钱也不会少你。"

严秋毫几乎要哭了,天无绝人之路,地有好生之德。他总以为自己是苦命人里的幸运人,果不其然。他饱餐一顿,洗了个热水澡,晚上在赵茂安排的厢房睡下。快入睡时他迷迷糊糊地想:赵茂店大业大,要不要明天跟他说说……

窗外传来笃笃声,好似鸟啄木,又像有人在敲窗。他撑开黏滞的眼皮,贴近窗檐下一听,有人在窗口加装木板,敲上钉子。他的睡意陡然全无,屏住呼吸继续听。

一个声音说:"他犯了啥事?不就收笔款子吗,东家为啥要把他关起来?"

另一个声音说:"东家让干啥就干啥,不该知道的别问。"

两人离开,严秋毫瘫倒在地。偌大的赵记店铺怎么可能拿不出几十两银子?世间只有赵茂知道他秘不可言的身世,怎么可能放过他?

他看了一圈,门窗皆出不得,屋顶又爬不上,真是上天无路入地无门。他拎起椅子愤怒地砸向墙,墙体晃了下,石灰纷纷脱落。他继续砸去,墙上出现一个拳头大小的洞口,原来是一口砌在墙上的橱柜。他继续砸,木板裂开,露出一道门洞。他拎起包袱仓皇逃离。

赵茂挨到天亮,决定走一趟巡抚衙门。

他本打算去钱塘县衙,想了想觉得钱塘知县管不了这事,决定去杭州府。穿戴洗漱后,他觉得杭州知府也未必管得了,心一横决定上浙江巡抚衙门,这事非巡抚大人做不了主。

赵茂走到厢房门口,看门锁纹丝未动,窗户的木板钉得结实,叫

小伙计打开门。门一开,屋里墙倒橱破,空无一人。

赵茂直拍大腿叫坏了大事。这厢房原本是仓房,修缮时砖头木料不够,他舍不得多花钱,便把一口旧橱砌进墙,没承想给了那小子机会。他原本谋算把严秋毫送往巡抚衙门,这可是一条十二年前的漏网之鱼,当年心一软放跑了他。现在网破了,鱼还逃了。他气得拖下床上的被子枕头,狠狠跺着发泄怒气。

一本书掉下来,连同夹在书里的账单。书的封面封底都烧焦了。

赵茂一把撕碎账单,看那小子还拿什么收陈芝麻烂谷子的账?还看书,一个下人看啥书?他翻了几页,顿时大惊,再看,书的封面封底都烧毁了。

"今也以君为主,天下为客,凡天下之无地而得安宁者,为君也。是以其未得之也,屠毒天下之肝脑,离散天下之子女,以搏我一人之产业,曾不惨然……"

反书,大反书啊!

书没有署名落款,如此妄议皇上朝政,真是逆了大天。赵茂陡然精神一振,那小子跑了不要紧,好在留下如此重要的罪证。果然有什么样的东家就有什么样的伙计。眼下白纸黑字确凿无疑,若是按图索骥查实著书之人,拿到首功,大笔赏银是少不了的。

赵茂越想越深信不疑自己神机妙算,若不是推说要筹钱,那小子不会留下,自己也没法下手,反书也不会遗落……他匆匆写了封密信,将事情略述一遍,把书小心地揣进怀里,精神抖擞地出了门。

严秋毫不辨方向地奔逃,不觉跑到一处热闹的集市。

寺院、米店、布庄、饭馆、茶楼、客栈,抬轿的,牵马的,卖膏药的,练拳脚的……人声喧嚣,马咽车阗,车水马龙,一条荡荡大河穿街而过,河上帆樯如云。

他在埠头坐下,看着来来往往的人群,河上南来北往的舟楫,不觉悲从中来。人人有来处去处,只有他来去无着,天大地大,为什么没有他的一寸容身之处?与其这般苦熬,不如跳河一死了之——

"小哥,你也去京师吗?去京师的船是哪一艘?"

一个挑担的汉子过来问询,严秋毫茫然摇头,汉子匆匆走了。他清醒过来,发现是京杭大运河的香积埠头。当年他从湖州来杭州,也在这里登岸。从香积埠头沿大运河北上,可抵达遥远的京师。

京师?为什么不去京师?别人去得,我为何去不得?这念头像一道烈焰一闪,他心头大亮,不如去北地碰碰运气。

他摸了摸包袱,糟了,《待访录》连同账单落在了赵记铺子。账单没了就没了,可《待访录》落在那恶人手上,是害了梨洲先生啊。又想了想,所幸书的封面封底都烧了,没有留下"黄宗羲"三字,应该查不到梨洲先生头上吧。杭州无论如何待不下去了,必须快快逃离。

"山高水远,无相见时。各保玉体,将死为期。"严秋毫朝城内方向拱了拱手,背起包袱朝码头走去。

赵茂不敢直接找浙江巡抚,他一介商人,地位卑下,没有资格直面巡抚,但又不能不见。他找到在巡抚府做幕客的周姓熟人,花了一两银子,恳请对方将密信和书呈交抚台大人。

周幕客翻了翻书,把密信和书呈给巡抚刘安,低语一番。刘安脸色骤变,喊呈书人进来。赵安连杭州知府都没见过,这回直接面对巡抚大人,一时喜不自胜。

"小民赵茂叩见抚台大人……"

赵茂打躬的腰还没直起,刘安喝令他快说书是怎么回事,赵茂把来龙去脉说了一遍,并得意地透露了严秋毫的身世。

"抚台大人,此人系湖州庄氏明史案余孽,又挟带反书,实乃罪上加罪罪无可恕。此书字字大逆不道,句句犯上作乱,不知出自何人之手。小民深知此书干系重大,故特意前来呈交,祈望抚台大人速速缉拿严犯,固我大清江山。"

"大胆赵茂!"刘安厉声喝道。

赵茂惶然,不知自己说错了什么。

"本抚抚军安民,一日万机,区区小书无非井蛙妄议,何足挂齿?轮得着你一介草民指教本抚如何做事?还不快快退下。"刘安赶苍蝇似的挥挥手。

赵茂蒙了,他献上如此重大机密,巡抚大人却不屑一顾,难道他忙晕了头,还没明白此事的可怕之处?

"抚台大人,此书实在干系重大……"

"滚!"刘安一拍桌子,怒不可遏。

周幕客把赵茂带了出去。赵茂蒙然问自己犯了什么错,周幕客冷冷地告诉他,若要活命,最好当作今天什么事也没发生过。

"我的书——"赵茂有气无力地说。

"书?什么书?哪里有书?你进来时两手空空啊。快走吧。"

赵茂一路大骂,想破脑壳也想不出自己错在哪儿,再想到白花了一两银子,钻心地疼。如此大逆不道的反书,刘安怎么会不当一回事?突然间他想到,刘安要独吞这一桩天大的功劳,贪天之功,贪天之功啊!他在大街上捶胸顿足,众人纷纷侧目。早知道这样,他应该索性跑去京师献给皇上，皇上一高兴说不定还赏一顶顶戴花翎……说来说去都是那死小子害的。他把严秋毫骂了一遍又一遍。

此时的严秋毫躲在京杭大运河的漕船底舱。他给运漕粮的把头塞了一些碎银，把头让他做了背"土宜"的劳役。大清有不成文之规，默许漕船携带适量的茶、酒、烟叶、药材等，沿途贩卖赚点小利，此即"土宜"，以免漕工因收入微薄而生事。白天他帮把头贩运货物，晚上睡在货堆上，闻着污浊发臭的混杂气味，满耳灌满江浪拍击舱壁的轰响，一心念着"去京师，去京师"。

浙江巡抚刘安确实是将书占为己有了，但并非贪天之功。这书对他与其说是功，不如说是祸。

刘安很快断定，此书就是余姚黄宗羲的《待访录》。这个老遗民学识渊博，门生如云，年轻时反清复明，如今还不老实。他在京师就听闻遗民士子间流传着黄宗羲的《待访录》，据说书中妄议为君、为臣、取士、田制、兵制、财计等，直斥国是弊端，令他大为震惊，这可是他治下的疏漏。不过他没有见过书，更不愿无事生非惹出当年庄氏明史案那般轩然大波，只是装聋作哑，挨过一日是一日。

顺治亲政后，推行羁縻软化的"满汉一体"国策，大力推崇汉文化，征召前明遗臣，表彰殉君死难的前明忠臣和顺治初年抗清死难的遗民，下诏赦令，凡顺治十年（1653）前聚山为盗者，只要能悔过，一律免罪；顺治本人更是重葬崇祯、书制碑文，多次拜祭思陵，念及辟疆开土的艰辛，还哭喊"大哥大哥，我与若皆有君无臣"，也是千古奇闻了。

黄宗羲声望不俗，处置不当或会适得其反；如今《待访录》落到

自己手上，再也瞒不了天过不了海，要是被人检举自己治下有这么一本反书，倒不如先行奉上以证清白。想到十二年前因庄氏明史案被革职查办丢命的一连串官员，刘安的后背直凉。既然自己无法定夺，那只能交给唯一能定夺的人。下个月正是京察自陈之期，他决定把这本反书呈交朝廷——不，呈交皇上。

"浙江巡抚刘安奏，为遵例自陈不职，仰祈睿鉴罢斥，以肃察典事。臣无任慌怵，待命下之至，为此具本，谨具奏闻……臣谨奏《待访录》为反书，书中多有碍语，未敢擅便，谨题请旨……"他撕掉赵茂的告密信，恭恭敬敬地书写自陈本。

第八章　康熙读反书

康熙十三年（1674）早春，京师，都门烟树，巍楼通衢。

清朝定都北京后，旗人居内城，汉人居外城，内外规制严格。之后外城日渐富饶繁华，街衢更是满汉混杂。商铺栈房货物堆积如山，酒馆食肆欢呼酣饮，歌楼戏院通宵达旦，恒久不休。真应了前人诗中赞叹，"万户千门气郁葱，汉家城阙画图中。九关上彻星辰界，三市横陈锦绣丛"。

刘安带了两名仆役风尘仆仆抵达京师，他秘揣《待访录》和京察自陈本简装上阵，想尽快办妥此事。

京察自陈本，是三品以上京官和地方督抚京察之期以自陈方式奏请皇上考绩的题本，述职自身履历，任职地方所做的事迹、功劳、财赋、府库、农事、民生，乃至失职而受到罚俸等详情。内容皆为公事循例奏报，亦可列入乞恩、认罪、谢恩及地方民务的陈情、言事、陈诉等。

刘安将《待访录》事因作为京察自陈本内容之一，自有巧妙考量。顺治朝规制，地方大员不得随意进京，京察自陈是最好的时机。若是为《待访录》而特意赴京陈情，表明他放纵地方出了这么一本反书，巡抚浙江无能；若是作为京察自陈本述职内容之一，则表明巡抚浙江虽有贻误之错，亦为无心之过，更能彰显夙夜匪懈之德。

大清明令严禁各地督抚在京置业，不许在亲朋好友同年处借住，以防交通贿赂结党谋私，更不允二品以上官员出入客栈酒楼。会馆多为各地进京参加会考的士子、商人等闲杂人等所住，亦是不宜。

刘安暂住寺庙，吩咐一名仆役将自陈本递交通政司。按惯例，自陈本由通政司转内阁票拟，经皇上批示，科抄到部，吏部考功司查核，呈堂具题，最后经皇上认定，科抄到部，遂完成考绩。一圈下来最快也得两三个月。他早有安排，再派另一仆役将奏折呈奏事处，直达御前。

康熙亲政后，深感题奏本烦琐，难以一目了然掌握政情民意，遂允许地方督抚、提镇大员用奏折先行奏事，同时将题奏本交有司正式奏报。一本两奏，既循规蹈矩不违祖制，又能提前得到御笔朱批，刘安很为这个两全之策而得意。

诸事安排妥当，他背了个小包袱闲走，来到正阳门一带。街上店铺林立，人烟喧闹，珠玉宝器日用无不悉具，南腔北调盈彻于耳。他东逛西走不觉饥渴，看看自己的商贾打扮，壮胆进入一家酒馆。

小伙计跑来端茶送毛巾，问点什么酒菜。刘安点了三菜一汤，要了一壶龙井茶。小伙计哎呀一声，刘安警觉地问何事。

"小的听客官有江浙口音，再则要龙井茶，故而贸然出声，请客官见谅。"小伙计说。

刘安不愿与之多言，让他快上茶。片刻小伙计送上茶，退下候菜。刘安喝着茶寻思，皇上批过奏折后召见，应如此这般……酒菜上来，他继续边吃边寻思。忽地楼梯传来急促的脚步声，刘安一看是兵马司士卒上楼，慌忙放下碗筷，朝屏风后躲去。屏风后另有一道楼梯，他慌张地下去，那小伙计正端菜上来，叫喊还有一道菜。

刘安说有急事要办，摸出十来个铜钱给他，匆匆逃离。

五城兵马司掌地方军事、维护治安、查捕犯人、火禁等事务，还随时访缉地方官员随意来京，若发现并举检，必遭御史言官弹劾直至削职。刘安虽然奉公进京，可这回还是有点心虚。走出巷弄他一惊，小包袱忘在酒馆了，里面有一个锦盒，锦盒里装的是《待访录》。

《待访录》的封面封底烧掉了，品相粗鄙，呈交皇上大不敬，他刚才特意买了锦盒装上。这是面圣证物，故而他随身带着，连放在寺庙也不放心。倘若被兵马司搜去，皇上跟他要证物，那是抵十个脑袋也不管用啊。倘若被别有用心的御史言官指责自己散播反书，更是诛九族的大祸。也怪自己嘴馋，若在寺庙吃点素斋也不至于如此了。回杭州定要把那赵茂好好治罪一番，无事生非把一个冒火星的爆竹塞到自己手上。还有那黄宗羲，若真遭不测，死活非得把这老遗民拖进来不可……

刘安回到酒馆门外窥探，等到兵马司士卒离开，他跑上楼，直奔刚才的酒桌。桌上已空无一物。正急着，那小伙计捧着小包袱过来。他上前夺过，打开一看锦盒完好，腿一软坐到椅子上，额汗直淌。

小伙计说："小的见客官行走匆匆，遗忘了物品，便收拾妥当候着。客官，您没事吧？"

"没事没事。"刘安掏出十文钱，干笑着送给他。

"举手之劳,客官不用客气。"小伙计摆摆手。

刘安以为他嫌少,又添上两文。

"保管客人遗落物品乃本店行规,亦是做人的本分,不义之财不可取分毫,更不可做昧心之事,客官请收回吧。"小伙计诚恳地说。

刘安的脸火辣辣的,这话怎么这么不好听?他说了句"好人有好报"便下楼。

"客官慢走,下回再来啊。"春霖酒馆小伙计严秋毫对着客人的背影照例喊了句,擦着桌子自语,"好人有好报?果真如此吗?"

严秋毫凭着在船上结识的一个好心人托请的关系,到京师后,在这家酒馆找到了跑堂的差事,暂时有了落脚地。

浙江巡抚刘安苦等了十二天,终于等到皇上召见的口谕。

他捧着锦盒,跟着引路小太监亦步亦趋,心中把推演了无数遍的禀告,又推演了一遍。小太监把他带到乾清宫对面的御书房。康熙正在御案后批阅奏章,贴身太监小喜子侍立一侧。

刘安拍打马蹄袖行打千礼:"臣浙江巡抚刘安,皇上圣躬金安。"

"朕安,刘卿平身。"康熙的声音清朗洪亮,"刘卿的奏折朕已知悉,把你说的那本书呈上来。"

二十岁的康熙皇帝爱新觉罗·玄烨眉目清朗,脸上有几颗淡淡的痘印,正是这几颗不幸的天花痘印让他幸运地坐上了皇位。顺治临终前接受西洋传教士汤若望的建议,册立出过天花的玄烨为太子,时年即位。

刘安奉上锦盒,小喜子检视一番呈上,康熙见这书边缘焦卷,连封面都烧没了,不由皱着眉读起来。刘安屏息敛气等待皇上的圣裁。

他横下心，倘若龙颜大怒，将自己革职查办以至处死，他也要表达对大清和皇上的忠心——呈交反书，实出于公忠体国之心啊。

年轻的皇帝读着书，由愕然而震惊而愠怒而恐惧，这些文字戳心戳肺，就像有人站在对面指着自己鼻子大骂。

"今也以君为主，天下为客，凡天下之无地而得安宁者，为君也。是以其未得之也，屠毒天下之肝脑，离散天下之子女，以搏我一人之产业，曾不惨然"，"故我之出而仕也，为天下，非为君也；为万民，非为一姓也"，"盖天下之治乱，不在一姓之兴亡，而在万民之忧乐。是故桀、纣之亡，乃所以为治也；秦政、蒙古之兴，乃所以为乱也；晋、宋、齐、梁之兴亡，无与于治乱也……"

康熙的脸肌抽搐，痘印也跟着颤动，他拍案而起："狂妄，可恶！"

刘安扑通跪倒。六名御前侍卫即刻出现，护在康熙面前，按着绿鞘方头腰刀直逼刘安。康熙从一名侍卫腰间抽出腰刀，大步跨向门外小广场。

小广场上刀光凛凛，康熙动如脱兔，疾如闪电，缓若流云，地上卷起薄薄的尘烟，人和刀一团眼花缭乱。

顺治临终遗诏，命索尼、苏克萨哈、遏必隆、鳌拜四大臣辅佐年仅八岁的康熙。康熙少年习文练武，深领昭圣太皇太后"祖宗骑射开基，武备不可弛"之训，勤习武备，能挽十五力之弓，发十三握之箭。之后鳌拜愈来愈独断专权，党羽遍布朝野，直接威胁皇权。为铲除鳌拜，十四岁的少年皇帝亲选一批贵胄弟子为少年侍卫，在宫中练习满人摔跤术布库。鳌拜只当他戏耍，未以为意。之后康熙召鳌拜觐见，以少年布库与其切磋武艺为名，伺机将其擒拿，少年皇帝最终坐稳了皇位。

平时批阅奏章操劳国事一久,他都会舞刀弄剑以洗烦累。宣泄了一炷香时辰,他把腰刀扔给侍卫,回到御书房又读起来。

"夫治天下犹曳大木然,前者唱邪,后者唱许。君与臣,共曳木之人也……"康熙不觉读出声,想着两人抬木的模样,不由朗声大笑。

刘安错愕,刚才皇上险些要砍人,现在又笑出声,定是此书荒谬可笑。他悄悄扯了扯粘在后背的衣襟,后背渗出了冷汗,黏糊得难受。

"刘卿,抬木时唱邪唱许,是何意思?"康熙问道。

"这个,那个……"刘安额头又渗出汗。

小喜子道:"皇上,这是人们拖拽大木时唱的号子,前面的人唱'邪',后面的人和'许',就跟船夫唱船号子一样,这样又有趣又能减轻吃力。"他是康熙的少年玩伴和最宠信的小太监,小时候在江湖飘荡,深谙民间技艺,狡黠乖巧,百行百通。

刘安悄悄擦了额头,懊恼该好好读透这书。看样子皇上不甚满意,今年的京察情势不妙啊。

"朕以前经过养心殿造办处作坊,见过木工抬木,也是如此唱号,这一提倒记起来了。"康熙若有所思,"看来著书者颇懂民生日常。刘卿,此书作者姓甚名谁?"

"余姚黄宗羲。"

康熙问他是什么人。这回刘安胸有成竹,便打足精神禀报。

此人是前明御史黄尊素之子,黄尊素死于魏忠贤之手,后来崇祯为其平冤昭雪,黄宗羲怀揣铁锥千里赴京,在公堂上刺伤魏党余部,天生脑后长反骨;青年时参加复社,指手画脚妄议朝政;明亡后追随监国鲁王反清复明,可谓乱臣贼子逆党;中年后安分守己了,以著书传道授业为生,听说门生众多盛名不薄,这些年倒是没听说过有什么妄言。只是万万料不到，他表面循规蹈矩，私下竟造作了如此大逆不道的一部反书。

"皇上，浙江前有湖州庄氏明史案震惊朝野，现有《待访录》妄议朝纲政纪，此乃微臣管事不力，贻误地方，有辜任使，伏祈皇上俯赐罢斥，以惩不职……"刘安连连叩头谢罪。

明史案发的那一年，正值顺治驾崩，八岁的康熙失怙，辅政大臣鳌拜责令刑部赴湖州彻查，严惩涉案人员，庄氏满门抄斩，涉案者尽诛，此后朝野一提及"明史"即风声鹤唳。想到"明史"，康熙颦紧眉头。顺治二年（1645）父皇诏令修《明史》，彼时江山初定，百业凋敝，任命的各大纂修总裁或四下征战，或因罪遭诛，无人顾及修史，迄今亦无实质进展。

"明史案发时，你还未巡抚浙江，倒也不必自揽罪责了。"康熙看了看书的封面封底，"你在奏折中说这书被火烧过，怎么回事？"

"臣也不清楚详情。这书是有人夜间扔进巡抚府，想必是捡来的，怕担罪责，所以偷偷送来。"刘安脸不变色心不跳。

"是吗？有人捡到反书，非但不毁，还偷偷扔进巡抚府。你收到反书，非但不查，还辛辛苦苦千里赴京呈交于朕。"康熙沉下脸，"刘卿，你是怕朕平三藩忙得还不够，上奏这么个大好事让我高兴高兴？"

"皇上恕罪，臣万不敢作此大逆不道之想。"刘安大为恐慌。

"福建耿精忠作乱，余寇潜至周边，你浙江已是厝火积薪，你不但不加紧防备剿寇，还为区区一本小书跑来京师？你们这些督抚，一个个把大小繁难推给朝廷，生怕担责，一旦上奏便以为与己无干，整天盘算不做就不会有错，多做就会多错，没事就是本事。刘安，你敢说你没有这样想过？"康熙越说越气，把三藩作乱以来的震怒、郁闷、压

抑发泄到这个撞上门的倒霉巡抚身上。

"皇上,臣万万不敢啊。臣担心有了一本反书还会有第二本、第三本。黄宗羲名望不俗,抓捕起来易如反掌,只是,怕皇上——"刘安带着哭腔,不敢说出后面的话。

"朕敬仰中华文化,敬重博学鸿儒,推行满汉一体,你故而不敢轻易处置黄宗羲,是不是这样?"

"皇上……"

"好你个刘安,妄揣圣意,该当何罪?"康熙怒喝。

刘安连连磕头,肠子都悔青了,早知这样,还不如把书烧掉了事。

康熙不喜欢这些督抚大员不好好治理安抚地方,没事跑京师揣摩圣意,跑官要官。朝廷明令禁止督抚在京置业,可他们还是暗地里购置宅院,买卖田地,贩卖货物,朝廷也只能睁一只眼闭一只眼……不过,刘安说的也并非全无道理……

康熙缓了口气:"起来,我勘读后再作裁决。你且回寺庙歇息。"

"皇上圣裁,臣告退。"刘安叩谢圣恩后退下,暗想这书字字确凿,罪愆昭彰,皇上还要再读出什么花样?

康熙向后一靠,揉着太阳穴闭目养神。

此时摆在他面前的最大危局是三藩之乱。平西王吴三桂受封云贵,愈来愈呈狼子野心。他独揽大权,两省督抚无能为力,其用人不许吏部掣肘,用财不许户部稽查,扩充绿营兵,打造军器枪械甲仗,私铸地方钱币,与西藏达赖喇嘛互市,用云贵茶叶换来剽悍骑乘……每一桩都是滔天大罪。康熙洞若观火,不动声色地截其用人题补之权,夺其逃人审理之柄。

去年春,广东平南王尚可喜和福建靖南王耿精忠迫于情势,主动提出撤藩,康熙立刻照准。吴三桂亦请求撤藩,实则希冀朝廷温旨慰留。康熙认为其撤亦反,不撤亦反,遂欣然允许,顺势加紧撤藩。恼羞成怒的吴三桂于当年十一月诛杀云南巡抚朱国治,以"朱三太子"之名举起"兴明讨虏"大旗,自称"天下都招讨兵马大元帅",由云南、贵州而进湖南,几乎鲸吞整个湖南。吴三桂反叛激起了各地蠢蠢欲动的野心,平南王尚可喜年老多病,兵事由其子尚之信掌控。尚之信素性桀骜,官民怨恨,还敢在父亲面前持刀相逼。靖南王耿精忠以税敛暴于闽,纵令属下夺农商之业,苛派夫役。三藩互通声气,与朝廷分庭抗礼。台湾郑经则渡海进兵福建漳州、泉州和广东潮州……尚未平稳的大清江山乱成了一锅粥。

康熙一度要御驾亲征,大臣们谏止,遂命顺承郡王勒尔锦为宁南靖寇大将军率军讨伐。清军攻荆州、武昌、宜昌,但不敢贸然渡江与三藩对阵,一时东征西讨顾此失彼。康熙通宵达旦批阅各地邸报,好几回累得咯血。

国步艰难,内忧外患,眼下又多了一本反书。烧几本书杀几个人都不是事儿,麻烦的是后面会带出更多事。甲申之后,前明士子或拒诏,或隐居,杀身殉国人数之多为历朝罕见,朝廷奇缺博学鸿儒,《明史》编撰迟迟未定……

康熙读着《待访录》踱来踱去,时而用满语恼怒愤恨低骂,时而又读出几分道理,深感微言大义,忍不住叫好。小喜子跟在他身后又纳闷又好奇,皇上喜读书,但读得这般喜怒形于色的却少见。

"小喜子,听着。"康熙大叫。

小喜子腿一软要跪下。

康熙踢他一脚:"竖起耳朵给我听着。"他兴致盎然地念道,"三

代之法,藏天下于天下者也。山泽之利不必其尽取,刑赏之权不疑其旁落。贵不在朝廷也,贱不在草莽也,在后世方议其法之疏,而天下之人不见上之可欲,不见下之可恶,法愈疏而乱愈不作,所谓无法之法也……"

"皇上,奴才愚钝,这是啥意思?"

"这话的意思是,上古尧舜禹汤文武三代,把天下当作天下人的天下。君主不会贪婪地攫取山川、湖泽的物产,也不会因刑赏大权旁落而心生疑虑。不以身处朝廷为尊贵,也不以身处于乡野而自贱。"说到这里,康熙一脸郁郁不快,好似自己抽了自己一耳刮子。

小喜子明白他的心病——封藩、撤藩之举,岂不应了皇上刚说的什么"因刑赏大权旁落而心生疑虑"吗?当初顺治爷管不住一大片天下,把大权放给三藩,以致今日乱象,皇上读到这等句子能不堵心窝火吗?这写书人也真是的,怎么赶巧捅中了皇上的心思?

"皇上,今日您御门听政一整天,奏折批了一大堆,又跟臣工议事这么久,书可以慢慢看,该用晚膳了。那什么鸟生鱼汤归鸟生鱼汤,咱大清自有国情在。"小喜子乖巧地说。

康熙笑骂他"白丁",看向暮色混沌的宫殿,揣起书说去慈宁宫,不用跟着。

昭圣太皇太后正准备用膳,见孙儿进来自是欢喜,笑着说"来得早不如来得巧"。

昭圣太皇太后为皇太极之妃,顺治之母,智慧勇毅,胆略过人,殷忧启圣,扶佐康熙即位,擒拿鳌拜,培育孙儿一步步羽翼渐丰。康熙最为尊崇祖母,忙拣好吃的菜、好听的趣事与祖母。

太后笑吟吟地说:"你一来,我觉得饭菜也香了,心也开了。"

康熙暗叫惭愧:"近来庶务繁忙,以后我多多陪皇祖母用膳。"

"倒也不必。平三藩军需甚急,我筹措了一些首饰银两,你拿去应个急。"

康熙愧然:"皇祖母,您素朴节俭,孙儿送名贵一些的衣物饰品您都不肯收,国家平叛怎么可以用您的内帑?"

"家国一体,何分彼此?如今国用浩繁,虽说是涓涓细流,亦能汇流成河。皇祖母老了,帮不了你什么,这些钱能给前线将士添些衣被食物也是好的。"

康熙的眼眶发红,忙喝汤掩饰。纵然贵为九五之尊,他也有不及黎民百姓的凡常——自小丧母失父是他愈合不了的痛,是以祖母是他唯一的至亲。

饭后祖孙俩在花园散步,太后拍拍他的手背问有什么心事,康熙支吾了下,太后看他一眼:"难不成还有比平藩更让你操心的事?"

康熙只得把浙江巡抚添的堵说出来,太后说要看看书。康熙掏出书,太后在廊椅坐下看起来,有宫女过来掌灯。

康熙来慈宁宫确实是想跟皇祖母诉苦,想个什么办法惩治一下这个著书人。聊了一阵子,又觉得不该给老人添烦。可他自小被皇祖母看得透透的,藏不了半点心事。太后读了几页书,闭目沉思少顷,又继续看,拿书的手微颤,看来她的心绪并不像脸上那样平静。

"想不到江浙还有这么多悖逆之论,真是屡教不改,我让浙江巡抚严查。"康熙愤然道。

"查?皇帝打算怎么查?像当年湖州明史案那样查吗?"

康熙想,眼下莫说没有时间和精力对付这事,就算有,明史案那

样的查法也太过兴师动众。可置之不理不当一回事,又着实不甘心。

"皇祖母如何看待明史案?"

"明史案发那年,你父皇驾崩,你甫即位,四大臣辅政,诸务繁重危急。此案由鳌拜督促刑部彻查,他实则拿此事杀鸡儆猴,在朝野树立威名。我虽知其中涉及冤屈之人,但顾虑与鳌拜牵系重大,故而也只能避其锋芒。"

"不过庄氏也太大胆了,不但私修《明史》,书中还有大量悖语,此书要是修成还得了?只可惜,案发后大量史籍史料毁于一旦,以至于如今史料阙如甚多,修史维艰。"

太后走到一丛绚烂的迎春花丛前,轻抚花朵:"前明永乐皇帝朱棣,一生做的最大错事是什么?"

康熙脱口而出:"不就是靖难之役吗?"

太后摇摇头:"朱棣或朱允炆做皇帝都一样,说实话朱棣的治政手腕还超过了朱允炆。可他做了一件大错事——杀方孝孺,灭其十族,险些绝了天下读书种子,留下了千古骂名。此足以为训。"

"儿时,熊赐履老师说过此事,一说起便是泪水涟涟。"

太后举起手中的《待访录》:"那你意欲如何?"

"孙儿想听听皇祖母的想法。"

太后翻开书念道:"盖天下之治乱,不在一姓之兴亡,而在万民之忧乐。是故桀、纣之亡,乃所以为治也;秦政、蒙古之兴,乃所以为乱也;晋、宋、齐、梁之兴亡,无与于治乱也……这《待访录》说的都是大实话,而实话从来都不会是动听悦耳的。"

"简直就是太难听刺耳了。"

"明史案牵累的史籍以海量计,听说顾炎武也有出借的上千册珍贵史籍毁于一旦。有明二百七十六年,乃至中华数千年历史,如今多在明遗民的文字记载和口耳相传。与其任由稗官野史泛滥,不如站出来正正经经修史,如此既能堵住悠悠之口,又能招揽明遗民为我所用,复得道统法统之正,更可前事不忘、后事之师,累朝兴替之事端,庶几备矣。"太后摘下一茎迎春花,举在手上笑盈盈道。

康熙帮着摘花:"孙儿与皇祖母想的一样。只是当下三藩骤起,翰林院还没有时间精力修史,我也难以顾及。"

"修史乃千秋大业,你修不完,还有儿子、孙子,哪怕修上一百年,也要修成一代信史,足备千年法戒。皇帝,到了偃武修文、以崇大化的那一天,修史的,必定是那些遗民大儒。"

"皇祖母,孙儿明白您的意思,知道怎么做了。"康熙顿觉心头畅亮。

刘安在寺庙等了七天七夜,庙门都不敢迈出一步,皇上还没传来消息。他急得头发一把把地掉,绝望地想出家算了。

皇上骂他"妄揣圣意",可做官的要是连圣意也揣摩不了,还怎么混仕途?朝中重臣要员,哪一个不是精准拿捏圣意爬上去的?无非就是自己笨拙了些,被皇上一眼看穿了心思。眼下耿精忠余部潜逃,浙江各府县也有上报,他在京察自陈本中也提到浙江做好了防备。只怪自己急于求成,没有揣摩到眼下皇上的整个心思都放在平三藩这事儿上,可皇上不发话如何处置那本书,自己又如何处断?……得想个法子让他尽快批复……

乾清宫书房,康熙批阅奏本奏折,忽地一拍书桌大喊"胡说八道"。

小喜子急步上前:"皇上有何吩咐?"

康熙指着奏折:"山东、湖南两地来报,传闻朱三太子出没,两地上报日期只隔了两天,难道这朱三太子长了翅膀两地来回飞吗?什么狗屁奏折。"

"奴才也有所耳闻,说朱三太子重出江湖了。"

"前明诸皇子亡故多年,父皇在世时,江湖上就有朱三太子传闻,均系假冒。跟吴三桂一样,必定是那些反清复明的招摇撞骗而已。这帮督抚事无巨细上奏无遗,以为上奏了就跟他们无关,他们以为朕闲得发慌吗?"

康熙一挥御笔批示:以后凡涉朱三太子案,未经查实,不必上奏,真有其事,拿人犯来见。该部院知道。

批了两个时辰,康熙让小喜子拿来《待访录》。小喜子窥看他脸色没有恼恨,递上书,悄悄摸了摸口袋里沉甸甸的金锭,借机问刘安的事如何处置。康熙瞟了他一眼,让他找出内阁票拟呈上的刘安的京察自陈本。

"臣资质庸愚,浅材庸力,蒙天恩稠叠,感激情殷,圣恩之提命不惜频宣。臣职之奉行终惭未逮。浙江前有湖州明史要案震惊朝野,现有《待访录》妄议朝纲政纪,此实乃微臣管事不力,贻误地方,有辜任使,伏祈皇上俯赐罢斥,以惩不职……"

京察自陈本内容与刘安呈上的奏折大体相同,只是更为详尽。看得出,刘安实为《待访录》而赴京,生怕再酿明史案之类祸事,说到底也是明哲保身,再讨个嘉奖,这些人的缜密狡诈心思自己还能看不出吗?

君主与人臣是从共同治理天下而有的名分,如果人臣没有治理天下的责任,那么对君主来说,人臣和君主就是陌生人。人臣为君主做官，如果不把天下人的事当作一回事，那么人臣就是君主的奴仆，如果把天下人的事当一回事，那么人臣就是君主的师友……想到《待访录》中的言论，康熙深深一叹，不得不承认黄宗羲之说切中肯綮，但就算自己愿意学贤者处实而效功，当下时势诡谲莫测，坐而论道是缓不济急啊。

他对黄宗羲和《待访录》的恼恨所剩无几，只有无奈和憾叹。无奈的是，上古明君确有至高无上的嘉德圣誉，这是自己难以达到的高度；憾叹的是，前明纵然有如此远见卓识的大儒，还是江山易主。治天下，实是一门绝世大学问，尽其一生能学得几分？做到几分？

"皇上，《待访录》到底算不算反书？"小喜子小心地问。

康熙拍了拍书："《待访录》虽有碍语，但更多是崇论闳议，绝非凡才浅识。我大清入关多年，再对文人大开杀戒只会适得其反。况且《明史》修撰乃父皇凤愿，这几年我亦挂虑此事，只是三藩未平难以顾及。一俟平定，我必招揽鸿儒修史。当下不宜动辄得咎。"

"皇上说得有理。那刘安还在寺庙待着呢，皇上再不给他个准信，他急得头发都快掉光，该出家了。"

"你倒是很替他操心啊。"康熙白了他一眼。

小喜子心头一颤，摸着头皮嘿嘿笑。

"不过要不是他，我还不知道世间有这等奇书。"康熙一挥笔，在京察自陈本上批示：刘安简任浙江巡抚，办事忠勤，著照旧供职。《待访录》无须列入禁书。该部院知道。

"皇上宽宏圣明，那黄宗羲真是祖上烧了高香啊。"

"治世右文风教洽，彬彬儒雅遍宗藩。治天下应恢儒右文，将来写史书，还得靠这些文人士子，我总不能拿刀逼着他们落笔啊。"康熙

意味深长地说。

刘安伸长脖子,等到了这样一道口谕:浙江巡抚刘安速回浙抚军抚民,恪守乃职,不要多事。钦此。

他傻眼了。皇上怎么就轻易放过了反书、放过了黄宗羲,还命他"不要多事"?再一转念,好在已上奏此事,有后患也怪不到自己。只是辛辛苦苦跑一趟京师,指望或能擢升,结果亏了一块金锭,蚀了把米,还触怒龙颜险些性命有虞——算了算了,皇上不也说了,"不做就不会有错,多做就会多错,没事就是本事",回去找那奸商赵茂算总账。

第九章　山中僧

康熙十四年（1675）二月，余姚四明山，积雪初融，春寒料峭。

冬春之季，四明山向来积雪封山，荒无人烟。唐时杜甫有"覆穿四明雪，饥拾楢溪橡"之句。此时虽已雪意渐融，山路却是越发泥泞湿滑。

王士元背着包袱拄着树杈，艰难地行走在崎岖山道。与严秋毫分别后，他在钱塘县小乡村做了一年多教书先生，之后决定再往南方走。多年来，他从不敢在某个地方逗留太久。

这天他翻山越岭到了一个小山村，人家说此处叫四明山，属绍兴府余姚县。原来走岔了方向。时近黄昏，淡云孤雁，寒日暮天，山中隐有狼嚎，他慌不择路，发现前方烟雾袅袅，估计有人家，就跌跌撞撞奔去。

身后传来一阵嘶嚎，王士元回头一看，一头狼凶猛地扑来，他发足狂奔，一路荆棘撕拉着衣裳皮肉。前方出现一处悬崖，他收脚不及，

直直地坠下去。他清楚地听见呼呼风声中夹着自己绝望的惨叫。

许山与女儿许舜华在草屋吃晚饭。桌上有煮花生、山笋蒸腊肉、清煮小溪虾。草屋贴山崖而筑,有三四十间,隐在蔓藤攀岩的崖下,遮蔽性极好。外人发现不了此地隐藏着一座山寨。

许山喝着酒吃着肉,眯眼笑道:"我女儿做的菜越来越好了,以后嫁人是吃不了亏的。"

"我才不要嫁人,我要陪爹到老。"许舜华嗔道。

"我女儿要长相有长相,要武艺有武艺,要厨艺有厨艺,从小爹就由着你性子,可也不能做老姑娘啊。说说,这山头你喜欢哪一个。"

"就知道打打杀杀,整个山头的人加起来都认不得十个字。"

"打打杀杀是我们的命啊。这十里八乡没有一个你看得上眼的?这样吧,明天跟爹去山神庙烧高香,求老天爷给你送来如意郎君——"

"啊——"一条黑影从屋顶而降,屋瓦哗啦啦砸了一地。

两人跳开,迅速提起靠墙的大刀,横刀护胸,朝门口退了两步。紧接着,屋外又传来惨烈的狼嚎。父女俩回头一看,一头狼落在地上,在血泊中抽搐。许山上前几刀,那狼一命呜呼。父女俩赶紧进屋,从天而降的是一个人,摔在床上已昏迷,衣衫褴褛浑身是血,紧抱一个包袱。

"看来他从悬崖上摔下来了,爹,快救他。"许舜华忙上前。

许山抓了抓头皮道:"行,就当积攒了一桩功德,老天爷佑我日后成大事。"

王士元醒来后睁开眼,对上一张年轻美貌的面孔。他惊慌地一动,痛得连声惨叫。

"不要动,你从悬崖上摔下来,断了两根肋骨一根腿骨,还有多处伤。"许舜华端过药碗,"你醒了正好,来,喝药。"

她把一根芦苇秆插进药碗,递到他嘴边。王士元仍怔怔愣愣。

"快喝。"许舜华喝道。

王士元不敢正视对方,老老实实地喝药。她怎么把自己扶上床的?怎么脱下衣裳的?这里还有没有其他人?男女授受不亲如何是好?他又羞愧又害怕又无奈。

喝完药,许舜华用手绢擦擦他的嘴,手指不小心抚过他的脸。王士元闻到兰香幽幽,大着胆子瞥了她一眼。这位姑娘发髻高挽,眉清目朗,秀唇皓齿,一身飒爽英气。

"你是哪里人?遭遇了什么?"许舜华好奇地问。

"我是凤阳人氏,来此寻友不遇迷了路,又遭恶狼追击,慌不择路而坠崖。"他拱手作谢,"多谢姑娘相救,待我伤愈后再作重谢。"

许舜华抿嘴一笑:"是我爹和我救你的。你先好好养伤。"

"宝地称作?"

"四明大岚山,此处叫降龙山降龙谷。"

"在下王士元,可否请教姑娘芳名,以铭记恩情。"

"我叫许舜华,我父亲许山……"

门口草帘一掀,许山进来:"醒了?舜华,去看看山鸡汤熟了没有。你小子有口福,我想吃我女儿还懒得做呢。"

"多谢许伯救命之恩,伤愈后,容我再叩谢大恩。"王士元对许山拱拱手。

"爹,龙凤接骨丸还有吧?你快拿来给这位先生用上。"

"只有三五颗了,爹要留着自己用呢。"

"爹,你别这么小气。"

"咋说话的?我床底下药柜里,你去拿,顺便看看山鸡汤。爹跟人聊两句。"

"他伤得很重,你别凶人家,好好说话。"许舜华不放心地叮嘱。

许山慈眉善目地目送女儿的背影,一回头,面目狰狞:"你是什么人?是途经还是特意来这里?"

王士元不防他骤然变脸,惊惧地支吾:"我,我是凤,凤阳人氏,来,来此寻,寻友不遇……"

许山揪起他的胸襟,晃动大刀,圆瞪虎眼:"说话结结巴巴,你是不是官府派来的细作?是不是潜入我山寨偷军报?说!"

王士元被他猛然揪起,浑身裂痛:"不是,我,我不是细作。我,我是教书先生。"

"教书先生?真的吗?"

"真的,我,我背一篇书给你听。"

"背!"

王士元念道:"子曰:学而时习之,不亦说乎?有朋自远方来,不亦乐乎?人不知而不愠,不亦君子乎?曾子曰……"

"行了行了,我头都大了。"许山松开手,"有点像教书先生。"

一落床,王士元痛昏过去,许山见势不妙欲离开。

许舜华端着鸡汤进来,气恼道:"爹,你怎么这样对待一个重伤病人?你嫌人家还不够惨吗?"

"我怕他是细作,吓吓他,给他一个下马威,嘿嘿。小心点是不会有错的,这是爹的经验,你学着点。"许山把刀插进刀鞘。

"爹,你还算是义士吗?还算是永忠道大当家吗?以强凌弱,以大欺小,传出去都让人笑掉大牙。"

"防人之心不可无嘛。你好好照顾他,对了,别忘了给他吃龙凤接骨丸。我自己都舍不得吃呢。"许山躲出去。

许舜华精心照顾王士元,两个多月后他就能起床走动了。许山忙着操兵练阵,也顾不得理会他们。

许舜华幼时,许山从山下抓了个教书先生,故而她颇通文墨,心慕斯文。许舜华要王士元教诗书,王士元欣然从命。

晴天,他教"迟日江山丽,春风花草香。泥融飞燕子,沙暖睡鸳鸯。江碧鸟逾白,山青花欲燃。今春看又过,何日是归年";雨天,他教"去年春恨却来时,落花人独立,微雨燕双飞……琵琶弦上说相思,当时明月在,曾照彩云归"……

一个轻吟一个慢读,一对眼,彼此心头温澜潮生。

这天两人在山岭摘野果,不知不觉走远了。王士元从树叶间看着许舜华清秀的眉眼,红润的唇,不觉痴痴出神。许舜华转过脸,他慌忙移开眼神,摘果子的手被灌木刺了下,不觉叫出声。许舜华跑过来,抓起他的手指吮血,嗔怪他太不小心了。

王士元只觉全身酥麻。他强自定了定慌乱的心神道:"许姑娘,我快好了,过两天就走,实在劳烦你们父女了,我也不知该如何报答为好。"他望着山间的连云叠嶂雾霭重重,实则不知何去何从。

"伤筋动骨一百天,王先生,你要养透身体才可以动身,若是留下遗患,以后年老了会伤痛缠身的。"许舜华巧笑倩兮。

"年老？我能活到年老的那一天吗？"他惨然一笑。

"胡说八道，以后不许说这样的话。呸呸呸。"她逼他吐口水。

两人在岩石上坐下。远处深谷幽林，山谷瀑涧，近处山林草屋，炊烟袅袅，他怅然一叹，若能老死于此，此生亦足矣。只是自己一无所长，人家出手相救已是大恩大德，怎么能厚着脸皮赖着不走呢？

许舜华嘴角含笑，再靠近一些，握住他的手。兰香袭来，王士元顿觉头晕目眩，眼前的山川林木恍惚成一片炫彩。正心驰神荡，忽觉她的手不像一般女子那样柔若无骨，糙得很。他抓起她的手一看，有一个个茧。山野生活艰难，把一个女子的柔荑练成了铁砂掌。

他心头疼惜："这手承受了多少磨难？只恨我不能替你分忧……"

许舜华的眼神生情："那要看你愿不愿意……"

前方山谷传来低沉的吼声，伴之刀枪碰撞铿锵声，王士元一惊，拉起她就要跑，许舜华问他怎么了，他惊慌地说有山贼土匪来了。

许舜华嫣然一笑："不要怕，是我们永忠道义军在练刀枪拳脚。"

"永忠道？许姑娘，你们是——"他惧怕地倒退两步。

"我父亲结寨四明山十五年，每日练武强身，只为他日有所作为。"

山谷再次响起吼响，王士元凝神听了会儿，声音清晰起来：日月昭昭，世忠大明。日月朗朗，永忠故朝……

"为什么这么喊？"

"你是大明子民吗？既然是，为什么不可以喊？"

王士元远眺，只见两面大旗在林梢间高高飘扬，一面上书"明"字，一面上书"永忠道"三字。

五十八岁的许山在带领三百多义军操练刀枪，喝令他们提起精神。他们看起来像山民，但比山民多一把刀枪，多一身武艺，还多一面迎风猎猎的大旗。他们每日清晨至午前营生,午后至黄昏练兵,高喊"日月昭昭"。这句话在许山心头喊响了无数遍。

许舜华说:"我们永忠道永忠大明,举反清大旗,行复明大业。清廷窃我大明国土,杀我大明子民,我们迟早要夺回来。"

王士元呆立片刻,一言不发回头就走。如果不是还伤着,他几乎要跑起来。许舜华喊他慢点别伤着——话音未落,他从斜坡摔下去。许舜华眼捷身快,像飞燕一样掠过去,垫在他的身下。

王士元摔倒在许舜华身上。两人脸贴脸,身贴身,一时僵愣不动。王士元触摸到她柔软的肌肤,闻到她身上的幽香,几乎要晕过去。他忍着痛艰难地翻过身。许舜华纵然生性爽朗也不免羞涩,把他扶起,转过身,掩饰地整理头发。

"许姑娘,我不是故意的,哎哟。"经此一摔,他又疼痛起来。

许舜华拉开他的衣衫,王士元只得任她摆布。他的伤口又渗出血。许舜华掏出随身携带的小药瓶,将药粉洒在他的伤口。

"我又连累许姑娘了,还是早点离开吧,以免劳烦你们。"

许舜华抬起头,眼眸清澈如水。王士元垂下眼皮,心头悸动。

"你说已无亲无故,不如留下来。"她言语爽快,脸庞泛起红润。

"留下来?"

她指着不远处的山地,山民在耕田锄地,放牛砍柴。她柔声说:"男耕女织,朝朝暮暮,难道不好吗?"

这不就是他梦寐以求的日子?她把他隐秘的念想说了出来。

"士元哥,你看。"许舜华指向山间烂漫如画的野桃林,吟道,"桃之夭夭,灼灼其华。"这是他教过她的诗经。

"之子于归,宜其室家。"他不由接上下一句。

"桃之夭夭,有蕡其实。"

"之子于归,宜其家室。"

"桃之夭夭,其叶蓁蓁。之子于归,宜其家人。士元哥,我许舜华宜不宜?"她盯着他的眼睛,率直纯真,毫无忸怩之态。

他面红耳赤,无言以对。

"你不愿意?"

"没有,我,我……"

"那就是答应了。好,我们回去跟爹说。"许舜华娇俏一笑,挽起他的胳膊就走。

王士元躺在床上,只觉全身载浮载沉。若不是身上的疼痛,他以为自己在梦中。

许姑娘貌美如花深情如许,若在清山幽谷间与她共度一生,不啻神仙眷侣啊。可自己真有如此好运吗?他年已四十有三,少年迄今颠沛流离已三十多年,苦难才是他的宿命,一点点人间甜头反而让他心惊肉跳,不敢奢想命运还能垂青于己。不,这一定是梦。

门咚咚敲响。他起床开门,许山大步进来。

"许伯有何指教?"他忙拱手。

许山目光凌厉如鹰,王士元直打战。

"王士元,你说过,伤愈后要报答我和舜华的大恩,是不是?"

"正是,许伯请讲,但凡我能做到的,万死不辞。"

"你应我三桩事。一、我永忠道正缺一个军师,兄弟们杀敌勇猛,但认字不多,你正好当我的军师。二、我女儿舜华相中你了,你小子好运气,山里这么多后生她一个也看不上,独独看中你这个从天而降的外乡人,半老头,真不知她中了哪门子邪。我许山就这么个女儿,她中意就好。你做我女婿,我们就是一家人,日后共谋反清复明大业,哈哈。"许山叉着腰大笑。

王士元的后背凉飕飕的,刚才的绮梦遁得无影无踪。他想着儿女情长,岂料人家盘算的是刀光剑影。他定了定神问第三桩事。

"明日让风水先生给你们算算生辰八字。你们以后给我生十个八个孙儿,我许山早该儿孙满堂了。这就是你对我们的报答,咋样,没让你吃亏吧?哈哈。"许山摸着络腮胡子兀自兴奋。

"多谢许伯和许姑娘垂爱,士元感恩之至。容我明日祭祀通禀父母兄弟姐妹的在天之灵,许伯以为如何?"

许山心满意得:"好好,真是大孝子,我许山平生最赏识孝顺的人,我女儿没有看走眼。明天我让人采办祭祀物品,后天看八字,择日完婚。早点歇着。"

王士元看着许山阔步离开,关上门,喘着气盘算这一番心惊肉跳的事端,门砰地又打开,进来一个挎大刀的义军,个子粗壮,长相凶猛。他一惊,问对方做什么。

那人横着眉眼:"你来我们山寨到底做什么?"

"我早跟许伯说过了,我是坠崖受伤,不得不暂居于此,别无他意。"王士元小心地答道。

"暂居?那你的意思是很快会走了?"

王士元含糊地说:"也许,可能……"

那人哗地抽出刀,喝道:"说清楚,到底什么时候走?"

"你,想让我怎么样?"

那人的手指轻抚刀刃,猛地一按,手指立刻涌出血,王士元吓得

一摇晃,连忙扶住门框。

"你是读书人,我们是刀口上舔血的,你的八字跟降龙谷不合,跟许姑娘更不合,你还是赶紧滚蛋,要不然——"他用淌血的手指拍拍他的脸,笑道,"下一次出血的是你,你全身会有一百零八个窟窿哗啦啦地出血。"

王士元紧紧抓着门框不让自己滑倒,哑着嗓子说:"我明白了,您请放心。"

那人把刀插回刀鞘:"山路陡峭,出门小心。"他跨出门头也不回地说,"对了,我叫李大良,永忠道二队队副,跟许姑娘青梅竹马,说清楚了,省得你不死心。天亮之后别再让我见到你。"

片刻后,王士元背着包袱伫立窗子外侧。窗内的许舜华在缝衣,缝着缝着托腮凝思,发出轻笑。他想到她顾盼生情的模样,心头刺痛。

"许姑娘,士元有负你的深情。其实,就算别人不逼我走,我也留不下。我深藏家国大恨,自顾不暇,如何能护你一生周全?你跟着我只会受苦,此生难有安定的日子。你慧美双修,必有好归宿,只愿你一生吉祥如意。许伯,您的大恩大德此生难报,恕我不告而别。"他对着窗口长长一揖,踏着月光下山。

天亮后,许山发现王士元失踪了,命人瞒住女儿,只说自己带王士元下山购买祭祀用品,率了几十余名义军搜山。

没多久,他们在一处山坳找到王士元,他慌不择路中又摔伤了。

王士元跪地谢罪:"许伯,请恕我不告而别。"

"王士元,你找死!"许山挥出大刀。

王士元仰头闭目一动不动,一副生死有命的样子。

许山劈断一棵树,吼道:"你应婚又悔婚,我女儿的脸面还往哪儿搁？你这没良心的斯文败类，信不信我一刀剁了你？"

"我有难言之隐。"

"你娶妻成家了？"

"没有。"

"你早有婚约？"

"没有。"

"嫌我女儿丑？"

"许姑娘慧美双修，实乃佳偶。"

"这也不是，那也不是，为啥你答应了又半夜逃走？说！"

"我身世凄苦，怕给不了许姑娘福气，更怕以后连累她……"

"既然如此，你为啥挑逗我女儿，还应承婚事？畜生，你定是官府派来的细作，盗我永忠道军情，如今得手就逃。舜华瞎了眼才看上你。"许山举刀朝他劈去。

"住手！"许舜华飞身赶至，撞开父亲。

许山气得拎起王士元的包袱重重一摔，包袱散开，露出一地笔墨书本和衣衫物品。

"快查查，看有没有军情舆图。"许山喝令。

义军查了下，把一本手抄书交给许山。许山翻来翻去看不懂，交给女儿。

许舜华看了几页，脸色一惊，把书举到王士元面前："这书从哪里来的？是你写的，还是抄来的？"

王士元缄默不语，无力解释眼下的一切。许舜华又看了几页，抬起头，一脸不可置信的惊疑。许山问女儿这到底是一本啥书。

"这是一本骂皇帝的书。书里说，百姓是天下的主人，皇帝只是

客人。"许舜华简单地告诉父亲。

"啥？百姓是天下的主人，皇帝只是客人？"许山从未听过这种破天荒的奇谈怪论，揪住王士元的衣襟，"书上真的这样说吗？"

王士元默默地点头。

许山瞪着眼前这个从天而降又要悄然遁逃的教书先生，一拍手喊道："我们永忠道反清复明，你的书骂皇帝，那我们就是一路人，你为啥要跟我们分道走？没道理，太没道理了！"

王士元的嘴唇嗫嚅，还是默然。

"都是反清的，你为啥不肯跟我们一起干？为啥不肯娶我女儿？我许山的女儿有哪一点配不上你？"许山用刀尖戳着他的衣襟吼道。

王士元像被点了哑穴，依然沉默不语。

许舜华羞愤难堪，转身奔向崖边："爹，你再逼他，我跳下去。"

许山连忙收刀："王士元，你不愿留下我也不逼你。你要是敢透露我永忠道半丝风声——"他挥刀又劈断一棵树，"你试试。"

王士元看着泣不成声的许舜华心如刀绞，再朝四周眺视，发现山林隐隐露出一角土黄，再细看，是一所寺院。他思虑片刻，心头一横，指向寺院："许伯，我愿出家为僧，老死山林，绝不泄露半丝风声。"

众人惊愕，许舜华秀目圆睁，不敢置信。

"我出家，一则断绝红尘俗念，再则您随时可找到我，也不必担忧我泄露什么。这样你们看可好？"王士元心平气和地说。

许山大笑："哈哈哈，好，再好不过。这是清源寺，住持是我老友，走，这就带你去做和尚。王士元你咋这么聪明？你不做我女婿真是可惜了。"

王士元捡起书和包袱。许舜华放声大哭，朝山上跑去，惊飞一路鸟雀。王士元与她相背而行,此生他没有回头路可走了。

最后一绺头发从王士元的头上落下,他陡觉头皮清冷,三千烦恼丝离身,人世烦忧或能少一些吧。他心头低呼:舜华……

山门外,许舜华蹲在浓荫蔽地的菩提树上,哭得雨打梨花。她小时候在寺院进出玩耍,没想到,小寺如今成了她的断肠处。

王士元改法号空心,此后日日诵经念佛焚香净心。他自小通读书籍,包括佛学经书,加上许山跟清源寺住持一念和尚叮嘱过,故而一念对他另眼相看,让他做了一个闲事不管只管念经的清闲和尚。

王士元默诵:万事皆空,因果不空。万般不去,唯业随身……由爱故生忧,由爱故生怖。若离于爱者,无忧亦无怖……

红尘外,山寨里,许山和义军继续操练,高擎"明"字杏色大旗,高喊"日月昭昭,世忠大明。日月朗朗,永忠故朝",山高林深间隐匿着滚滚风雷。

许舜华时常像鸟一样蹲在菩提树上盯着寺院。王士元穿着僧衣的瘦长身影经过时,她像刀一样的目光恨恨地飞去,恨不得把他扎个穿心透。有一回,几个小和尚欺侮王士元,让他扫落叶,又把落叶弄乱,他默默地一遍遍扫地。许舜华抓起树上的鸟蛋掷过去,正中那几个和尚光秃秃的脑袋,吓得他们抱头逃窜。许舜华挂着泪笑了。

住持一念和尚听说王士元差点成为许山的女婿,便有意无意打探他的身世。王士元以诵经相对。

黄宗羲和仆童在大岚山走了一整天,又累又饿又渴。黄昏时,他们敲开清源寺的山门,求宿一夜。

去年黄宗羲把《四明山古迹记》定名为《四明山志》，为勘定几处疑点，再次上山求证。此事本应在去年完成，因三藩之乱延祸浙江，清军南下围剿耿精忠的叛军，一时兵盗四起，黄竹浦和龙虎山堂不得安生，他只得带一家人和老母来到滨海泗门，寓居老友诸来聘家。

他们住在诸家的书屋，书屋兼灶房、卧房，一下雨屋顶如敲瓦磬，境况窘迫。诸氏父子时常招呼他们聚餐小酌。闲暇时，黄宗羲和诸来聘泛游仇汝湖、东山寺和小镇。他作诗赠谢老友："小堂占尽一湖春，咫尺村烟接市尘。日日街头鲑菜满，不妨长作泗门人。"其间他整理唐代诗人陆龟蒙和皮日休的四明山唱和诗，辑为《四明山九题考》，也越发急于定稿《四明山志》。

本年五月耿精忠兵败，黄宗羲一家回到黄竹浦，他安顿好家小母亲后，匆匆上山。

小和尚斜着眼说住持师父出门了，不能做主让他们过夜。

"两位施主，小寺简陋，草房倒还干净，如不嫌弃可住一宿。"王士元捻着佛珠过来，对黄宗羲合掌施礼。

小和尚嘟着嘴走开。上回他和师兄欺侮这个外来和尚，后脑勺挨了一把鸟蛋，吓得念了一夜经。后来又在他饭碗撒沙子，结果晚上屋里窜进几只老鼠。此后再没人对他不敬。只有王士元清楚这事是谁做的。

王士元把他们带到草房前，推开一间请他们将就一宿。

黄宗羲合掌致谢："多谢师父，请教师父法号？"

"空心。"

"敝人姓黄。"

两人对望一眼，俱一怔，彼此颇觉眼熟。王士元避开对方眼神，说一刻时辰后用素斋，便退下。黄宗羲觉出此人有书卷贵胄气，看来多半是没落的前明富贵家子弟，暗想他不知为何来到四明山出家。

用过素斋后，黄宗羲在寺院踱步。寺院只有三进殿宇，好在树木葱郁，鸟鸣空灵，倒是不错的苦修处。西首院墙有一点光亮，他循光过去，见那空心师父借着微弱的灯光在读书。

王士元招呼一声继续读书。黄宗羲见他读的是一本薄薄的手抄书，封面没有字，便问他读什么书。

王士元把《待访录》收入袖中："一位故人的旧书，颇觉有味，便抄了一本，功课之余细读消遣。"

黄宗羲不便追问，泛泛地说了几句闲话，准备回屋歇息。

"黄先生，山间野地，夜里有禽兽喧哗，先生不必惊慌，它们叫嚣一阵子自会退去。"王士元说。

"多谢空心师父。我有过避居山野的经历，倒也不惧怕。"

"正是，较之兵祸连结，有时还是禽兽好防备一些。"

黄宗羲想，又一个遭受兵燹之灾国破家亡的沦落人，这几十年不知有多少士子隐入深山野林，或渔樵为生，或削发出家。

"纵使朝迁市变，此地也算是清净避世地。"

"黄先生想必是读书人，贫僧请教先生，这天地是明明白白的好，还是清清朗朗的好？"

黄宗羲随即想到他说的是隐语，指明朝与清朝相比如何。

"商彝五百五十载，周鼎八百年，终归还是日暮西山。"黄宗羲指向暮色四合的天地山林，"日沉月升，朝夕轮回，细细想来，千百年朝代鼎革亦如此。天地自然是明明白白、清清朗朗的好，可若是没有一个好君主、好朝纲，再明白清朗的天地也会混沌。想必空心师父亦懂

个中道理。"

暮鼓响起,沉郁悠长,在静寂的山林回荡。

鼓声停歇,王士元起身向黄宗羲合十:"清净是菩提,爱染难离,蒸沙为饭饭终非,暮鼓晨钟勤忏悔,怎免阿鼻?先生开悟了贫僧。"他提灯离开,僧衣飘飘忽忽。

黄宗羲看着他的背影沉思,这不只是一个茹素念佛的和尚,他的僧衣下似乎藏匿着一座破碎的江山。

王士元走到寮房前,门上扎着一把小飞镖,钉着一对纸折双飞燕。他取下双飞燕进屋。许舜华时不时送来野花野果,纸折玩意,腊鸡腊肉,后者他偷偷丢出墙外,晚上多念一卷经忏悔。

翌日黄宗羲找空心师父告别,小和尚说他出门了。黄宗羲总觉得在哪儿见过此人,可无论如何也想不起,想自己真是老了,记性一年不如一年。

前明致仕御史胡朴崖这些年爱好两桩事:游山玩水,叩访寺院。此次游历四明山经过清源寺,便欣然而入。

住持一念和尚与胡朴崖见过几次,胡朴崖给寺院捐过香火,于是拿出最好的茶招待。一念抱怨寺院破败,佛像殿柱遭虫蛀无力修缮,担心寺院坍塌被埋了都没人知晓。胡朴崖笑吟吟地表示要捐香火钱。一念大喜,合掌称阿弥陀佛功德无量。

胡朴崖在殿内外察看,发现几处梁柱确实已朽坏,尤其是大雄宝殿的顶梁柱岌岌可危,一个和尚在梁柱下结跏趺坐诵经。

"师父,梁柱朽坏极危,不宜趺坐。"胡朴崖好心提醒。

王士元继续诵经,诵完一段后合掌道:"三界无安,犹如火宅,众苦充满,甚可怖畏,常有生老病死忧患,如是等火,炽然不息。多谢施主,大厦倾梁柱坏,砸中贫僧也是天数。"

胡朴崖又好气又好笑,这和尚念糊涂经了。他与一念和尚聊天时得知寺院新来了个和尚,出家不过数月,此前是教书先生,还险些被人招了女婿,心想应是此人。又看他不过中年,相貌清俊谈吐不俗,不免生出惜才之心,这般人才用来读书考功名多好,深山冷岙青灯古佛实在可惜……

"师父,我在余姚城开了一间教馆,一些顽皮小儿不肯读书上进,可有良策?"胡朴崖试探着问。

王士元稍一沉吟道:"《礼记·学记》说,一些老师只会高诵长吟,言语晦涩艰深,不顾学子是否领悟,令学子不能尽其材质之长。如此相教已违背情理,学子必然心生抵触,亦必然使学术隐微而怨恨其师,苦于学业之难,而未能体会学习之乐了。"

"说得好,说得好。"胡朴崖赞叹,话头一转,"那么师父是否愿意还俗,而令善歌者使人继其声,善教者使人继其志?"

王士元讶然,手中的佛珠落地,他连忙捡起,不知如何作答。

"出家解世间迷苦,亦是人生所向。只是师父一身才学长伴青灯古佛,未免有遗珠之憾。依老朽之见,年轻时或经略四方,或传道授业,之后终老山林,方是不虚此生。"

"老先生见笑了,贫僧虚学末才,倒不如做个与世无争的山人。"

胡朴崖越发觉得此人谦逊温良,随后找到一念和尚聊了聊,心里有了主张。

王士元继续青灯古佛生涯,只是闲时趺坐寮房床上,看着纸折双

飞燕，想起教许舜华念"落花人独立，微雨燕双飞"，不由眼眶湿润，再回想与她在一起的风光旖旎，心中悸动，连忙念起佛经忏悔。

敲门声响，他把纸折燕揣进口袋，打开门，一念和尚带着几个和尚站在门口，让他收拾行囊就走。他大吃一惊。

"你不是跟胡朴崖胡先生说好了，要做胡家女婿吗？喏，山门外迎亲轿子都来了，你没听见迎亲唢呐声吗？"一念说。

"荒唐，我从未与胡先生有此说。"王士元面红耳赤。

"你入山门前与红尘女子有瓜葛，入山门后又有尘缘牵系，我佛不度无缘人，你还是离开为好。"

"师父，空心矢志向佛，已割断红尘，姻缘之事我从未应过，你留下我吧。"

"整个寺院都知道你要做胡家女婿了，你让清源寺以后还怎么接香客？"

"师父，空心只愿终老山林，绝不离开。"

一念大怒："清源寺虽小，也是我一念说了算，由不得你。来人，此人修为脆薄，六根不净，与佛无缘，把他逐出山门。"

清源寺山门外，一支迎亲队伍吹吹打打正热闹。和尚们把王士元架出寺门，扔出包袱。王士元捡起包袱摸了摸，要紧东西都在，《待访录》也在。轿夫一拥而上把他塞上轿，他拼命挣扎，忽地幽香入鼻，头一晕就倒下，轿夫们抬起轿子就跑。

一念望着迎亲队伍远去，捻着佛珠自语："此人到底何方神圣，女人都哭着喊着要嫁他？阿弥陀佛，罪过罪过。"

他掂了掂手里沉甸甸的袋子，里面是胡朴崖捐给寺院的二十两香火钱。那天胡朴崖跟他做了个交易：他给寺院捐钱，寺院让王士元还俗,做胡家的教书先生兼女婿。他家有个守寡多年的女儿。

清源寺来了迎亲队伍的消息飞遍山野,许舜华闻讯赶来,只看到大红轿子在山道密林间掠过,她跟着跑了一程,不小心崴了脚。

"王士元,我恨你,恨你,我生生世世都恨你⋯⋯"她抓起一把山泥朝那个方向扔去,痛哭不已。

第十章　著书待后

康熙十四年(1675)除夕,黄竹浦,黄云白日,雪晴云淡。

黄百家和千儿在院子里拨弄一个三重套环的奇物,其质地为铜铸,里层有七星盘,盘外层设有火、木、土三星,其中木星又带有四星,土星带有五星;中层置有地球和月亮;内层置金、水二星;正中间是太阳。此物名七政盘,是推演日月和金木水火土五星运行的西洋器物。

黄百家性情旷达,兴趣广博,早年喜武艺,之后继承父亲学问。接触西学后,尤对歌白泥的"日心地动说"感兴趣。他据西学记载制作了七政盘,观察日月天地玄妙。

千儿好奇地问这问那:"阿爹,村里人说爷爷和阿爹总是读古里古怪的书,研古里古怪的学问,还说我们家藏了个观天怪物,是不是这个啊?"

黄百家握着千儿的手教他拨动扳钮,三星便绕太阳滚动旋转。

"正是,这一重叫恒星,第二重填星道,第三重岁星道,第四重荧惑道,第五重地球道,地球每日自东向西旋转于本道一周,地球旁还有一小圈为月道,月绕地球周围而行;第六重为太白道,第七重辰星道;中为太阳,万年亘古不移他处,月道、地球道皆环太阳而转……"

千儿兴奋地扳动杆子,一不小心碰落了一颗星星,吓得缩回手。

"无妨无妨,阿爹会修复的。"黄百家安慰儿子。

"阿爹,天上的星辰可也会落下?"千儿发问。

"放眼观天地,息意探古今。人生短短不过百年,而日月星辰、江河山川亘古长在,天地间的学问实在玄妙。你多读书好用功,凡事求实证,日后自会找到你想要的答案。"

"说得好。"黄宗羲出来,慈爱地对孙儿说,"自古圣贤盛德大业,从来没有不经刻苦向学而能获得成就的,你须谨记。"

孩子懂事地说晓得了,叶宝林喊孙子进屋取暖。

黄宗羲观察着七政盘:"百家,你近来对日心地动说有何新解?"

"父亲,西洋历法有三家,一多禄茂(古希腊天文学家托勒密),一歌白泥(波兰天文学家哥白尼),一第谷(丹麦天文学家第谷)。三家立法各不同,所推结果也不尽相同。我对地动说也时疑时信,不过以为,地转说当以歌白泥立法最奇。太阳居天地之正中,亘古不动,地球绕其循环旋动。太阴又附地球而行……我打算以后著一部书,专门说说天旋……"

"天文历算、日心地动,皆是西学之长,但亦要防中学西窃……"

正说着,黄百药和黄正谊带着妻儿,提着年礼进来。一家人吃年夜饭,共享天伦。饭后妇孺们在厨房焙豆子煨年糕,黄宗羲与儿子们喝茶叙聊。

黄百家说："父亲可知九月康熙谒十三陵的事？"

黄宗羲淡然道："听说了，康熙谒明陵，奠长陵，令百官分祭诸陵，规制甚是超常。"

"顺治朝开始，每年春秋两祭崇祯帝思陵，倒是笼络了不少汉人的心。"黄百药说。

"他们哭祭归哭祭，反清复明还是不断，如今三藩未定，江山好打好杀不好管啊。"黄正谊说。

黄宗羲沉吟少顷问："三藩还有台湾郑经的情势如何了？"

"吴三桂盘踞西南和湖南一带，气势不弱。"

"尚之信是二藩逼迫下反叛的，其子尚可喜暗中勾连清廷，留了后路。"

"去年四月，耿精忠与郑经也开始交战，后来以福建枫亭为界划地而治才停战。三藩钩心斗角，终不成气候。"

儿子们你一言我一语，愤慨唏嘘。

"吴三桂镇守云南十年，骄横跋扈，未得民心，本就是大明反贼，哪有大义可言？尚可喜、耿精忠亦如此。"黄宗羲想了想又说，"不过，我对台湾郑经倒颇存一线希冀，他日复明或可指望。"

"父亲对郑经有期待？"儿子们有点讶然。

"听说，郑经在台湾兴兵不废农，民殷国富，野无旷土，军有余粮，以至于闽粤一带百姓纷纷赴台谋生；还造圣庙，设学校，延请中原通儒教学。以诗书为教学，以礼仪为风俗，以刑法为规范，以忠敬为激励，外族与土著皆悦服感化。"黄宗羲眼中熠熠生光，"这正是《待访录》所期望的大壮之年。"

村庄上空闪烁起耀眼的火花，响起噼噼啪啪的爆竹声和小孩的欢闹。

"拿上爆竹,除旧迎新。"黄宗羲走向屋外。

雪花从幽暗的天空扑面而来,天地呈现异样的敞亮空旷。黄百家把爆竹插在雪地,点燃引线。爆竹蹿天而起,在雪亮的夜空爆响,闪出绚亮的火花。

"近了,又近一年了。"黄宗羲仰望雪花与火花交映的天空,苍老的面容露出孩童般的笑意。

"父亲,何事又近了一年?"儿子们问道。

黄宗羲吸了口寒冷的空气说:"我信胡翰十二运之说,遂有二十年后交入'大壮'之推算。《待访录》成于癸卯二年,迄今过去十二年。只是,不知我能不能等到大壮之年。"

"新岁大吉,父亲必定会等到这一年。"儿子们齐声道。

"我还有一忧。清廷入关多年,越来越懂驭民之术,顺治、康熙父子极喜中华文化,这不是坏事,也未必全是好事。"

"父亲,这作何解?"黄百药问。

"《中庸》曰,'柔远人则四方归之,怀诸侯则天下畏之',《新书·无蓄》道,'怀柔附远,何招而不至?'你们想想,怀柔之术用于士子呢?"

"父亲,您担心康熙怀柔驭民?"黄正谊说。

黄宗羲眉头紧蹙,说出心中的久忧:"康熙如今忙于平藩,一俟平定,必会以怀柔之术右文之策招抚遗民,若是大壮之年起于彼时,实在令我意难平啊。"

"父亲,您早就鼓励弟子们科考会试,清廷用或不用怀柔之术,有何不同?"黄百家不理解父亲矛盾的想法。

黄宗羲喟然一叹:"孤臣孽子,其操心也危,其虑患也深。回家守

岁去吧,百家留下帮我补阙《明文案》。"

《明文案》集有明代政经、文化、武备等各方文献,始于康熙七年(1668),与甬上证人书院开学相前后,历时八年,本年七月终成二百余卷浩繁卷帙。

叶宝林送来热茶,劝说父子俩过年也该歇歇了,说着咳喘声声。

黄百家扶她坐下,黄宗羲轻拍她后背:"夫人,你早点歇息,不可陪我熬油点灯啊。"

"夫君,你终年勤勉著述,未曾有一刻懈怠。百家,你要帮父亲多做事。"

"母亲放心,儿子会全力以赴。"

黄宗羲歉疚:"你母亲嫁入黄家这么多年,我未曾给过她一刻安稳,一家人时有饥寒性命之忧。为儿为夫为父,我实在有愧啊。"

"父亲说这样的话,真是愧煞儿子。儿子只恨不能深得庭训,若不然,父亲也不必如此操虑了。"黄百家愧然道。

叶宝林笑道:"你们父子俩也不必谦让了。对了,听说陈锡嘏、万言、仇兆鳌、范光阳今年都中举了?"

陈锡嘏等都是甬上证人书院的黄门弟子,本年同登乡榜,一时传为甬上佳话。万言是万泰之孙、万斯年之子,性情耿直,极富才学,深得黄宗羲器重,认为他与慈溪郑梁皆为得意弟子。

黄宗羲道:"陈锡嘏列榜首,万言中副榜,癸卯二年中进士的张士埙入京候补,可谓硕果累累。"

叶宝林轻叹:"只可惜,甬上证人书院寥落了。"

这些年,弟子们或中举授官,或出游教学,或不幸卒亡,曾经书声琅琅的甬上证人书院业已落寞。黄宗羲早料到会有这一天,自己倡导经世致用、经世应务，弟子终归有一天要走向更开阔的世界。

"母亲，过去很多人攻讦甬上证人书院，认为讲经授课妨碍仕途。现在他们知道书院弟子多有中举中进士，都不得不信服了。"

黄宗羲神色沉郁："弟子们入仕有司，进而弘扬中华之道，令中华文化不被摧残，得以完整保存发扬光大，长此以往，足以令要荒之人成为鲁卫之士，进而影响中华成为鲁卫之区。"

"只是一些遗民不理解父亲……"黄百家为父亲抱屈。

黄宗羲摆摆手："不说这个了。海昌县令许三礼邀我明年讲学。夫人，又要你受累了，百家和兄弟们多照应家务，送母亲歇息去吧。"

黄宗羲呵了呵手，写下"明文案"三字，不甚满意，换纸再写，还是不满意。少顷桌上堆满十来张纸。看着这些字，他眼前洇开一片交错纷乱的画面——

天启时的家难，崇祯初年的讼冤，家国倾覆的天崩地解，弘光时险遭党祸，鲁王监国健跳所寄命于舟楫波涛，乞师日本，避地化安山，康熙初年龙虎山堂和故居的火灾，藏书多毁损，避地第四门……先师刘宗周，老友张苍水、万泰、陆文虎、钱谦益、沈寿民，父亲、爱子阿寿、孙女阿迎、三弟宗会、四弟宗辕、五弟宗彝……相继为土中人……

旧友凋零，书院空楼，独留他在江山变色的天地间踽踽而行，血泪凝铸的《明文案》交给哪一个去读？黄宗羲陡觉无比孤寂。

"冰缠雪压仅遗民，一载那堪去数人？忍死终然留不住，如何忍过此三旬？"泪水泅入墨水，他蘸笔写下《除夕怀亡友》。

从最初被迫入赘胡家的气恼中缓过来，王士元领略到家的温暖。

胡英娘比他大一岁,守寡多年,温柔贤淑,更可喜的是知书达理,夫妻俩相敬如宾;胡家上下视他若半子,没有"入赘"的慢待,也没有刨根问底查探他的来历家世;胡朴崖满腹经纶,岳婿俩吟诗赋词谈论史事,颇是投缘。王士元也没有白吃胡家饭,在余姚城南学宫附近的胡氏教馆教书,激发学子性情,一时学童盈馆。

一回岳婿俩喝酒吃菜聊掌故趣闻,胡朴崖忽道:"士元,教书终非久长之计,你可想过考取功名?"

王士元被一口酒呛住,咳得面红耳赤。胡英娘挺着孕肚过来,嗔怪父亲让相公喝太多酒。王士元忙说是自己不慎呛着的。

"以士元的才学,加上有我悉心指点,考取功名并非难事。"胡朴崖捋着胡须沾沾自喜,"士元,胡家并不缺你教书的几个束脩。我当年乃大明御史,只可惜两个儿子缺读书的天分,只能经营小本生意,令我耿耿于怀。我当初撮合你和英娘的婚事,实指望你能为胡家光宗耀祖啊。"

胡士元恍悟,原来这才是胡朴崖硬要他还俗入赘的真正缘由。

"学成文武艺,货于帝王家。士元,你若能考取功名谋得一官半职,我胡朴崖死也无憾,英娘此生也有靠了。你不会让我失望吧?"

胡英娘虽不明白王士元所想,也知他不乐意,便道:"父亲,相公喜欢教书还是考功名,得由他自己,您不能强人所难啊。"

王士元缓过神:"岳父,士元资质平平,教几个学童还可以,考取功名实在难于登青天。"

"你竟如此不思进取?"胡朴崖气恼。

"岳父,我只想教书育人,好好照顾英娘和您老人家,若考取功名,难免外赴,不能晨昏定省谋悦亲之道。恳请岳父宽宥小婿。"王士元恳切地说。

胡朴崖放下酒杯,拂袖而去。

这天教馆散学后来了几个熟人,询问子弟读书的事,王士元便与他们闲叙。

他们平时聊一些前明旧事,激愤唏嘘一番,又各自回家过日子。聊着聊着,不知哪个说到康熙祭十三陵、奠长陵,百官分祀诸陵的事,说祭祀仪规如何隆重,康熙仪态如何恭敬,康熙还说有朝一日要去南京祭祀明孝陵。遗民们不像以往那样愤然,而是感叹清廷也算有一点良知。

"无耻之尤!"王士元拍案喝道。

众人大诧。胡家女婿一向斯文有礼温良谦恭,平时只会谦和地附和,今日怎么会突起高声?

王士元笑容僵硬:"拙荆即将临盆,今日不留诸位了。"等他们走远,他一字一句恨恨道,"祭明陵,说几句无关痛痒的话,就能抹去亡我大明、丧我先帝之痛吗?就能洗去扬州十日、嘉定三屠、江阴八十一日的血腥吗?休想,休想!"

胡家仆人跑来,说小姐快分娩了请姑爷赶紧回家。

胡宅张灯结彩喜气洋洋,给左邻右舍分喜蛋红花生。王士元抱起襁褓中的儿子泪流满面。

胡朴崖捋着胡须,不冷不热地说:"日后,我可得好好教导孙儿勤勉好学,可别像有的人胸无大志不思进取啊。"

夜深人静,王士元来到院子,举三炷清香告慰逝去的父母兄弟姐妹:"原本,我以为此生断根绝种,不想老天还留我一条血脉。岳父待

我恩重如山,可我终究拂逆了他的夙愿,个中苦衷难与人言说。唯愿喜得麟儿后兴家有望,不负胡家恩情……"

康熙十五年(1676)秋冬化安山龙虎山堂,黄宗羲掩上《行朝录》的最后一页书稿,欣然喊:"夫人,又成稿了。"

屋内空寂无声。他回过神,不胜悲凉。再也没有夫人笑盈盈地端上热茶温言劝他歇息。叶宝林已在本年六月去世,黄家墓园又添新土。

本年初,他应海昌县令许三礼之邀赴海昌讲学。许三礼早年受业于黄宗羲好友、著名学者孙奇逢门下。康熙十二年(1673)任海昌县令,重文教,兴义塾,办书院,修县志,整饬县政兴利除弊,是一名极有才干和清誉的官吏。海昌是官办讲学,以科举为主,兼顾文苑、天文、历算等诸学。听课者多是官吏,风气比不得甬上滔滔雄论。

黄宗羲告诫海昌弟子:"读书穷理,各人自用得着的方是学问。若只在字里行间寻浅显言论,以附会先生的意思,则一切圣经贤传都成了糊心的学问。就像朱子说,'譬如此烛笼,添得一条骨子,则碍了一路明'。"他坦然相告求教的海昌官吏:"诸公能在公务日常做到爱民尽职,便是学到了真正的学问。"

海昌讲学最多时达二百余学子,出了查慎行、陈诜等诸多黄门弟子,日后成名。查慎行是黄宗羲老友陆嘉淑的爱婿,其族叔即是查继佐,查继佐于本年去世,据悉《明书》改名为《罪惟录》,应了"知我罪我,其惟《春秋》"之说。查慎行受黄宗羲"诗不分唐宋""诗道至阔"的诗学观影响,诗文自成一体。蕺山、梨洲之学从浙东传至浙西,海昌文风焕然一新。

正当黄宗羲孜孜不倦讲学时,夫人叶宝林积劳成疾危在旦夕,他遂返回余姚陪夫人度过最后的时光。

明天启五年(1625),黄宗羲娶祖籍余姚的广西按察使叶宪祖之女叶宝林为妻,那年她十七岁,他十六岁。叶宪祖擅长写杂剧,叶宝林通经史擅诗书,性情贤淑。翌年,黄尊素遭阉党搜捕,余姚知县率兵到黄竹浦搜捕,姚太夫人不畏不惧端坐石臼,叶宝林侍立在旁寸步不离;黄宗羲从京师昭雪父冤回来,叶宝林典衣鬻珥助葬家翁;黄宗羲追随监国鲁王,叶宝林倾囊相助义师,并身揣匕首,决意若失败以死自誓;临死前两日,她还拖着病躯提热水供婆婆熏沐。

夫妇俩一生共担家破人亡之苦,毁家抗清之危,濒于十死之难……如今稍得安定,她撒手而去,黄宗羲再一次潸然泪下。

黄百家过来轻声说介眉兄来了。

陈锡嘏,字介眉,宁波鄞县人,长于制义时文,尤精经学,去年名列乡试榜首。本年黄门弟子赴京师参加春闱,陈锡嘏中进士,万言落了榜。之后他入翰林院任庶吉士,此次回乡,把亭林先生顾炎武相托的书信书稿交予先生。

黄宗羲精神大振,说快快读信。

顾炎武,字宁人,南直隶昆山人,居亭林镇,时称亭林先生。博学于文,生性耿忠,亦是复社人士。少年时屡试不第,终识"八股之害,等于焚书",遂绝意科考,讲求经世之学。

顾炎武信中先说了自己的状况,顺治十八年(1661)他来到杭州,想渡过上虞曹娥江前来拜会,因故未能成行。之后游历北地,迄今已十五年,离群索居遍访古迹,简直像个鄙贱之夫。如今年过六十,几乎没什么成就可言——当然这是自谦之辞。

顺治十四年（1657），抗清失败的顾炎武变卖昆山家产北上，此后孑然一身游踪不定。他凭吊山海关古战场，哭祭十三陵，"下痛万赤子，上呼十四皇。哭帝帝不闻，吁天天无常"；庄氏明史案牵累他的好友吴炎、潘柽章，远在山西的他作诗遥祭好友，此后又遭遇"莱州黄培诗狱案"无妄之灾，险死于狱中……十余年间，顾炎武奔走于燕赵齐豫陕晋之地，九州历其七，五岳登其四，与北地学者切磋共学论道，实地实识与平生所学互为印证，深感快慰，唯有一事念念不忘——恢复明室。

顾炎武感叹，自己年轻时只研习琐碎的学问，做一些吟风咏月的文章。深索古今历史后，方知治学要弄清学问的根源，做事要先本后末，明白了先有河流后成海洋的道理。如今他读圣贤六经，有了国家治乱之源、民生根本之计的一些所思，读到梨洲先生的《待访录》大有知己之感，故而来信相谈。此前黄宗羲在海昌讲学，徐秉义也来听课，黄宗羲得知其舅在北地，遂让在京的陈锡嘏和万言将《待访录》抄本赠给亭林先生指正。

"天下并非没有贤达，一百个帝王造成的乱世灾难弊端，还会重现，而上古三代的盛世也会慢慢到来。天下事，有见识的人往往生不逢时，而逢时之人又未必有见识，因此，古时的君子著书待后，这样当后世有圣明君主出现时，可以从书中获得深蕴的道理……"顾炎武在信中说。

"著书待后，著书待后……"黄宗羲反复品味四字，只觉心亮神明，几欲泫然。读懂《待访录》的不少，而读到入木三分鞭辟入里的，顾炎武当是第一人，他深深明了"待访"即"待后"之深义。此时，他只恨不能与顾炎武相对畅言。

顾炎武信中又说，他把这些年所见所思编写成《日知录》。最自喜的是，十之六七的观点与《待访录》相通，只有"奉春"一策有异议，他认为应建都关中，不认同黄宗羲建在秣陵的策议。奉春即国家建都问题，秣陵即南京。顾炎武看好广袤开阔的关中，认为南京乃偏安之地，不足以建都。

"《日知录》八卷和《钱粮论》二篇，都是数年前所作，恳请先生不吝赐教。如果先生对《日知录》予以抨弹，不厌与我通信探讨，开启我的愚钝，这将是后人之福，万世之幸。"信的最后落款，"同学弟顾炎武顿首。"

黄宗羲脸上浮起久违的笑意，一扫知音难觅的愁伤，就连夫人离世的悲伤也没那么沉重了。

读过几页《日知录》后，他击节赞赏："《日知录》考据精详，切中时弊，堪为大观。亭林先生游历北地十五年，与我同声相应同气相求，实在令我宽慰啊。"

陈锡嘏说："亭林先生说，可惜他此生誓不南归伤心地，若是能与梨洲先生畅叙，该是何等惬意。"

黄百家说："父亲，记得您说过，屈指可数的当世人物，只有八闽李元仲，江右黄雷岸，天中孙钟元，三吴归玄恭，还有昆山亭林先生五位人物而已。"

"正是。癸卯二年我多次至昆山，欲与亭林先生会面，总是无缘得见。关山相隔，我知他不愿南归的痛切。"黄宗羲让两人读一读《待访录》与《日知录》有哪些意气相通之处。

"《待访录》说：'向后二十年交入"大壮"，始得一治，则三代之盛，犹未绝望。'《日知录》说：'百王之敝可以复起，而三代之盛可以徐

还也。'"

"《待访录》说:'有生之初,人各自私也,人各自利也,天下有公利而莫或兴已,有公害而莫或除之。有人者出,不以一己之利为利,而使天下受其利;不以一己之害为害,而使天下释其害。'《日知录》说:'天下之人各怀其家,各私其子,其常情也……'"

"《待访录》说……"

黄百家和陈锡嘏你一言我一语,择两书精华而读。看着父亲欣喜的模样,黄百家庆幸他从母亲去世的伤悲中慢慢挣脱出来。随即又担忧,父亲的期待甚高,大壮之年、三代之盛若是未得实践,他又该多么失望啊……

随后,黄宗羲问陈锡嘏入仕翰林院的状况。陈锡嘏说康熙对翰林院极关注,有征召鸿儒的打算,《明史》要重新修撰。

黄宗羲说:"介眉,你入翰林院任庶吉士,为师甚欣慰。庶吉士自洪武初年开设,皆选拔文学优等及善书者。三年期满再试,留下的二甲授编修,三甲授检讨,余者为给事中、御史,或外出为州县官。你意下如何?"

"弟子得先生经学相授,只想做学问,无意宦游。"

"做官是一时,做学问是一世。你当励精图治,以编修为专攻,以扬我中华文化为己任。"

"弟子铭记于心。"陈锡嘏迟疑了下说,"先生为反清复明砥砺多年,如今我效命于清廷,心生愧疚啊。"

黄宗羲把桌上的《行朝录》书稿递给他。陈锡嘏读着读着眼眶湿润。《行朝录》记录南明抗清史实,从隆武纪年至江右纪变,皆是黄宗羲亲身所历和遗民实录。

"我今年六十六岁了,此生坚不仕清。你们不一样,我教你们经世致用,就在于用在切实处。人非草木,你们还要为一家老小而为稻粱谋啊。我并非食古不化之人。"

黄百家和陈锡嘏静静聆听。

"大明虽已倾覆,文化仍生生不息。如今清廷求贤若渴,正是恢宏中华文化之时,若一味拒绝入仕,任由中华文化自生自灭,那才是真正的断根绝种。能否恢宏中华文化,有赖于介眉你们啊。"

陈锡嘏道:"我原先只囿于学问本身,真是肤浅了。先生言近旨远,弟子领会于心,定当不负厚望。"

及后陈锡嘏官至翰林院编修,编撰《四库总目》,卒于康熙二十六年(1687)。此属后话。

第十一章　翰林院小供事

康熙十五年（1676）秋冬，京师，云檐风栋，酒幌飘摇。

街市熙攘，皇城根下有骑乘宝马香车的富家公子，提着鸟笼逗着蟋蟀的八旗子弟，锦服裘衣的官宦千金，也有赶着驴牛马车的苦力，挑担叫卖的黎庶。上一等的谋算升官发财，下一等的只为果腹填饥。

春霖小酒馆里推杯换盏，甚是喧闹。小伙计严秋毫一边擦桌，一边心不在焉地朝楼下张望，险些把桌上的酱油罐擦飞出去。他赶紧挡住，溅了一手酱渍。

他在皇城待了三年多，与人为善，诚恳勤快，还兼任账房，所以工钱比别人多一些。他这一行看人下菜，过往吃的苦，教会他更好地在世道夹缝中存活。

他很久没有梦见父亲。有一回，他梦见他挑饭菜担给客人送熟菜上门，送到菜凉了，被人家斥骂一顿扣了菜金。他抹着泪往回走，烦愁着要赔钱了。经过一排青灰色宅第时听见有人喊他，一看是父亲,站在大宅门口向他招手。

"你从江南流离到北地,就是为了糊一张嘴吗?就是为了有一个栖身之地吗?你忘了全家怎么死的吗?"父亲问道。

"没有,我没有忘记——"

"儿啊,欠账迟早有一天要算清的,不要忘了把债讨回来,不要忘了——"

"父亲,孩儿记得,孩儿至死不敢忘——"

父亲飘然消失在大宅门里。他追上去,脚指头一痛醒来,发现自己趴在柜台打瞌睡,脚指头踢到了壁板。这青灰色宅第是什么地方?他为什么梦见父亲出现在这里?他百思不得其解。之后趁暇在附近大街小巷转悠,怎么也找不到那地方。

看门伙计高声唱喏:"多吉大人来了。"

严秋毫一喜,擦去手上的酱渍,迎上前:"多吉大人吉祥安康,小的等候多时了,您请。"

圆头肥脑的满官多吉走向惯坐的临窗酒桌。严秋毫擦了擦本来就干净的桌椅,泡上花茶,稍过一刻送上四菜一汤,垂手侍立一边。

满人多吉有几分才学,凭借战死山海关的兄长余荫,谋得翰林院提调官之职。提调官掌管翰林院各馆章奏文移、考核各员功课等具体事务,由二至四名满汉官任职。在人才济济的翰林院,多吉不算出众,满官不把他放在眼里,汉官表面恭顺暗地里又看不起他。春霖酒馆是鲁菜馆,也做川菜,最合满人的口味。多吉每个月来吃几顿饭,一则酒菜味美价廉,再则汉人对满人恭敬三分。

数月前,严秋毫把一盘木须肉送到多吉桌上,多吉责问"我的凉拌木耳呢",另一桌客人喊"我的木须肉呢"。严秋毫发现送错了菜,

正要换,多吉吃了口木须肉说好吃,那客人生气地过来。多吉一拍桌子,那人慌忙磕头喊"多吉大人",端来酒菜跟他拼桌,还多要了几个菜。严秋毫从言谈中听到,他们是翰林院的,多吉是提调官,那人是供事。

两人喝到半夜,醉醺醺地搂肩搭背出门,多吉拍着那人的脸说,"你个奴才走狗屎运了,从明天起你就是誊录官了",那人涕泪交零。那天,严秋毫目睹了一个人命运的嬗变。

如今的他懂得了,在官员多如过江之鲫的京师,多吉不算有权有势,但也是他认识的最大官员了。此后他对多吉格外殷勤,桌椅抹得干干净净,茶叶上最热乎的,菜品上最新鲜的,关照要好的厨子多加菜量。

这天多吉吃完又点了个菜,叫伙计把菜包上。严秋毫拿来菜盒装上菜,取来账单。多吉倒也不白吃白喝,到底是翰林院的,传出去名声不好。他懒洋洋地瞟了眼账单,斜着眼问账单谁写的。

"大人,是小的写的,算错账了吗?"

多吉狐疑地看着他:"你写的?写几个字给我看看。"

多吉盯着他写,再上上下下打量他,盘问他的来龙去脉。严秋毫说父母双亡,来京师投奔乡亲不遇,所幸得春霖酒馆收留做伙计等。

"你为什么能写一手好字?"多吉疑惑,这小伙计不像读书人。

"我父亲从小教我练字,一天二百字,若不然不能吃不能睡。"严秋毫坦然相告,这是实情。

"汉人一向如此,以为一手好字就能修身齐家治国平天下。前明文人误国,我大清马背上得天下。哈哈哈。"

严秋毫也跟着笑:"就是就是,大人说得在理。"他终于把憋了很久的话说出来,"承蒙大人看得起,小的想叨扰托请大人一个事。"

"什么事?"

"小的,想,想谋个衙门书手的差事……"

"再说一遍,你叫什么名字?"

"严秋毫。"

"会满文吗?"

"会会会。"

"很好,给我等着。"多吉提上菜盒,大摇大摆走了。

严秋毫送他到楼下大门口,计谋得逞的微笑从嘴角溢出。自从知道多吉是翰林院的,他开始每次把账单送到他面前,可多吉没留意过账单上的字,直到今天才发现,并且让他"等着"。

跟五湖四海的客人打交道多了,他也懂了官府的一些门道。自己擅长的唯有写字,衙门书手虽然收入微薄,比之酒馆伙计还是稳当多了。京师多衙门,多吉是翰林院的,帮他谋个书手差事,应该不是难事。他在忐忑不安中挨了三天。

第四天多吉来到酒馆,边吃边说:"翰林院要招一名供事,做些抄抄写写杂七杂八的事,你愿不愿意去?"

严秋毫张大嘴说不出话。他从来没有妄想进翰林院,他只是想做个书手,每月挣上一两工食银。眼下好事来得太快,他难以置信,就像一个人原本指望多吃一个馒头,摆到他面前的却是一桌满汉全席。

"你替我侄儿隆多之名,补缺其位,领三成薪俸,余者归我。"

严秋毫仍是愣愣怔怔,多吉掉转筷头敲打他的脑袋。

严秋毫清醒过来:"大人说的可是真的?"

"我侄儿不争气,不懂汉文,一手书法像狗爬。明白了吗?"

严秋毫更清醒了,点点头:"明白了明白了。"

"你真的会满文?"

"是,掌柜的令我们学会满文好招呼客人,不过我不太会写——"

多吉摸出一本满汉文册子:"快快熟习,十天后我再来找你。"他喝着酒嚼着肉,"进了翰林院,不许多说一句话,不许随意与人搭讪,不许惹是生非,一切由我安排。此事若透露半丝风声——"他拿起一根筷子啪地折断。

"小的明白,小的明白。多谢多吉大人大恩。"

多吉也暗暗松了口气。兄长死后,抚养侄儿隆多成了他的职责。可隆多不学无术,只会逗狗遛鸟,他有两个未成年的儿子要养,家境着实不宽裕,可翰林院又无油水可捞。那天他发现这个小伙计有一手好字,生出了这一计策。"冒领饷银"在前明已蔚然成风,不足为奇。翰林院非等闲之辈能进,但安插一个抄抄写写的小供事,对翰林院提调官来说易如反掌。

严秋毫拎着小书箱,亦步亦趋跟在多吉身后,走向东长安门的大清翰林院。

他离一排青灰色的宅第越来越近,也越来越惊愕。这不就是他与父亲梦中相见的那地方吗?难道是父亲指引他来到这里?高不可攀的翰林院与一介草民之间,怎么会突然有了一种不可思议的勾连?

他朝身后看了一眼,街上的人们赶着骆驼挑着担,骆驼从容地撒下一泡泡热腾腾的屎,人和牲畜面目混沌呆滞,任由命运推推搡搡。这一次,他把握住了自己的命运。

他拍拍衣衫,跨入翰林院高高的门槛,这是他迄今为止踏入的大清最高等阶的官府大门。一阵略带晦霉气息的风迎面吹来,他恍然觉得,过去的严秋毫被吹到了身后。

三十二岁的严秋毫瘦小文弱,肤色白净细腻,看起来比实际年龄年轻不少。多吉把他介绍给同僚,伤感地表示,当年兄长征战沙场,顾不得妻儿老小,侄儿隆多从小没吃没喝故而瘦小,请各位多加关照。同僚们心知肚明,这"隆多"哪有半点满人长相?但一些供事杂役也是他们沾亲带故荐举的,故而都打着哈哈道"好说好说"。

翰林院初设于唐朝,取文翰如林之意,为历朝养才储望之所。唐宋之翰林为内廷供奉之官,有明专称文学之士为翰林。清承明制,翰林院负责朝廷的经筵日讲、进士朝考、论撰文史、稽查史书、录书、入值侍班、教习庶吉士等事务,地位向来清贵不凡。

顺治元年(1644)承明制设翰林院,次年并于内三院,即内翰林国史院、秘书院和弘文院;顺治十五年(1658)改内三院为内阁,另设翰林院;顺治十八年(1661)归并内三院;康熙九年(1670)内三院又改为内阁,恢复翰林院。可谓一波四折。翰林院设庶常馆、起居注馆,编纂人员有内阁大学士领衔的监修总裁、提调、纂修、誊录至打杂跑腿的收掌、供事等,人员众多庞杂。

严秋毫入起居注馆做最低阶的小供事,有如蝼蚁混入蚁群,滴墨溅入瀚海,无人注目。

他闻着书香与芸香混杂的气息,轻轻抚摸着汗牛充栋的书架,生起难以言喻的亲切感,恍惚间回到很多年前,他和父亲从外面购来一车车书,重重叠叠堆到屋顶。他问父亲,东家购这么多书做什么用,父亲让他别多问……

几个史官过来拿书,漠然扫他一眼。他赶紧低头做事,告诉自己:要像这里的一本本书那样不起眼,又要像一本本书那样有用处。

他以满名隆多、汉名严秋毫开始了翰林院小供事生涯。登记考勤、记录功课、收发卷宗、誊录史稿以及扫地倒茶。他低眉顺眼,长年的小伙计生涯把他锤炼成如猫一样温顺、狗一样机敏、牛一样勤劳,一手书法尤得众人认可,谁都可以对他招之即来、挥之即去。没多久,他成了起居注馆不起眼又不可或缺的角色。

严秋毫把领到的第一个月薪俸交给多吉,多吉也把三成分给他。他无比感激,越发谨小慎微地做事。

有一回抄录完史稿,他校对时吓着了——漏了康熙年号。各史馆对收发纸张、抄录有误、纸张遗失损坏均有记录,轻者赔补,重则问罪,漏写年号更是头等大事,尤加严处。

严秋毫揣起纸悄悄拿给多吉看,多吉急急把稿纸收起,命他重写一份。那天散班后,多吉把他叫进小胡同,劈头盖脑两巴掌,骂他差点害死自己,所幸及时遮掩应对过去了。

"记住,你就是我用来填坑的,多做事少说话,再给我惹下麻烦,滚蛋!"多吉又恶狠狠地踢他一脚,"翰林院什么地方?非进士不入翰林,非翰林不入内阁。朝中文臣没个翰林加持,都会被人瞧不上。从顺治爷到当今皇上,都对翰林高看一头,龙颜一悦还会临幸翰林院呢。要不是你会写两个好字,翰林院的门朝哪边开你都摸不着,你个小王八羔子祖坟出青烟了知不知道?"

"是,多吉大人,小的一定谨记,再不给大人添麻烦。"严秋毫卑微地说。

王士元挈妇将雏来到余姚虞宦街购置寿礼。胡朴崖即将七十大寿了，王士元准备好好筹办一番，以谢岳父大恩。

他勤勤勉勉授学，有几个学子中了童子试，名声不胫而走，送来的学子更多，他越发忙了。

余姚乃是一座古雅秀美的江南小邑，相传为舜后支庶所封之地，舜姓姚，故云余姚，秦时置县。东汉有高士严子陵，唐有大书家虞世南，大明有大儒阳明先生，当世有梨洲先生黄宗羲，文脉源远流长，无愧于宋代范仲淹誉之"东南最名邑"。

夫妻俩攀龙泉山，临舜江楼，登通济桥。舜江楼始建于元代至元元年（1264），屡遭毁建。通济桥接余姚南北双城，始建于北宋庆历年间，亦屡毁屡建。楼桥向有"长虹腾空，飞阁镇流"之誉。他们走上桥头西望，舜江如绿丝带依龙泉山缓缓流淌，青山碧水，白帆点点。

"山如碧波翻江去，水似青天照月明。"王士元欣然吟诵北宋王安石的诗句，王安石任鄞县县令乘舟经舜江，多次游历过余姚。

"唤取仙人来此住，莫教辛苦上层城。"胡英娘接上后面两句。

过了通济桥，他们走向虞宦街。虞宦街因余姚虞氏仕宦家族而得名。东汉迄今，余姚虞氏家族先后有二十余人载入历朝国史正传，多有封侯者和三公九卿。名望盛者有三国虞翻，易学、天文、历法、诸子学等多有建树；东晋虞喜历史、天文研学深厚，有史以来最早发现"岁差"；初唐虞世南书法、文学卓绝，位列"凌烟阁二十四功臣"之一，所编《北堂书钞》为唐代四大类书之一。

王士元抱着儿子，与妻子聊余姚的历史掌故。走着走着心中莫名悸动，扭头一看，人群缕缕行行并无殊异。再走了一段路，他只觉背脊刺痛，似乎被一枚钉子钉上。再回头望去，街市依旧肩摩毂击熙

来攘往,恍然发现一个熟悉的身影掠过。

他说遇到熟人了,让妻子去附近店铺歇息,他跟人聊几句。胡英娘温顺地抱过儿子。王士元跟上去,与那人一前一后走进一条小巷,那人回首,刀剑一般犀锐的目光直刺而来。

"舜华——"王士元叫道。

一身男装的许舜华冷声道:"王士元,你好福气。"

"福气?"王士元苦笑,"舜华,其实,我过的是朝不保夕的日子,我只怕连累你——"

"你到底犯了何等滔天罪孽会连累人?如今你娶妻生子,难道不怕连累他们吗?不喜欢我就不喜欢我,何必找这种拙劣借口?!"许舜华怒道。

"我喜欢你——"王士元说完又觉得不妥,连忙闭嘴。

"可笑至极,你说这话,一则对不起我,再则对不起你妻儿。我许舜华瞎了眼,竟然会看上你这种薄情寡义之人。"她转身欲离开。

他拦住她:"许伯现在怎么样?"

她冷冷道:"与你何干?"

"请转告许伯,不要再做逆天之事,以免铸成大错……"

"管好你自己,别管我们。山上的事你若是走漏半丝风声——"她朝墙上的砖头重重一拍,砖头顿时断成两截,冷冷道,"我会比我爹下手更狠!"

"舜华,一定要劝住你爹,我真的不想你们以卵击石……"

"别管我们。"她转身就走。

他拉住她的手:"答应我一定要劝住你爹。"

"放手!"

"答应我好吗?舜华。"

许舜华一巴掌打在他脸上,两人呆愣了。

胡英娘抱着儿子跑来,喊道:"住手,何方狂徒,光天化日之下对我相公动手?"

许舜华看了胡英娘一眼,再看看呆若木鸡的王士元,恨声道:"王士元,这辈子,我再也不想看到你了。"她转身跑开,边跑边擦泪。

胡英娘心疼地:"相公,他为何动手?你说的熟人就是他吗?"

王士元望着人影杳然的长巷,苦涩地说:"我欠了她一笔债,如今,都清了。"

康熙十六年(1677)五月,黄宗羲从海昌回到黄竹浦。

儿子们为父亲洗尘,劝说父亲此次回来不要再外出讲学了。黄宗羲则高兴地告诉他们,海昌讲学地由原先的海昌北寺迁至海昌讲院,环境宽敞洁净,弟子有本境的也有邻邑的,他打算在家住些日子再去。

黄百药急了:"父亲,您年事已高,不可再颠沛劳累了,路途迢迢,若是有个闪失,让儿子们如何是好?"

黄正谊恳求:"父亲,您已六十八,该是儿子们奉养您的时候了。"

黄百家道:"父亲,陆文虎先生尚暂厝浅土。儿子们怕您路途颠沛,万一有个三长两短……"

黄宗羲脸色大变,让他们把事情说清楚。黄百家说,甬上万斯大派仆人来报,陆文虎仍暂厝浅土,问先生怎么办。黄宗羲眼前一黑晕了过去。好在儿子们通岐黄之道,一番掐人中捏虎口揉心门。

黄宗羲悠悠醒来,老泪纵横:"三十二年了,文虎兄还未入土为

安,这是我的罪过啊……"

黄宗羲盼咐他们,让万斯大择吉日葬陆文虎于甬城西。七月浙西仅存的蕺山同门陈确也去世了。十一年前陈确提出俭葬,让他莫负先生忠义殉国之节。《陆文虎先生墓志铭》《陈乾初先生墓志铭》……康熙十六年(1677)成了黄宗羲的"墓志铭年"。

这一年,他为顺治五年(1648)抗清殉难的明刑部员外郎、南明右佥都御史、东阁大学士钱肃乐作《钱忠介公传》,书其才华出众、精忠报国而遭奸臣倾轧陷害的一生:"独公沈湛于大全,以欧、曾之法出之,故一时号为名家……上言国有十亡而无一存,民有十死而无一生……"

他为避世隐居的明进士余若水、出家为僧的明进士周唯一作《余若水周唯一两先生墓志铭》,敬慕二人甘为遗民凄苦终老,又喟叹自己鼓励弟子入场屋的苦衷遭人中伤:"生此天地之间,不能不与之相干涉,有干涉则有往来。陶靖节不肯屈身异代,而江州之酒,始安之钱,不能拒也……"

他为离世十三年的张苍水作《兵部侍郎苍水张公墓志铭》:"语曰:慷慨赴死易,从容就义难。所谓慷慨、从容者,非以一身较迟速也……西湖之阳,春香秋雾。北有岳坟,南有于墓……同德比义,而相旦暮……"

曾劝他"余生绝不替清廷做半点事,宁愿把学问烂在肚子里"的朱朝瑛七年前终老于家,老友高斗魁逝于六年前,复社领袖熊开元去年葬于徽州云谷监院,其师弘储禅师五年前示寂于灵岩山……

"君埋泉下泥销骨,我寄人间雪满头。"旧雨相继凋零,留他这个未亡人,踉跄穿行于孤寂的人世间。每作一篇悼友文,对他都是一场不堪回首的噬骨之痛。一篇篇墓志铭,写的是故人生死,剖的是自家心迹⋯⋯

　　熏风入院,别院深深,翰林院的老槐树传出蝉鸣声声。

　　严秋毫捧着厚厚一沓书稿,眼睛、鼻子都被遮挡,额头渗汗,来回穿行于翰林院各厅堂。他书法出色,又是新来的,故而收掌、誊录人员把一些搬运书稿、抄录事务也推给他。

　　一个年轻人摇着扇子,昂首阔步跨入翰林院大门。他一身宝蓝长袍,外罩一袭紫红团花背心,个子中等,肤色白净,深眉高鼻,脸上有几颗淡淡痘印。他跨入厅堂门槛,细长的眼睛扫视各馆,透出锋锐的神色,却没有留意有人从大门内侧过来,两相一撞,严秋毫捧在手上的书稿散落一地。

　　年轻人打了个趔趄,身后两人及时扶住,旋即将严秋毫反擒,喝道:"大胆奴才,竟敢冲撞皇上!""皇上驾到!"

　　寂静的翰林院响起桌椅书籍碰撞的声响,修史官们像一群鱼一样从各个角落游出,跪地山呼:"臣某某某恭请皇上圣安。"

　　康熙摆摆手:"我正好经过翰林院,随便看看,众位太史请起。"让两个小太监松开严秋毫。

　　严秋毫看着眼前这个比自己年轻一些的青年,再看看跪地的翰林们,似乎不明白他们怎么突然像一排割倒的青草那样伏地。提调官多吉跪在地上直打战,恨不能将他摁倒在地磕十八个响头。要是这小王八羔子的身份被揭穿,他准丢了老命。

　　康熙见严秋毫直盯自己,颇为惊异:"你是做什么的?"

　　翰林院侍读学士叶方蔼闻讯匆匆赶来,暗暗抱怨年轻的皇帝总

喜欢冷不丁跑来翰林院,给太史公们送一些"惊喜"。

叶方蔼,字子吉,号纫庵,江苏昆山人,顺治十六年(1659)一甲第三名进士及第,亦即探花,才学人品俱佳,敏而好学,重才惜才,为人虚怀若谷。有明以来,江南士绅一直拖欠朝廷赋税,致使朝廷税银不济重挫财力。康熙即位后,责令拖欠赋税的江南士绅一律剥夺功名,欠税官员一律降职调用。江苏巡抚朱国治火速将拖欠赋税的一万三千八百多名士绅官员名单呈交朝廷,其中赫然有探花叶方蔼。叶方蔼所欠赋税折合银子一厘,合铜钱一文,亦被降职调用。时称"江南奏销案",民间遂有了"探花不值一文钱"之称。好在朝廷赏识其才学,知道他是被"误伤"的,不久即判他与此案无关,重新起用,之后任会试同考官、日讲起居注官、翰林院侍讲。

叶方蔼气喘吁吁地跑进厅堂,惊见众员跪迎而一名小供事站立直视皇上,喝道:"大胆小供事,快快叩迎皇上。"

严秋毫如梦初醒,连忙跪地:"大清翰林院起居注馆供事严秋毫给皇上谢罪。小的从未观瞻过龙颜,误撞圣驾,恳请皇上降罪。"

二十三岁的康熙大度地一笑,转向众人:"诸位供职有高低,掌管有不同,但皆为翰林院太史,国之良材,请起。"

叶方蔼恭请康熙去后堂喝茶。严秋毫收拾地上散乱的书稿,康熙瞥了一眼正欲离开,见书稿书法工整秀美,便让他呈上。

康熙赞叹:"好书法,颇有欧颜之风。谁写的?"

严秋毫惶然:"小的涂鸦,请皇上训教。"

康熙喜爱书法,每日临千字,自幼以欧阳询、颜真卿筑基,再学王羲之、怀素、米芾、赵孟頫等大家,近来推崇董其昌,对书法出众者自然尤为关注。

叶方蔼见康熙不怒反喜，暗暗吁了口气。多吉擦着额头的汗，稍稍宽了心，退缩到角落，琢磨待会儿怎么教训这个小王八羔子。

康熙令他写几个字看看。在众人敛声屏气的围观下，严秋毫哆哆嗦嗦地提起笔，墨水溅在宣纸上，怎么也落不下笔。

康熙令众人转过身不许看，和颜悦色地对他说："你只当这屋里空无一人，大胆写来，跟你平时书写一样。"

"是，皇上。"严秋毫连吸两口气，稍一思索便写下两行字。

"山不厌高，海不厌深。周公吐哺，天下归心。"康熙暗暗吃惊，这是三国曹操《短歌行》中的诗句，道出了自己当下的心思。此时朝廷已扭转三藩之乱的基本局面，耿精忠腹背受敌，仓促撤兵请降，尚之信也随即降清；吴三桂仍固守一方，与清军在江西、广东、广西、湖南等要地对峙，台湾郑经盘踞于福建漳、泉、兴、汀等地，各地反清势力仍然此起彼伏……他期盼的偃武修文、天下大治之时不知何时到来，内心极为忧虑。

这十六字彰显了曹操建立曹魏政权的雄心，亦透露出求贤若渴的心思，更昭示了亟盼"天下归心"之愿。这个瘦弱不起眼的小供事写得一手好书法，还写出如此抚慰人心的吉语，翰林院果然人杰荟萃。康熙简直怀疑此人洞察了自己的心思。

"你为何能写一手好字？"

"小的自幼跟父亲学字，一天五百字，若不然没得吃饭睡觉……"

多吉暗暗吃惊，上回他还跟自己说一天二百字，一眨眼成了五百字，小王八羔子不像表面那么老实啊。

康熙忍俊不禁，这跟自己小时候练字差不多。他对小太监说了声"赏"，便步向后堂。小太监奉上一支玉管羊毫，上刻"经天纬地""内

廷恭造"题铭。康熙对有功之臣赐金银粮帛，来翰林院则会让小太监带一些文房四宝，赏赐看得顺眼的太史。

严秋毫捧着从天而降的玉管羊毫，只觉轻如鸿毛又重如泰山。众人看他的目光与平时不一样了，错愕、惊讶、疑惑、羡慕、不屑……皇上每年会临幸翰林院几回，受赏的都是大学士、监修总裁等，从来没有赏过小供事，眼下破了天荒。他们回到各自案牍，失落地继续抄抄写写。严秋毫小心地收起御赐羊毫，继续忙碌地搬书稿，装着没听见同僚们的窃窃私语。

多吉刚才想的惩治严秋毫的几个法子消失无踪。这小子险些闯了大祸，又意外得主隆恩，走了什么狗屎运？把此人带进翰林院真是最蠢不过的事。可眼下，他只能眼睁睁看着那小王八羔子在眼前晃来晃去，原本的弯腰驼背，似乎堪堪地挺直起来。

康熙检阅史籍，考勤史官，听取叶方蔼和其他监修总裁禀报各馆的事项，查看叶方蔼编撰的《孝经衍义》史稿，赞赏称好，又问《明史》所集史料进展如何。

顺治二年（1645）五月始提修撰《明史》。大学士冯铨、李建泰、范文程、刚林、祁充格为总裁，提名副总裁和编纂官，设收掌官、满字誊录、汉字誊录；康熙四年（1665）十月重开明史馆，因编纂《清世祖实录》而暂停；康熙十年（1671）康熙重提《明史》修撰，责熊赐履总裁此事。熊赐履是顺治朝国子监司业，入弘文院侍读，康熙朝任秘书院侍读学士、国史院学士、翰林院学士。他深知修史维艰，自知对明史研学不深，遂恳请顾炎武出山修史，还请来顾炎武外甥徐乾学说项。顾炎武回应："若要我修史，我要么像介子推那样逃入深山，要么像屈原那样投江自尽。"

顺治曾多次至内三院阅览史志,"上幸内院,阅通鉴,至唐武则天事","上幸内院,览诸奏章及万历时史书","上幸内院,阅部中奏疏及翻译五经","上幸内院览明史","入内三院御览明史纂修进展"。而康熙效仿父亲不时临幸翰林院,尤关注《明史》进程。

叶方蔼如实禀报:"明朝历代实录奇零,天启朝实录七年之后付之阙如,崇祯朝更无实录,史籍史料各地尚无进献,邸报、档案类更是寥寥无几。再则——当年湖州明史案后,相关史籍毁损甚广,修史难度甚大啊。"

康熙喝着茶思忖,三藩未定,自己也没有心思作出定议,怪不得太史们。熊赐履不堪重任,顾炎武拒之不及,叶方蔼千头万绪事务庞杂……

"诸位太史公,当今人品文才俱佳的大儒还有哪几位?"他问。

叶方蔼和一众总裁官不敢轻易作答。

甲申之变后,大批有名望有才学的士子文人纷纷殉国,明工部尚书、东阁大学士范景文投井;户、兵二部尚书,文渊阁大学士方岳贡自缢,蕺山学宗、左都御史刘宗周绝食而亡;翰林院编修,南明吏、兵二部尚书,武英殿大学士黄道周斩首而立身不倒;翰林院编修、礼部尚书、东阁大学士傅冠溅血于汀水;翰林院编修、南明吏部右侍郎杨廷麟沉骨于水塘;户科给事中、南明吏部右侍郎、东阁大学士瞿式耜就义于桂林……隐居避世者如顾炎武、王夫之、吕留良等,更是不计其数。有明殉国士子之多,实为历朝历代所罕见。

叶方蔼硬着头皮,报出了一些避世者的名字。

康熙更沉默了。他无缘亲历父祖辈开基立业的霸气,从祖母和大臣们的口传和大量史籍中知道,从"建州女真"到"满洲大清"是一

段何等艰难的开疆辟土史,"爱新觉罗氏"是一个何等荣耀的冠姓,"定鼎燕京,以绥中国"是何等豪迈壮阔的气度。三藩之乱终将鼎定,之后还须将台湾纳入版图,消除北境罗刹威胁……盛世修志弘文,不能再拖延不决了。

"《明史》修撰是翰林院的业内事,纫庵先生还须好好筹划。若有大儒当及时延聘,兴朝效命。"康熙说。

叶方蔼眼神一转,欲言又止,康熙让其他人退下。

叶方蔼禀告:"皇上,臣记得有一位当世名儒,不知是否合宜?"

"谁?"

"浙江余姚黄宗羲。"

"黄宗羲?"康熙狡黠一笑,"纫庵先生读过他的哪些著作?"

叶方蔼谨慎答道:"臣闻黄宗羲学问渊深,甲申之后曾举兵起事,现今著书立说,门生众多,深研各类学问,倡导经世致用,其著作倒是没有读过。"

康熙的笑容越发诡秘:"读过《待访录》吗?"

叶方蔼诚实地说:"听闻过,但未曾见过,更没有读过。"一些文臣隐晦地说过此书,他揣测此书绝非简单,故不敢轻易评议。

康熙吟道:"一人奉天下,而非天下奉一人。天子所是未必是,天子所非未必非。"

叶方蔼脸色煞白,开始懊悔提起黄宗羲。

康熙继续道:"古者以天下为主,君为客,凡君之所毕世而经营者,为天下也。今也以君为主,天下为客,凡天下之地而得安宁者,为君也。"

叶方蔼大惑:"皇上从何处听闻这些危言耸听?"

"四年前,浙江巡抚进呈此书,指书中多有大逆之言。我读过后,以为此书虽言辞逆耳,却大有深意。皇帝也是人,哪有一做了皇帝就什么都是对的、永不犯错的道理?"

叶方蔼暗暗欢喜,年轻的皇帝确实见解不俗,便小心地问:"皇上会禁《待访录》吗?"

康熙负手踱步,吟道:"向后二十年交入'大壮',始得一治,则三代之盛犹未绝望也。昔日王冕曾效仿《周礼》写了一卷书,自称'我若一时还没死,倘若能拿这本书遇到明主,成就像伊尹、姜太公那样的丰功伟业,也不是难事',但是王冕还没遇到明主就死了。王冕的书我没有见过,按其书中之法究竟能不能治理好天下,也就无从知晓了。现在乱世还未结束,又怎么能很快进入'大壮'这一治运呢?我虽年老,遇到箕子那样被明主所拜访,请教治国之道的机会还是有的。岂能因为未来的治世还不明朗,而不敢公开自己的主张呢?"

"皇上,这些言论都出自《待访录》吗?"

"没错。纫庵先生认为这些言论如何?"

叶方蔼此时已揣摩出上意,于是笑道:"依臣愚见,黄宗羲著书迄今近二十年,今时岂不正是大壮之年?而遇明主之言,岂不正是指我大清明主吗?"

康熙喝了口茶,脸上不动声色,心中堪堪得意,又道:"对了,纫庵先生还记得洪武帝有一番'天下之治,贤士共理'的话吗?"

"容臣想一想。"叶方蔼心领神会,皇上喜欢从别人嘴里听好话。

"我只记得大概,忘了详说。"

"洪武帝曾发布诏书,'天下之治,天下之贤共理之。今贤士多隐岩穴,岂有司失于敦劝欤,朝廷疏于礼待欤,抑朕寡昧不足致贤,将在

位者壅蔽使不上达欤。不然，贤士大夫，幼学壮行，岂甘没世而已哉。天下甫定，朕愿与诸儒讲明治道。有能辅朕济民者，有司礼遣'。"

"纫庵先生果然记性超拔。朕与洪武帝之念何其相似乃尔？如今许多贤能之士隐居山野岩穴，朕亦愿学洪武征召天下贤士，与他们研习治世之道，有辅助朕济世救民的贤士，也要让有司以礼相聘。"

芸草香在屋里幽幽缥缈，康熙的神思袅袅飘浮："皇祖母早年教谕我：江山万里，苍生至众，都由天子一身统御，没有大德奇才如何堪当重任？须深思得众得国之道，使四海咸登康阜，绵历数于无疆，方不负列祖列宗。"

"太皇太后懿言嘉行，真是惠泽社稷苍生。"

康熙抚过一排排书籍，吹了吹指头的些微灰尘，气定神闲道："倘若我因《待访录》有碍语而将此书毁禁，岂不是告知世人，我正是'为天下之大害者，君而已'，而非黄宗羲所期望的明主？"

叶方蔼拱手臣服："皇上睿德圣明，宽宏大量，我大清必将文运昌盛，成就三代之盛。"

"朕常来翰林院不便，拟在乾清宫西南角辟建南书房，择翰林院词臣才品兼优者入值，赐'南书房行走'之名，与朕一起赋诗撰文，写字作画，起草诏令，撰述谕旨。纫庵先生为当然人选，再推举几名出众人物。"康熙的眼神凌厉，透出不容置疑的神采。

叶方蔼点头称是，心中嘘叹。皇上对《待访录》网开一面，不只是他说的不愿被世人误认为"为天下之大害者"，或学洪武帝"天下之治，贤士共理"，更是别有深意——文章千古事，他也想在后世留下一个千载美名。皇上之所以辟建南书房，表面上是建一处吟诗赋词的风雅之地，实则是逐步削弱议政大臣的权柄，将外朝内阁的部分权柄掌控手中。年轻的皇帝雄才大略,绝非他的祖父皇太极和曾祖父努尔哈赤那样马背上的草莽英雄可比。

离开翰林院时,康熙扫视恭送的人群:"山不厌高,海不厌深。周公吐哺,天下归心。各位太史公须与朕同心,方当得起修千古汗青大业。"他目光落在严秋毫身上,嘴角微微一牵,阔步离开。

众人揉着膝盖继续各自忙事,严秋毫则愣愣地望着康熙远去的方向。

多吉过来,低声喝道:"别丢人现眼了,快做事。"

严秋毫继续忙碌,内心翻江倒海。如同他在春霖酒馆接近多吉,如今的他一步步接近了圣上,这是很多年前绝不敢想的奇事。汗水和着泪水落在纸上,这一回他没有惊慌,静静看着墨渍洇散,渐至无痕。

叶方蔼皱着眉头思索了会儿,对一个誊录官说:"查找会试名录,这两年会试的士子里,有没有浙江籍的,最好是余姚的……"

第十二章　子民的死难

康熙十六年（1677）十月，余姚，秋凉初至，暑气渐散。

黄宗羲把一罐化安茶放进书箱，准备再赴海昌。黄百家帮着整理行囊，他本欲随父同行，黄宗羲说仆童随从就行了，让他管好家，修整茶园竹林，静心著述。

弟子董允蹈风尘仆仆地推开柴门进来，高喊先生。他于康熙八年（1669）中举，去年再次会试而未中。

"弟子又未能中榜，实在愧于叩拜师门。"他甚是愧然。

黄宗羲引他在院子坐下，倒茶宽慰道："在中，学问在人，成事在天，你继续勤勉向学就是了。"

董允蹈取出一封信："先生，弟子此番离京返乡前，向翰林院纫庵先生辞行。纫庵先生得知弟子出自梨洲门下，说久仰先生大名，托弟子捎信于您。"

"我与这位探花郎素昧平生，他能跟我聊什么呢？"

信里有一首长诗，诗名很长，《予久慕浙东黄太冲先生，恨未之见，四明董孝廉过访，询知为太冲门人，于其南行，作此送之，并寄黄先生》，把捎信的前因后果交代得很清楚。

"会稽有大儒，世系出忠门。黄童名无双，白首晦丘园。六经探奥突，百氏穷渊源。躬蹈莘与轲，不肯托空言……"诗一开头，叶方蔼表达了仰慕之情。

接着他详述早就听闻黄宗羲盛名，心中仰止情敦，只是仕途束缚，无缘负笈南下与梨洲先生探讨学问。去年董允蹈会试时作了一篇诗赋，有"浩浩三峡奔"之势，他极为赞赏。此次董允蹈辞行回乡，得知其出自梨洲门下，更是慨慕。如同河流奔腾溯其源头必出自昆仑，董允蹈才华出众必出自名世大儒，所以托其传书。

"……兴朝急求贤，侧席心殷殷。安知柴荆外，旦夕无玄纁。北面修盛典，宪乞礼数勤。予亦得挟册，函丈时相亲。勿著羊裘去，苍茫烟水滨。"诗末，叶方蔼恳求梨洲先生切莫像他的余姚同乡、东汉高士严子陵那样着一身羊裘去烟水江滨钓鱼。

黄宗羲叹："三百五十字长诗，纫庵先生其辞亦诚，其情亦殷啊。"

黄百家说："父亲，叶方蔼是想请您兴朝而出啊。"

董允蹈犹豫了下说："先生，听说皇上也读过《待访录》。"

"他们想怎么样？"黄百家有点紧张地问。

黄宗羲眉头一耸，心下沉吟。《待访录》抄本甚多，不知道怎么辗转到了康熙手上。不过据此可以判定，若康熙因此而怒，事情早就不可收场了，叶方蔼也不可能贸然来信自招祸水。换而言之，不管康熙有没有看过《待访录》，叶方蔼的来信还是诚意满满的。

"听说皇上对《待访录》颇为赞赏。他说，皇帝也是人，哪有一做

了皇帝就什么都是对的、永不犯错的道理?"

"康熙还算明理。"黄百家道。

"他还说,若是因《待访录》中一些话而将书毁禁,岂不是让世人说皇上正是'为天下之大害者,君而已',绝非先生所期望的明主?"

黄宗羲高声道:"不是这样的,这绝非我本意!"

黄百家也急了:"康熙这是曲解了父亲的意思啊。"

"向后二十年交入'大壮',绝非指清廷治下。"黄宗羲拿出《待访录》,激昂地说,"他们寻章摘句借此粉饰自己,想当然以为自己就是明主。此误读若是一代代传下去,后世岂不以为《待访录》就是为了期待清廷明主来访而写的?荒谬,真是太荒谬了!"

包括董允蹈在内的弟子们都明了,但谁也不敢说——"大壮"会不会真的来到?或者说根本就不存在"大壮",那就是一个虚无缥缈的幻境。如今康熙将《待访录》当作粉饰自己的物事,这与先生的原旨相去何止千里?!

"先生,康熙如此解读也不算坏事。至少《待访录》不至于被毁禁,先生也不至于遭牵连。"

"父亲,《待访录》能因此而留存,也算是不幸中的大幸。亭林先生也说了著书待后。后世如何解读,见仁见智,非我们所能左右。"

纵然一腔愤懑,黄宗羲也不得不承认他们说得在理。

待访,待访,自己到底期待什么样的"明主"来访?大壮之年、三代之盛就算到来,也许已不再是原貌。康熙若真懂得"哪有一做了皇帝就什么都是对的、永不犯错的道理",那也算是值得了……

一只孤鹜长鸣一声,掠过村庄的霞光林梢,缓慢地飞向南面的化安山。三人望着它直至消失。

"在中,百家,你们发现刚才孤鹜飞翔时有何异样?"

黄百家和董允蹈没有细看,答不上所以然。

"它的左翼受伤了,只能垂翼而飞,若不然必坠亡。《易经》六十四卦之三十六卦有'明夷'卦,下离上坤,离为明,坤为地,卦辞'利艰贞'。飞鸟受伤,难以振翅翔集,唯有低垂其翼而飞;君子若要有作为,须有三日不食之精神。纵然时世艰苦,还须坚持下去,方能成就大业。"

黄百家和董允蹈异口同声道:"明夷于飞,垂其翼。君子于行,三日不食。"

"夷之初旦,明而未融。当下清廷正值日升初旦,但我岂能因未来治世不明朗而不敢公开主张呢?日没入地,光明受损,前途不明,宜遵时养晦,坚守正道,外愚内慧,韬光养晦,终至晦而转明……"黄宗羲轻抚《待访录》,"日后若有机会刊印此书,前面加上两个字。"

"哪两个字?"黄百家和董允蹈齐声问。

"明夷。"

"《明夷待访录》?"

"《明夷待访录》!"

黄宗羲和黄百家来到化安山黄家墓园,每回出远门,他都会跟父亲辞行。

黄氏墓地埋葬了黄宗羲父亲、兄弟、爱子、孙女,加上新入土的夫人叶宝林。他们在彼岸团圆了。黄百家除草铲土培坟,黄宗羲在拜坛前点上线香,跟父亲絮叨近况、海昌讲学、为故友写墓志铭、哪些弟子取得功名或落了榜等,又说起董允蹈从京师带来的消息。

"父亲，康熙如何评议《待访录》是他的事，与我无干。只是，如今大势所趋，诸事已莫可为……儿子以为，子弟们可以因生计而出仕，我永为大明遗民，此生坚不仕清。父亲以为然否？"

一阵风吹来，墓前的梅枝垂挂下来，轻轻点了点。

黄百家说："祖父在天有灵，定以为然也。父亲，朝廷日后若非要您兴朝而出，为难于您，儿子会替父亲承当。"

"朝廷为难您，黄帅难道就不能拿出当年结寨抗清的勇气吗？"一个高亢苍凉的声音从梅林里传出。

黄百家护在父亲面前，喝道："什么人？快出来。"

"日月昭昭，世忠大明。日月昭昭，永忠故朝。"伴着高吟声，两个人影倏然出现在他们面前。

一个白发老者，一个俊秀青年，均是一身短打。黄百家的武功扎实，扫了眼就知道对付二人并不难，稍宽了心，喝问他们到底什么人。

"三十二年不见，黄帅别来无恙，旧部许山拜见。"许山跪地就拜，叩首以礼。

黄宗羲扶起他，打量对方沧桑的面孔，良久，才认出对方是三十二年前的世忠营旧部，大为震惊。

"黄帅，当年我从火烧连营中逃出，不慎坠崖，因而捡得一条命。之后我长居四明山，娶妻生女——"许山指了指女儿，"出门不便，让她作男儿装。"

"小女许舜华，拜见黄帅。"许舜华作揖，脆生生地说。

"侄女请起。不必再叫黄帅，已是过眼云烟。许山，你该是耳顺之岁，我也是年近古稀了。"黄宗羲又欣喜又慨叹。许山当年二十多岁，如今两两相望俱是白发人。

"读书人都尊称您梨洲先生,我们也如此相称吧。"许山道。

黄宗羲问他何事找来。

"梨洲先生,十七年前我组建了永忠道义军,日夜操练,择机率兵出阵,呼应各地反清复明。这么多年来,义军屡战屡败,永忠道也时有伤亡,但我们从不言悔。"许山慷慨激言。

黄宗羲警觉:"福建耿精忠起兵,你是否也参与了?"

"耿精忠起兵后,四明山一带义军俱相呼应,与清军顽命相抗,但终因不敌伤亡惨重,我永忠道幸得保存大部兵力。"

黄宗羲憎恶吴三桂,其原本就是大奸大恶之徒,就算他为中兴大明而战,又如何抹得掉引清军入关的耻辱?自从钱肃乐、郑成功、张苍水等忠烈之士逝后,反清复明几近穷途末路;尤其是海昌讲学后,他发现像许三礼那样真正重教兴学、造福子民的清廷官员确也不少。清军入关三十三年,再举反清复明大旗,再起兵燹之灾,给百姓带来了什么?况且其中多有欺世盗名之徒,以募饷之名致百姓不堪其苦……平心而论,清初官场气象,比晚明一派晦暗腐朽要好得多……

"我许山已是再世人了,身为大明人,死为大明魂。今日前来,想请梨洲先生出山,重振世忠营雄风,再举反清复明大旗。"许山的花白头发在夕晖下闪着光泽。

"梨洲先生,自小,父亲就给我讲世忠营勇毅抗清的故事,这么多年他一直心心念念,说当年鲁王朝要是及时采用您的兵策,战局或有转机。"许舜华跟着说。

黄宗羲一时不知如何说起。去年,台湾郑经所占土地相继失守,退守厦门。本年清廷对郑经许诺,若郑军撤离大陆沿海岛屿,退守台

湾,允诺台湾为藩属,清廷与台湾通商贸易,永无嫌猜,眼下郑经犹豫不决。黄宗羲的希冀破灭了。以许山区区兵力,分明是驱羊攻虎……可这一切如何向他说清楚?他又如何明白个中曲折?

"许山,你怕是还不知道,三藩之乱即将见分晓……"

"就算平了三藩,还有我们这些大大小小的义军。"许山怒气冲冲道。

黄百家道:"许伯,我父亲明日还要赴海昌讲学,天色不早,我们要收拾行囊,你们也该回去了。"

许山冷笑:"我早就听说了,梨洲先生如今为官府学堂讲学,甘为清廷效命。"

"许伯,您怎能如此曲解我父亲?"黄百家急道。

"梨洲先生,您能听我讲一个故事吗?"许舜华上前道。

黄宗羲在石凳坐下:"请讲。"

康熙十六年(1677)十月京师,长街熙攘,短巷静寂,东长安门附近胡同的一间陋屋内,一灯如豆。

严秋毫久久端详手中的玉管羊毫和笔管上的"经天纬地""内廷恭造"题铭,嘴角渗出一抹冷笑。玉管羊毫在油灯下泛着与陋屋不相配的温润贵气的微光。

过了会儿他蘸了蘸墨水,在纸上写下三个浓墨大字——庄秋毫。

他其实叫庄秋毫,出身于扬州书香门第,祖父母、母亲兄弟姐妹皆死于"扬州十日"。

三十二年前的顺治二年(1645)二月,清廷豫亲王多铎率十万清军南下,四月攻扬州。南明督师、兵部尚书史可法率万余兵力誓死守城。仅一月,扬州即告失陷。史可法被贪生怕死的部属所擒,面对多铎的诱降,他道:"城存与存,城亡与亡。我头可断,而态不可屈。我意已决,即碎尸万段,甘之如饴,但扬城百万生灵,不可杀戮!"遂英勇就义。

清军占城后屠戮劫掠,十日不封刀。几世繁华的扬州城,堆尸贮积手足相枕,血入水碧赭化为五色,塘为之平,百姓稽首长号哀声震地……顾炎武有诗:"愁看京口三军溃,痛说扬州十日围。"泰州士子吴嘉纪作诗:"忆惜荒城破,白刃散如雨。杀人十昼夜,尸积不可数","东郊踏死可怜儿,西郊掳去如花女。女泣母泣难相亲,城里城外皆飞尘。"黄宗羲有诗:"兵戈南下日为昏,匪石寒松聚一门。痛杀怀中三岁子,也随阿母作忠魂。"

其时庄秋毫尚在襁褓,父亲庄忠抱着他从死人堆逃出,投靠湖州南浔的远亲庄家,凭着勤勉忠实成为庄府管家。从庄秋毫记事起,庄忠就把"扬州十日"说给他听:"儿啊,不要忘了这一笔大仇,他们手上沾满了我们的血。儿啊,欠账迟早有一天要算清的,不要忘了把债讨回来,不要忘了——"让他每天抄写"扬州十日"的诗赋史乘,牢牢记住这一场骇人听闻的惨剧。庄秋毫亦由此而练得一手好书法。

庄家为湖州南浔巨富,老爷庄允诚生三子,次子庄廷鑨有才,十五岁中贡生,入南京国子监读书,因病不幸致盲。庄廷鑨决意效法左丘明,修撰《明史》传之后世。庄家邻居、明内阁首辅朱国祯有一部《明史》遗稿,因家道中落而求售稿本,庄家遂购入,以重金招揽江南士子十余人编辑参阅,在朱氏原稿基础上补阙崇祯朝和南明史。

庄忠父子奉命购置大批书籍史料,庄秋毫问父亲这么多书做何用,庄忠让他不要管闲事。他有时趁士子们吃饭间歇溜进书房,发现

书稿中称努尔哈赤为"建州都督""奴酋",清廷为"夷狄",对与清廷作战的将领报以痛惜之情,斥指降清将领为叛将,用前明年号而不用清廷年号,等等。庄忠早察觉其中之危,恳求老爷派儿子去各地收账,以图让他置身事外。

顺治十二年(1655)庄廷鑨病死,庄允诚痛哭说其他两个儿子都有后代,只有最疼爱的次子绝后,决定刻书当作儿子的后代。顺治十七年(1660)冬《明史辑略》刻成。庄秋毫出于好奇悄悄藏匿了一本书稿。庄允诚重金欲请顾炎武作序,顾炎武认为庄家收购史稿沽名钓誉,回应"不学无术,实非史才。官能鬻,名能买,世风如此,可叹可笑"。庄允诚只得作罢,又请吴江才子吴炎、潘柽章参阅,未果,却擅自将他们列入参阅名录,名录中还有未曾参阅的查继佐、陆圻和范骧,还请前明礼部官员李令晳作序。

查继佐三人深知其中之危,先发制人,将此事呈报浙江学道,试图摆脱与《明史辑略》的干系。归安县被罢知县吴之荣利欲熏心,以此书敲诈庄家不成,层层告至湖州府学、浙江巡抚等处,还诬指湖州富商、庄廷鑨的岳父朱佑明为原稿作者朱氏。湖州和浙江官员受庄允诚巨额贿赂,拒不审理此案。庄允诚将其中"碍语"删改后继续刊发。不甘心的吴之荣设法购得初刊本,再行告发,最后惊动了辅政大臣鳌拜。

其时顺治驾崩,康熙尚未亲政,鳌拜责令刑部满官罗多到湖州彻查,严惩涉案人员。康熙二年(1663)五月清廷判决:"庄氏《明史》传闻异辞,赞扬故明,毁谤本朝,悖逆已极,着将庄朱两家和参与编撰者及其父兄子侄年十五岁以上者斩决,妻妾女孙及子侄十五岁以下者流徙为奴。"

庄家和朱家几近灭门,庄忠亦惨死,死去多年的庄廷鑨遭挫骨扬灰。列名《明史辑略》的参校者、作序者、校阅者及刻书、印书、售书、购书、藏书者均被处死,涉案官员遭处斩、处绞,湖州知府死后开棺碟尸。江南一时风声鹤唳。查继佐三人检举有功而无罪释放。

事发时,十七岁的庄秋毫正在杭州收款,闻讯逃亡,方幸免于难。因自古有"庄严本一家"之说,他改名严秋毫,之后与黄宗羲萍水相逢结下了一饭之恩。从"扬州十日"到湖州庄氏明史案,除了他,全家皆死于清廷之手,严秋毫对清廷恨之入骨怨之入髓,无奈命如蝼蚁,连活命都难,遑论报仇雪恨?

从进入翰林院的那一刻起,他知道自己已不再是过去的自己了。从庄秋毫成为严秋毫,再成为满人隆多,他已然面目全非,这是他意料之外、却也是期待之中的千载难逢的良机。

严秋毫写了十几个"庄秋毫",耳朵倏尔一抖,听见屋角有窸窸窣窣的声响。他抓起桌上的一枚康熙通宝,朝那个方向掷去。一只老鼠在角落抽搐着死去,铜钱嵌入脑袋。

他弹出铜钱,将老鼠踢进簸箕,冷声自语:"高师傅说过,暗器要看用在哪里,不可伤无辜之人。你连人都算不上,不就用对了?"

在这个世上,他已没有亲人了,却也正可以毫无顾忌地殊死一搏,以蚂蚁搏击大象的悬殊之力,做一桩大事。

失败了,他只身一人;成功了,则报得一家三代和庄家灭门之仇。天底下还有比这更划算的买卖吗?无论如何他都是赢的。

严秋毫一向温和谦卑的眼神顷刻凌厉,举起御赐的玉管羊毫一挥而就,写下一个杀气腾腾的字——杀!

山风卷起的落叶,飞向半空,又缓缓坠落,另一场惨痛旧事在黄家墓园与落叶一同浮沉。

顺治二年(1645)六月,距离"扬州十日"不到两个月,清廷再次颁布剃发令,十天之内江南汉民一律剃头,"留头不留发,留发不留头"。江南人深受"身体发肤,受之父母,不敢毁伤"的儒家之训,拒不从命,嘉定百姓反抗尤为激烈。

明降将、清廷吴淞总兵李成栋领兵五千镇压,嘉定尸横遍野。李成栋任命官吏后扬长而去,是为"一屠"。三四日后,幸存的嘉定百姓回城,在义士朱瑛的率领下杀死清吏。李成栋再次率兵屠戮睡梦中的百姓,放火焚尸,是为"二屠"。半月后,百姓在南明将军吴之番的率领下,杀得清军大溃而逃,李成栋反扑屠杀,是为"三屠"。

二十六岁的许山与义军连杀数名清军,潜于船舱逃生;第二次遭屠后,他在尸山中装死逃过一劫;第三次他钻出死人堆,游过血河,逃至钱塘江,加入了黄宗羲驻防江上的世忠营。

其时,黄宗羲向监国鲁王兵部尚书兼东阁大学士孙嘉绩请命,率世忠营与孙嘉绩的火攻营、师兄熊汝霖和余姚县令王正中的军队组成西征军,黄宗羲任正帅,渡江驻扎海盐谭山,意欲取海昌,故而许山称其"黄帅"。黄宗羲统帅的大军与浙西义军相呼应,他精心制订攻防战略,排兵布阵,厉兵秣马。正待过江时,清军一夜突破总兵方国安的江防,各路义军顿时溃败。清军兵临绍兴,监国鲁王出逃。

黄宗羲率残部撤退,途中又遭清军追截,只得告谕义军,不愿从者就地解散,但仍有五百人追随,许山为其中之一。黄宗羲带五百义军进入四明山,屯兵杖锡寺。

不久黄宗羲下山打探鲁王消息,行前再三叮嘱,绝不可向穷苦山民索取粮饷，应加紧操练固寨自守，以待东山再起。这支饥饿的义军一俟黄宗羲离开，即在部将唆使下向山民索粮。行掠的义军已与盗匪无异，愤怒的山民们夜烧山寨，五百义军尽成亡魂。许山出逃滚落山崖，方得死里逃生。

说完父亲的苦难，许舜华哽声："梨洲先生，您是我父亲唯一的故人了。"

"嘉定三屠，我全家惨死，留我一人；杖锡山寨义军皆死，也留我一人。我不恨山民，因我们不仁在先。我只恨清夷！"许山双目充血，握紧的双拳剧烈颤抖。

"许山，这么多年，你们怎么过的？"黄宗羲问。

"我逃进深山老林种地打猎，四十多岁才娶妻，生下舜华，本打算安分守己终了一生，十七年前有一天，我带她们娘俩进城——"

一家人买了油盐布料，在街边吃馒头喝汤，享受难得的安乐。一队清军巡逻经过，见舜华的母亲颇有秀色，便上来戏弄。许山带着妻女逃跑，清军追上来对他一顿暴打，抓走舜华的母亲，拖进巷子肆意凌侮。许山把三岁的女儿塞给馒头铺老婆婆照顾，拎起一根粗棍，凭着血海深仇杀出的一身功夫，把清军揍得脑袋开花，带着妻子逃离。可妻子最终因羞愤跳崖自尽。之后他悄悄潜回馒头铺，给老婆婆叩了三个响头，送上山货谢恩，带回女儿。他带着女儿跪在妻子坟前，发誓不报血仇誓不为人。他先是招了一些遭官府迫害逃上山的百姓，屡屡下山杀富济贫，深得人心。后来投靠的人越来越多，遂组成义军，起名"永忠道"。义军白天务农打猎砍柴捕鱼，黄昏操练，时有出征，渐成一支忠勇之师。

黄宗羲叹道："军无辎重则亡，无粮食则亡。行于乱世，义军不掠

民则无以供军食,掠民则沦为民之害。火烧杖锡山寨,是我终生的长痛,让你沦落至今。"

许山抹了一把泪:"梨洲先生,我不是来问罪的。您是当年世忠营主帅,而今我把永忠道交给您,只求您带我们重新出山,许山愿为您鞍前马后。"

黄百家见这个草莽汉子越来越危言耸听,忙道:"许伯,我父亲如今厕身儒林,此事不可为。"

许山瞪着黄宗羲,等他的回答。

黄宗羲思潮起伏,四明结寨的往事掩埋很久了。黄道周任隆武朝户部尚书时,称户部为饷部,叹"饷部实未尝有一毫之饷","臣之心血皮骨消磨俱尽矣"。他何尝不是如此?鲁王监国,财赋粮饷实行"分饷分地"之策,总兵方国安、总兵王之仁等人的官兵,分区域享受按亩计征的田赋粮饷,各县各路义军则按区域取用"劝输"所得的粮饷。劝输只能依靠绅商捐助,乱世所得无几,义军如稗草自生自灭……壮志未酬,壮志未酬啊!

黄宗羲咽下千言万语,缓声道:"许山,我敬你们一腔热血,可无论辎重还是粮饷,你们怎能与兵强马壮的清军相敌?"

"梨洲先生,这个您不用担心。"许山自傲道,"朝廷疲于应对三藩之乱,一时顾不及边边角角,我们正好可以借机举兵,就算扳不倒它,也要闹它个永无宁日。我还有一件制胜法宝。"

黄宗羲和黄百家对了一眼,这是故弄玄虚还是真有什么利器?

"朱三太子!"许山得意地说出这个名字。

"朱三太子?"众人惊讶。许舜华也愕然,可见父亲一直瞒着她。

"朱三太子还活着,我得到消息,他在闽南一带活动,我打算择日响应闽地义军。梨洲先生,只要你愿意率永忠道东山再起,复明就有指望了。"许山兴奋地拍着腰间的刀鞘。

黄百家道:"许伯未知全情吧?吴三桂起兵也打出了朱三太子的名头,一时所向披靡。如今耿精忠、尚之信相继投降,吴三桂只能坐镇衡州,死守岳州、长沙,进退失据。眼下台湾郑经也正与清廷和谈。时局岂是一个不知真假的朱三太子能扭转的?"

"黄家公子,你身为大明遗民,岂能长清廷志气,灭自家威风?梨洲先生,你愿不愿意出山?给个痛快说法啊。"许山焦灼地催促。

黄宗羲说:"许山,你确定福建这个朱三太子是真?"

许山愣住,他没有这个疑问,或者说,他从来不愿意怀疑朱三太子是假的。

"满人夺走大明江山是真的吧?扬州十日、嘉定三屠是真的吧?你带我们反清复明是真的吧?朱三太子是真是假有这么重要吗?哪怕就是一个幌子,只要能报我家恨国仇,我都认了。"他愤然道。

黄宗羲搥了搥发麻的腿脚,从石凳上站起,身子晃了晃,眼前的山谷景象一时恍惚模糊,黄百家忙扶住他。

黄宗羲的目光扫过眼前一座座坟茔,问询他们的在天之灵:日月昭昭,世忠大明,夙愿也;革故鼎新,大壮治运,夙愿也;著书立说,文脉传世,夙愿也……多少家祸国难未报,多少壮怀夙愿在胸,多少旧雨新知凋亡,而余生已然不长,他要如何用一具年近七旬的衰老残躯艰难地权衡轻重,给自己给他人乃至给后世一个满意的回答?

许舜华也与父亲一样焦灼而期待,但她期待梨洲先生不要应承父亲的恳求。她更望父亲余生安然,她更想做一个知书达理的良家女子。王士元的出现让她一度起了奇思妙想,他的倏然离去又让她

最终心灰意冷——儿女情也好,江山也罢,一切皆是宿命,哪有什么地老天荒?

"许山,这一带是当年先帝为我父昭雪后赐给黄家的坟地。"黄宗羲指向南面树林深处一所屋院的檐角,"我在此盖了丙舍守坟,今为龙虎山堂。丙舍也好,山堂也罢,如今改正朔,易服色,皆不复旧山河了。"

天意向晚,山风甚凉,树叶坠落又飘扬。黄百家点起备带的灯笼。灯火晦黄,映得众人脸上光影飘忽。许山心中愤恨,不明白他为何要说这些无关要紧的事。

黄宗羲恳切道:"许山你须明白,清廷坐定江山已三十三年,大明潮沉烟息,朱明后裔湮没无闻,朱三太子虚实难辨,我身历十死十难,如今以著书传道讲学为业,此外不作他想。"

"日月昭昭,日月朗朗啊!"许山挥拳吼叫,"你忘了当年率领我们抗清的誓言吗?你忘了西征撤退时我们对着钱塘江迎风痛哭吗?你全忘了,你就算写尽天下书又有何用?黄帅,我错看你了!"

许山的嘶哑怒吼在静寂的山林显得突兀怪异。黄百家又惊又气,欲与他辩驳。黄宗羲示意他不要说,任由许山发泄。

许舜华拉着许山的衣襟:"爹,梨洲先生有自己的选择,您不要强人所难。还有,梨洲先生和黄家公子说得在理,三藩尚不能与清廷对抗,我们区区几百兵力——"

"舜华,你也忤逆爹吗?你忘了你娘咋死的?"许山用手指点着他们,怒道,"算我走眼了,白来这一趟,你们甘做清狗奴才,我许山看不起你们,我这把老骨头会跟清狗拼到死。走!"

许舜华对黄宗羲和黄百家深深一揖,泪水盈盈。她听说梨洲先生是江南大儒,来之前就有了跟梨洲先生读书求学的念头。她只会舞刀弄枪而没有诗书学问,王士元才会嫌弃离她而去……父亲为什么就不懂女儿的心思呢?

许山回身拉她,怒气冲冲:"死了张屠夫,难不成就吃带毛猪?没有你黄宗羲,我许山还成不了大事吗?!"

黄宗羲追上去:"许山,你不可莽撞行事,不可以卵击石啊。"

"我许山请不动你黄宗羲,你写你的书,讲你的学,说不定有朝一日清狗皇帝都会来请你出山,你就等着升官发财吧。"许山的吼声隔着山林传来,夜色中听来有如一匹受伤的野兽的悲伤嘶嚎。

黄宗羲伫立幽暗的山林,蓦地高声吟唱:"吁嗟乎!沧海扬尘兮日月盲,神州陆沉兮陵谷崩。貔孤军之屹立兮,呼癸呼庚……"

这是张苍水就义前作的《放歌》,一直在遗民中传唱。

"余生则中华兮,死则大明,寸丹为重兮,七尺为轻……维彼文山兮,亦羁绁于燕京,黄冠故乡兮,非余心之所馨……余之浩气兮,化为风霆;余之精魂兮,变为日星……"大夜弥天的山间回荡起苍凉的吟唱,黄宗羲的眼角滑落老泪,跌落在皱褶纵横的脸上。

第十三章　征召博学鸿儒

康熙十七年（1678）正月，乾清宫南书房，室内炉暖，室外风啸。

小喜子抱着胳膊缩在角落，脑袋一顿一顿打瞌睡，忽听厉喝"可恶！可恨！"，他慌忙跑到御前问发生了什么。

康熙用笔头敲着一本奏章道："吴三桂加紧攻击两粤，有称帝的野心。当初他打出'共举大明之文物，悉还华夏之乾坤'的旗号，若真是复兴故明，我倒佩服他还是一条忠犬。可他前叛明，今反清，里外不是人，卑鄙龌龊越礼放法者，古今少有，实在可恶可恨可笑至极。"

"是是是，吴三桂太可恶了，他第一次跪前明，第二次跪大清，如今又跪前明，叫吴三跪一点也没错，他老子掐着他八字起的名吧。老王八羔子吴三跪，啊呸，提这名字都晦气，回头奴才拿皇上赏的牙粉好好刷刷牙。"小喜子尖着嗓门骂道。

康熙被他一逗乐了，继续批阅奏章。批了一会儿他喊添茶，小喜子竟然走了神。康熙又喊了声他才过来倒茶，手一抖竟然把奏章溅湿了。康熙沉下脸问他怎么了,他欲言又止。

康熙从御案后出来,骂道:"有话快说有屁快放,难不成你也有异心?没错,你也是汉人,非我族类其心必异。"

小喜子跪地:"皇上冤枉奴才了,我就是吃了熊心豹子胆也不敢生异心啊。啊呸,熊心豹子胆哪是奴才能吃的,奴才吃狗胆还差不多。"

"你还想狗胆包天?起来,快说。"

"奴才以为,当初吴三桂打出什么大明啊华夏的旗号,就是抓准了百姓的心思。皇上您也清楚,要是没有百姓惦记着前明,他吴三桂有再多兵马也没胆量造反——"他瞧着康熙的神色,随时准备闭嘴。

"说下去。"

"其实,百姓并不在乎大明还是大清,在乎的是自己的日子过得好不好。大明让他好过,他念大明。大清让他好过,他记大清。眼下江南天天打仗,百姓过得苦巴巴的,他们能不念着前明吗?再加上顺治爷那会儿,扬州、嘉定、江阴那些事儿——"小喜子忽地噤声。

"对了,你是扬州人氏。说,怎么不说了?"康熙皮笑肉不笑。

小喜子脖子一梗,一副豁出去的模样:"皇上,奴才冒着杀头罪孽,跟您说一句掏心掏肺掏肝掏肠子的话,眼下最要紧的除了平定三藩,还得收服人心。最最要紧的是,收服遗民士子的心。"

康熙横他一眼,这大字只识一箩筐的小太监,居然也有这等见识。

"皇上想过没有,明太祖赶走元朝皇帝,没有百姓搞那反明复元,到了咱大清,百姓动不动就反反反——"

"反清复明!"

"奴才不敢。奴才心疼皇上，天下事事要皇上操心，就算皇上御驾亲征，也没法对付那么多吴三桂张三桂李三桂，那么多朱三太子朱四太子朱六太子。千中有头，万中有尾，皇上先管住遗民士子，只要士子的心安了，汉人的心就安了。汉人的心安了，咱大清也就安了。皇上您说是不是这个理儿？"

"老奸巨猾的奴才。"康熙对他当胸一拳，喝道，"你不过是重提朕与臣工们在南书房议事的老话而已。"

"是是是，皇上英明睿智，奴才不过是那啥，对，嚼皇上的唾沫星子。"小喜子揉着胸口，这一拳比皇上赏了一百两银子还受用。

"你个白丁，这叫拾人牙慧。士为四民之首，欲取民心必先取士心啊。"康熙拍着案上的奏章，稍一沉思道："小喜子，传翰林院叶方蔼、徐元文、张玉书、项景襄、李无馥、张云翼，还有李光地、熊赐履……"

"皇上，熊赐履两年前被削职，现居江宁。李光地丁忧在家。"

"这，算了，把闲着的都叫过来。"

"嗻。"

一场御前廷议在南书房开启，康熙开宗明义提出开博学鸿儒科，让翰林们各抒己见畅所欲言。

康熙先抬出太宗和世祖说事："天聪三年太宗谕示，自古国家，文武并用，以武功勘祸乱，以文治佐太平。顺治十三年父皇谕告，天下渐定，朕将兴文教，崇经术，以开太平……"

顺治二年（1645），全国烽烟未息战局未定，即行科考，伏处草间的遗民士子尽出应秋闱，一时招揽了不少有用之才。坊间称"圣朝特旨试贤良，一队夷齐下首阳"，嘲笑声称要隐逸首阳的遗民士子徒有虚名，羞得他们又不敢应试。四年前征讨三藩时，康熙谕示吏部，将汉军内素有清操及才能者，不拘资格据实保举，以堪大用。

众臣工明白皇帝的意图，无不点头称是。

翰林院掌院学士、礼部侍郎徐元文，字公肃，号立斋，与兄长徐乾学、徐秉义号称"昆山三徐"，乃大儒顾炎武的外甥。他上前道："康熙八年皇上谕示，'兴道致治，敦伦善俗，莫能外也'，如今吴三桂败象已露，武功以定国基，文治以开太平。臣以为，征召鸿儒恰逢其时。"

"熊赐履为世祖所作碑文中那句话，臣深以为然，'我皇考以道统为治统，以心法为治法，禀天纵之资，加日新之学，宣其直接乎帝王之传而允跻于三五之隆也'。皇上您看熊先生——"翰林院编修张玉书不着痕迹地提到熊赐履。

熊赐履是康熙器重的帝师。康熙十五年（1676）熊赐履误批票拟，为掩饰过错，私取草签嚼毁，并嫁祸他人，事败后被罢官，现居江宁。张玉书借此提醒皇上召回并起用熊赐履。

康熙不动声色地摆摆手。张玉书讨了个没趣，只得讪笑。

"'万世道统之传，即万世治统之所系也。道统在是，治统亦在是矣'，皇上两年前作《日讲四书解义序》，便一语中的。开博学鸿儒科，一则招揽鸿儒，再则集治统道统之大成，以确我朝秉承正统。"翰林院侍讲叶方蔼说中了康熙含蓄的心思。

这也是康熙等众人说出来的真正意图。众人闻弦歌而知雅意，对开科大加赞赏。康熙走到靠墙的小社稷坛前，这是一座由黄、红、黑、白、蓝五色土围成的祭坛，由昭圣太皇太后的宠侍苏麻喇姑所赠，象征大清江山。

康熙在黄土上画了三笔,问什么字。

"土。"臣工们齐声道。

他又在字上添长一笔,问什么字。

"士。"

康熙道:"天下至重,莫过于国土与国士。"

众臣工会意地点点头。

"国土既定,国士当用。朕召你们来,不是让你们歌功颂德,而是让你们多多荐举各地鸿儒硕学、遗民士子,以备修撰《明史》。举贤不避亲仇,野无遗贤,多多益善,众臣工但举无妨。"康熙对几个江浙籍臣工说,"江浙自古多才俊,几位臣工都是江浙人士,应多荐力荐善荐啊。"

这几位应声允诺,搜肠刮肚寻思中意的名儒。

"江西、福建、山东、河南、陕西、湖广等亦是储才之地,顺天、直隶、山西等亦不乏贤才,各位臣工须细加察访,不得遗漏……"

众臣工当场荐举。内阁学士项景襄、李无馥,大理少卿张云翼荐举关学儒宗李因笃,户部侍郎严沆、吏科给事中李宗孔荐举浙西词家朱彝尊,还有毛奇龄、汪琬、陈维崧、史闰章等,盛誉这些人的学问修为,康熙听得心潮澎湃、踌躇满志……

御前廷议持续到子夜,直到老臣工呵欠连天,康熙才宣告散会。

康熙微笑着目送臣工们佝偻的身影步下丹墀,消失于紫禁城的夜色中,脸色又凝重如水:"柔远人则四方归之,怀诸侯则天下畏之,泱泱中华文化果然堪比千军万马啊。"

小喜子听得懂后半句,听不懂前半句,既然如此,当初为什么要杀那么多汉人?他很小就离开扬州四处飘荡,扬州没有亲人,倒是祖坟被清军刨了。屠戮之痛于他并不深切,但毕竟是汉人,皇上能对汉人好一些总归是好事。他把暗花缎貂皮行服褂披在康熙身上,说皇上进屋吧外面冷。

寒风刮来,小喜子打了个喷嚏,声音在寂冷的宫阙格外脆亮。康熙进了南书房,小喜子打着呵欠跟在后头,忽地号叫一声,扑倒在地,拼尽力气呼喊"有刺客"。

大内侍卫瞬间奔至,宫殿内外灯光大亮,乱作一团。

小喜子痛醒过来,才知右肩胛骨扎进了一枚康熙通宝,若是扎中喉头或别的要害处就完了。这刺客竟然拿铜钱当暗器!好在皇上无恙。

他龇牙咧嘴嚷道:"只要皇上龙体无恙,我死而无憾。别管我,赶紧伺候皇上。"

康熙惊骇,刺客是吴三桂派来的,还是其他二藩?是台湾郑经,或是蒙古噶尔丹?或是传说中真假难辨的朱三太子?……

他反复端详康熙通宝,铜钱铭文模糊,一面是"康熙通宝",另一面是"苏"字汉文和满文,可见出自苏州铸钱局。全国二十二个铸钱局,时称"同福临东江,宣原苏蓟昌,南河宁广浙,台桂陕云漳",还有宝泉和宝源户、工部,康熙通宝不计其数,如何查找?再则,刺客可能故意用其他铸钱局的铜钱混淆耳目。他恨得牙齿格格作响,这个刺客实在又狠毒又狡猾,紫禁城守卫森严,他如何进来的?

康熙大吼一声,把铜钱重重摔在地上,铜钱碰撞坚硬的地面发出悦耳脆响,接着骨碌碌滚远,消失不见了。

"一代之兴,必有博学鸿儒,振起文运,阐发经史,以备顾问。朕

万几余暇,思得博通之士,用资典学,其有学行兼优、文辞卓越之士,勿论已仕、未仕,在京三品以上及各科、道官,在外督、抚、布、按,各举所知,朕亲试焉……"

康熙要求全国各省、道、府、县荐举大儒耆老兴道致治,果有真知灼见者,官员须上门敦请,陪同进京应试,一路好吃好喝侍候着。

朝堂上叱咤风云的年轻皇帝,此时正遭遇着个人情感的巨大悲痛——本年二月,康熙新立的皇后钮祜禄氏又病死。四年前的康熙十三年(1674)五月,他心爱的皇后赫舍里氏难产去世。内忧外患令他心力交瘁,所幸昭圣太皇太后一直是他的坚实后盾,掏出内帑支持平藩,劝慰悲伤的皇帝以天下为重,以取士子之心为重,尽快征召博学鸿儒。

三藩之乱尚未平定,台湾郑经虚与委蛇,"朱三太子"神出鬼没,各地反清复明此起彼伏,北境罗刹虎视眈眈……值此千头万绪之际,康熙却大张旗鼓征召博学鸿儒,地方官员摸不着头脑,也不敢有异议,纷纷奉诏行事。

诏令一出,全国振奋。有的愿意一展抱负,主动应考,有的被官员再三恳请出山,有的被官员软硬兼施押到京城,一路怨声载道。也有坚不仕清者遁入深山冷岙,甘为首阳之士。

康熙十七年(1678)正月至三月间,京师街头骤然多了许多风尘仆仆的读书人,或骑高头大马,或乘坐马车。尽管口音天南地北,形貌服饰不一,他们此行目的都一样——应征博学鸿儒科。

翰林院待诏厅飘着驱灭蠹虫的幽幽芸草香。

严秋毫在缮写士子名册,几名小供事在角落案牍劳形,四周唯有书籍纸张翻动和人员走动的轻微声响。

严秋毫自获康熙赏识并御赐玉管羊毫后,叶方蔼将其调为随身小供事,抄写整理重要史稿,并做些私人事务。灵敏顺从又老实能干的严秋毫,很快赢得了他的欢心。

提调官多吉眼睁睁看着严秋毫向他告别,说要去为叶大学士办事,脸上依然是谦卑恭顺的微笑,他能看出他笑意里潜藏的骄傲,可他拿这个亲手领进门的小供事一点办法也没有。一些心知肚明的同僚恭喜他的侄儿得到皇上赏识,多吉只能暗骂自己瞎了眼。

叶方蔼从崇祯朝及至顺治、康熙年间的各地会试落榜名录中遴选人才,让严秋毫缮写,再呈交皇上。这么做,是因为历年落第的士子极有可能是朝廷可用之材。

严秋毫抄写名录,心中感叹——这些人或因一题不慎,或因书法差池,或者本就文采斐然,却因考官营私舞弊而名落孙山。抄录浙江士子时,他想到一个名字。可名录中没有圈出,难道叶方蔼不识这位鼎鼎大名的江南大儒?不可能。

倘若,倘若梨洲先生来到翰林院为朝廷效命,那么,康熙也必然与梨洲先生走得很近,那么——

隐秘的喜悦像一坛陈年酿,猛然灌进他的嘴里,充斥身心,直冲脑门,以至于他狂喜到眩晕,握笔的手战栗着,墨汁险些洒在正缮写的罗纹洒金纸上。他喝了口茶汤,让自己清醒一些。他捧起一沓抄录完的名录,走向通往总裁官房的通道。

去年叶方蔼被任命为《孝经衍义》总裁官,本年初又奉敕任《鉴古辑览》《皇舆表》总裁官。他召集了一批术业有专攻的翰林修撰,正忙得不可开交,皇上又要开博学鸿儒科,他知道这桩差使到头来又

得摊自己头上,心头叫苦不迭,脸上只能风云不惊。

严秋毫把名录放在叶方蔼的案头,叶方蔼在书架前翻书,背对着他说放下。严秋毫往案桌上扫了眼,发现书堆里有一本《待访录》,心头既惊且喜,一挥手碰落了桌上的书。

他赶紧捡书,诚惶诚恐道:"大学士,小的知错,小的该罚。"

叶方蔼坐下,揉着额头,一副疲惫不堪的样子。

严秋毫把书叠放整齐,关切地说:"大学士歇息保重——喔,《待访录》? 真是《待访录》啊?"

"你也知道《待访录》?"自从康熙提过《待访录》,叶方蔼托人弄来了一本,细细读来甚是惊叹。

严秋毫憨态可掬:"我在江南听闻过,说这是一本大不敬的书。写书人叫黄宗羲还是黄梨洲,是前明遗民,江南一等一的大儒,学问大,脾气也很大,有很多弟子呢。对了,若真是大不敬的书,皇上怎么会放过他?"

"黄宗羲就是黄梨洲。学识渊博,堪称当世大儒,学问大,脾气确实也不小。皇上宽容为怀,没有计较他。"

严秋毫给叶方蔼倒上茶汤,故作胸无城府地说:"原来这样啊。要是能请到梨洲先生为朝廷做事,真是朝廷之幸,翰林院之幸。对了,大学士遴选的名录上,怎么没有黄宗羲的名字?"

去年叶方蔼托落榜举子董允蹈捎信给黄宗羲,迄今未得回音,不知是董允蹈没捎到,还是黄宗羲懒得理会? 前次御前廷议时,叶方蔼几次想提及黄宗羲,又因没有把握,故而举棋不定。

严秋毫这一说又触动了他的心思,他揉着太阳穴叹道:"你以为黄宗羲这么好请吗?"

"大学士夙夜在公,宵衣旰食。依小的看,大学士尽管呈上黄宗羲的名录,皇上若是准了,梨洲先生必定会来翰林院,为朝廷振起文运,阐发经史。"入翰林院以来,严秋毫越发言谈斯文,"大学士或也可稍得清闲一些。"

叶方蔼看着他,不动声色。严秋毫心头一惊,自己迫切提及黄宗羲,露出马脚引起了他的疑心?他拱手欲告退。

"你有心了。喏,这一盒龙井茶拿去。"

严秋毫赶紧致谢,接过茶叶,喜滋滋地退出总裁官房。

数日后南书房议事时,叶方蔼正式向康熙举荐黄宗羲。康熙让他尽快促成此事,同时命他兼任经筵讲官,夏季入值南书房,与侍讲学士张英、内阁中书高士奇同值。

第十四章 "朱三太子"疑云

康熙十七年(1678),四明山大岚山伏虎谷,暑气熏蒸,蝉鸣声声。

练兵场上,永忠道义军在练习拳脚刀箭,沙尘漫漫,虎啸风生。许山坐在松树下的岩石上,提着酒葫芦喝酒,眉头拧作一团。

福建的朱三太子突然没了消息。上个月他带兵赴江西九江参加了一场战事,义军死伤二十多人,他赶紧撤兵,回到寨子心疼亏大了,又骂黄宗羲不肯出山,全然忘了当初结寨四明山、抗清钱塘江的勇毅。

他一边骂一边喝酒,喝令义军们提起精气神。一个汗流浃背的小兵跑来,上气不接下气地禀告,说朱三太子在福建永春举事,兵马万余,声势浩大,他们头扎白巾,号称"白头巾军",已打了十几场胜仗,打得清军那叫一个屁滚尿流啊。他拿出一块皱巴巴的白头巾和一张同样皱巴巴的邸报,以作证词。

许山大笑说天助我也,当即召集永忠道各队正。

众人推敲行军线路,商议携带足够的粮草兵械兵饷,昼伏夜行至福建永春。这样既能向白头巾军以示诚意,又防不测有退路。若对方可靠,索性就投奔白头巾军。许山暗想既然指望不上黄宗羲,去哪儿抗清都一样,遂拍案而起说就这么定了,叫厨子做几桌好菜壮行。

许舜华闻讯赶来劝阻:"爹,此事太过冒险,万一这个朱三太子是假的,是清军诱捕我们的陷阱呢?上回我们损失了二十多位兄弟,您不能不多留个心眼啊。"

许山把邸报递给她,理直气壮地说:"官府邸报都说了,白头巾军与清军交战,清军不敌退守二十里。你看你看。"

邸报字迹模糊,印着语焉不详的几行战报军情,读来确也不虚。

"就这么一张邸报,还是半个月前的,能看出双方胜负全局吗?爹,您身处行伍这么多年,不能不懂兵无定势,瞬间万变啊。"

"打仗哪有不死人的?你不用去,留在寨子里绣花!"许山恼怒地喊,"我从小把你又当儿子又当女儿,正是杀敌之际,你竟说出如此动摇军心的屁话,要不是我女儿,早把你砍了。"

"爹,我们兵力有限,路途遥远,不能不防一手啊。"许舜华急得直掉泪。

许山的火气被浇熄了一半,说刀剑已出鞘哪有往回收的道理。

最后议定,队伍分两支计两百余人入闽,许山率部先行,许舜华率另一支跟随,余部留守降龙谷。两部保持二三里距离,中间有传令兵,以备进退有裕。

仙霞古道奇峰峭壁,云雾缭绕,由唐末黄巢义军所开辟,是由浙入闽的唯一山道,两年前已被清军占领,如绕道则势必更为遥远。

许山冒险沿仙霞岭的野径山道行军,好在这些山头还没有清军驻扎。他们分成小股步步为营,经过十余日昼伏夜行,先行军进入福建境内。许山对女儿叮嘱一番后继续前行。许舜华多次提出自己率队先行,遭到严拒。入闽至永春还有长路,许舜华令队伍休整举炊,她在营帐里和衣躺下,双手枕在脑后,眼神直直盯着斑驳的帐房顶。

那天他从天而降出现在她的眼前,从此在她心中兵荒马乱到如今。那回他握着她粗糙的手,疼惜地说只恨不能替她分忧;还有一回两人过溪涧,她身子一晃,他连忙扶住,她就势倒在他怀里,听见了他的心跳……如今一切如山间云雾缥缈离散,念及此,泪水濡湿了她的脸颊。

恍然间,一个青衫薄履的身影在云巅雾崖飘移,她追着喊"士元,士元……"他没有回头,若即若离。她的泪水落在地上,落地生根,抽出叶子长出花,红得惊心动魄。她摔倒,又爬起,浑身伤痕累累。他依然不远不近走着……前方出现了一道万丈深渊,他跨向深渊坠落……

"不要,士元,不要啊……"她哭喊。

"许姑娘,许姑娘……"

她惊醒,抽出床头两柄柳叶刀,一个鹞子翻身起立,刀尖直指对方,定睛一看是队副李大良,端着热气腾腾的馒头和一盘烤野鸡说吃饭了。许舜华问传令兵有没有返回。

"还没有。我打了只野鸡,一烤好就拿来先给你吃。"李大良讨好地指着油滋滋的食物,"我陪你。"

许舜华神情冷然,怨他扰了好梦,要不然她能救起落崖的王士元。

"主帅身经百战,不会有事的。你吃你吃。"李大良识趣地退下。

十余日后,许山率部抵福建永春境内,打探到朱三太子的下落。

朱三太子驻扎于仙洞山,已招募数万义军。相传其山头昼飘异香,夜放异光,有神明保佑。清军屡屡攻不得,一靠近就兵败如山倒。许山率部直奔仙洞山。

当日傍晚他们抵达山脚,但见此山林深叶茂,奇峰怪石,大片阔叶林木如旗帜在风中招摇,果然有仙神道怪之异象。东南方向的林木掩映处有隐约的红黄色屋檐,一些背着包袱的汉子朝那边跑去。许山拽住一人,问前方是何方神圣。那汉子咕哝着"赶不及了赶不及了,见朱三太子要八十八跪",匆匆跑去。

许山紧紧追上。只见那一排庙宇门前,明烛高烧,烟香袅袅,数十名汉子一步三叩首行进,刚才那汉子也在其中。四周是头扎白头巾、手持刀枪的兵士,威严地杵着刀枪棍子,一时尘土飞扬。许山掏出白头巾一对照,果然与这些白头巾军戴的相差无几。

"三太子,三太子,光复大明三太子!"吼叫声骤然响起。

许山疲惫不堪地跪倒在地,永忠道义军齐茬茬应声而跪,犹如一群黑压压的鸟雀伏地。许山眼前飘起漫天尘灰,呛得一大群人连连咳嗽。尘灰落定,一个穿着金晃晃戏服的汉子,在白头巾军的簇拥下,从庙里走出来,他额头点朱,面颊涂金,昂首望天,目空一切。排在前头的人拼命叩头,唯恐不诚。

"四明山永忠道许山,前来投奔朱三太子。日月昭昭,永忠故朝。"许山干渴嘶哑的嗓门挤出高喊,义军们跟着呼声震天,"日月昭昭,永忠故朝——"

朱三太子凶悍的目光跃过前面的人群,定定地落在一群肩扛背驮兵械粮草的义军身上,咧开嘴,发出野鸭子一样嘎嘎嘎的笑声。

许舜华站在空荡荡的破败庙宇前,只看到东倒西歪的泥塑木雕,空气里飘着刺鼻的烛烟味,山上没有朱三太子的踪影,更没有父亲和义军们。

她又惊又怒,难道父亲投奔不成反遭坑害?可地上没有一具尸体,也没有打斗或血渍痕迹。这时庙里跑出几个山民,扛着夹着麻袋、被褥、桌椅板凳、锅盆瓢碗之类。她上前询问。那些人突见一群肮脏凶蛮的兵士吓了一跳,一个人结结巴巴道:"听说他们去攻打什么漳州天宝山了,我们是来捡家什的。"

许舜华率部直奔天宝山,沿途的野径山道、村落树林,都没有留下永忠道的标记——蓝底白花布条。一路都是破败凄凉景况,乌鸦在村庄上空盘旋飞舞。昼伏夜行四五天,他们抵达了天宝山。

各座山头察勘一番后,他们攀上一处山岭,许舜华听到东南方向传来呐喊厮杀声。她冲上去,只见半山腰尸横遍野,肝髓流野,两队人马厮杀正酣,一伙头扎白头巾,一伙是清军,后者明显占上风,白头巾军且战且退,刀折矢尽。她冲下去,被李大良拦住。李大良指向五十丈开外山腰西侧的一处,只见阔叶树林哗哗摇动,一群人在林下奔逃,身后数十名清军在追赶。

许舜华令义军们伺刀以候。李大良挡在她面前,许舜华推开他,他再次固执地挡在前头。许舜华正要发怒,见他奋不顾身的凛然模样,只得退后半步。奔逃的那伙人爬上山,领头的露出一张血水汗水直淌、面目狰狞的苍老面孔。

"爹!"许舜华奔向前。

许山的眼珠僵硬地转了下,颓然倒地。义军们分成两队,一队接应许山部众,另一队迎战清军。许舜华挥舞柳叶刀,柳叶翻飞,白蛇吐芯，银光闪烁处脑浆喷溅，血花纷飞。她的衣裳溅满血渍，清秀的面庞满是狂怒。她与刀浑然成为一团难以匹敌的杀器，佛挡杀佛，魔挡杀魔，四下哀号，血水与尘土混沌，横尸如落叶飞石。一柄沾血大刀朝她劈来，李大良飞身挡在她面前迎敌。三五回合后，那清军死于李大良卷刃的刀下。

义军的战斗力略强于这一伙已疲战半日的清军，半个时辰便将他们杀退二十丈开外。许舜华欲乘胜追击，李大良说快撤，主帅危矣。许舜华见他全身是血，肩膀被砍出一道骇人的伤口，只得带众人往密林遁逃。清军追了一阵，吃不准林子里潜伏了多少人，不再追来。

义军们抬着许山仓皇逃亡，许舜华得到了一个真相。

许山见到朱三太子，认为找到了正统朱明血脉，将永忠道的粮草钱财交付他以证忠诚。朱三太子封他为副将，带大队人马奔赴漳州，不料遭遇海澄总兵黄芳世所率的清军。天宝山一战，朱三太子死于非命。永忠道义军死伤甚重，幸遇他们接应方得逃生。

"许姑娘，那朱三太子是假的，真名叫蔡寅，永春人，就是个山贼，本地人叫他们白头贼。"

"他以巫术招募义军，大肆搜刮民财，声称募粮征战之用。我们上当了，被害惨了……"义军们呜咽着。

"惨个屁！"许山醒来，挣扎着从担架翻下，扯掉额头浸血的白头巾，跌跌撞撞朝前冲去，"我拼掉老命，也要和他杀个你死我活……"

许舜华揪出一个十六七岁面黄肌瘦的小兵，跑到父亲面前："这是小毛根，前年他爹死在台州，上个月他哥死在九江，你还要他死在这里吗？爹，你眼里还有没有一条条活生生的人命？"

有人呜咽起来，更多人跟着哭起来。黑暗的山林一片悲哭，犹如

鬼号。许山额头青筋暴突，一言不发。

许舜华跪在父亲面前，怆然道："爹，我很早就想跟您说，放弃了吧。您心心念念的大明，是仁君爱民的朝廷吗？大明官吏，是勤政爱民的父母官吗？您在大明有过一天安生日子吗？您说过，爷爷奶奶是被地主逼死的，一年收成不过数斗，缴了佃租不够还得乞贷，您被迫卖身葬父母，做了比佃户还低贱的佃仆，忍无可忍逃到嘉定为流民，又遇嘉定三屠，最后入了梨洲先生的世忠营。"

许山嘴唇战栗，一个字也发不出，手中的白头巾落地。

"爹，大明亡了三十四年了，清夷已坐定江山，百姓休养生息，再也经不起动刀兵了。大明也罢，夷狄也罢，我们只要一方田地自养自活，倘若夷狄让我们过上安生日子……"

许山一巴掌甩在女儿的脸上，从一名义军手中抓过一面"明"残旗，高高擎起："日月昭昭，永忠故朝。宁可大明负我十丈，我绝不负大明半分。我没你这个不忠不孝的女儿！"

他扛着残旗走向林子，背影佝偻。残旗呼啦啦响，犹如一名游方道士招引孤魂野鬼。

叶方蔼翻着一沓书稿匆匆走向总裁官房。前日一名新进庶吉士抄错了三页书稿，令他大动肝火，这会儿正检阅是否有误。

背后有人喊"大学士大学士"，叶方蔼回头，是翰林院庶吉士陈锡嘏。他是康熙十五年（1676）进士，精于制义经学，正助他协修《鉴古辑览》和《皇舆表》。

陈锡嘏深长一揖："大学士请恕介眉无礼。"

叶方蔼纳闷："介眉，你这是何意？"

"我听说大学士向皇上荐举梨洲先生,不可,万万不可啊!"陈锡嘏平时低调谦逊,这回声量高亢,脸膛涨红,"此举会给梨洲先生带来叠山九灵杀身之祸啊。"

陈锡嘏是浙江鄞县人,与董允瑫都是黄宗羲的弟子。

叶方蔼沉下脸:"介眉,你岂可如此危言耸听?"

"叠山九灵"一语非同小可。叠山者,谢枋得,字君直,号叠山,宋末率兵抗元,因病不食而死;九灵者,戴良,字叔能,自号九空心人,元亡后隐居四明山,后因忤逆明太祖卒于狱中,或传自裁而亡。二者一个忠宋一个忠元,皆誓不改节。陈锡嘏即是说叶方蔼荐举黄宗羲是置其于死境之举。

"梨洲先生甘为遗民,若被迫赴京,无论伤于途中,还是殇于翰林院,于公,有失朝廷脸面,于私,连累大学士名望,实在不妥啊。锡嘏代先生恳求大学士向皇上奏明情由,以免铸成大错。"

叶方蔼恼怒:"这个黄宗羲,莫不是想学他同乡严子陵?他宁死不愿为朝廷效命,为何又让你们这些弟子参加会试科考、为朝廷做事?"

"先生说,我们有家小,不能不多做考虑。他身为孤臣孽子,其操心也危,其虑患也深,此生坚不仕清。"陈锡嘏认真地解释。

叶方蔼自然明白黄宗羲的深意,只是自己诚意恳请他出山,却一再被拒,便讥讽道:"那你们干脆都学他好了,饿死怕什么?落得个千古清誉岂不美哉?"

陈锡嘏踌躇少顷,还是说了出来:"大学士是汉臣,我也不妨直言相告。梨洲先生说,弟子们入仕清廷,进而弘扬中华之道,令我中华文化不被摧残,得以发扬光大,长此以往,足以令要荒之人成为鲁卫之士,进而影响中华成为鲁卫之区。"

叶方蔼怔愣,黄宗羲的思虑远比他来得更深刻透彻。自己蒙受清廷恩典,在翰林院整日案牍劳形,忙得脚后跟打后脑勺,到头来,能留下多少真正属于自己的东西?他蓦然感觉,自己看黄宗羲的眼光,还是短浅了……

紫禁城太液池龙泽亭,晨光熹微,云蒸霞蔚。

康熙在龙泽亭垂钓,脸上气定神闲,内心焦灼愤懑,要不是小喜子劝他出来歇一歇,他的怒火几乎要把南书房的奏章烧起来。

三藩之乱已扭转局势,台湾郑经仍不断侵袭东南沿海,好在福建水师初建,只待择机而动;北境罗刹屡屡进犯,像地老鼠一样打不死;蒙古噶尔丹趁朝廷忙乱,攻灭周边部落,投靠罗刹建立准噶尔汗国,成为心腹大患……偏偏"朱三太子"又风声四起。

康熙十二年(1673)京师有"朱三太子"起事,改年号广德,两年内招募近两万兵马,号为"中兴官兵",裹首以白,披身以赤。之后带三十余人攻入鼓楼西街的正黄旗周公直家纵火,兵部尚书明珠、都统图海赶来镇压,"朱三太子"遂逃往陕西,其人实为落榜秀才杨起隆;此人还在缉拿中,福建永春又出了个"朱三太子",很快被海澄总兵黄芳世平定,结果是一个叫蔡寅的山贼;六月,河南柘城又有"朱三太子"起事……康熙令各州府县加紧缉拿"朱三太子",任何蛛丝马迹都不得放过。

玉质钓竿的浮子轻轻一颤,池水泛起层层涟漪,康熙正要提竿,小喜子过来说叶方蔼觐见。康熙的手一晃,刚上钩的鱼逃脱了。他很不高兴,再一想是自己约了叶方蔼,只得说见。

叶方蔼老脸通红,期期艾艾作揖:"皇上,臣办事不力,祈请皇上责罚。"

"让朕猜猜,《鉴古辑览》出了疏漏?《皇舆表》修撰人手不够?《明史》史料征集寥寥无几?"

"黄宗羲——拒征。他说,年事已高,难以舟车劳顿……"叶方蔼羞愧而惶恐,自己荐举了人,又说人家拒绝,且又难以说清拒绝的理由,皇上要是追问起来……

陈锡嘏代师拒诏后,写信给黄宗羲说明原委。黄宗羲回信称赞弟子做得好,说去年正月董允蹈捎来纫庵先生的信,纫庵先生诚意可嘉,不过自己只是一介细民,只能辜负他的好意了。

这回叶方蔼收到了黄宗羲的回信,信中有长诗:"……牧豕海上老,所嗟非隐沦。斯民方憔悴,何以返夏殷。圣学将坠地,何以辨朱纁……勿令吾乡校,窃议东海滨。"意指"斯民方憔悴""圣学将坠地"之际,自己只能像西汉苏武牧羊、东汉承宫牧猪那样,不受异族之诏,恳请纫庵先生千万不要让乡里人窃窃议论自己于东海之滨。

话都说到这个地步,叶方蔼只能揣着或被处以"诳奏欺君之罪"的风险前来觐见。他把黄宗羲的拒诏理由说成"年老多病",瞒下他随回信寄赠的《明儒学案》。

康熙举着钓竿缄默不语,钓竿颤颤悠悠,太液池里再贪吃的鱼也游得远远的。叶方蔼不敢则声。

池水里的树影移过几寸后,康熙抬头向天,好像对飞鸟流云说话:"多年前,熊赐履先生说,自尧舜禹汤以至汉武唐宋,得国者,无不礼贤下士。我遂上门恳请隐居京师野寺的大儒侯万昆老先生,你知道我当时怎么说的?"

"臣谨听皇上教谕。"

"当时我问他,如果贤能之士都不顾国难,称疾野寺,难道国家就会强盛吗?之后,侯老先生出山为翰林院大学士、国子监监正。"

听康熙这么一说,叶方蔼才知侯万昆是被这般"激将"出来的。

"《待访录》激赏三代之盛,孤心苦诣为国定策,著书人却置身荒山野岭不肯出仕。朕真想南下顾茅庐,当面问问梨洲先生,若士子儒者皆以他为楷模,说归说,做归做,不顾国难,甘为首阳之士,三代如何兴盛?"

"皇上,南巡路途迢迢,眼下不可贸然移驾。"

"大学士,记得南书房的小社稷坛吧?"

"臣有幸目睹。"

"朕要南巡,有一天朕必定要南巡。"康熙望向明净的南天,那是与他的祖宗龙兴之地遥遥相对的另一方天空,"天下财赋泰半出江南,南粮北上,滋养了大半个中国。朕要看看,那一条航运漕粮百物的大运河,昔日洪武龙兴的南中国,今日大清的江山社稷,到底是何等模样?"

年轻的皇帝对着太液池慨然朗声,似乎眼前不是一潭池水而是一条浩瀚长河,他手持的不是一根钓鱼竿,而是搅动江山乾坤的权柄利杖。他的眼神发亮,脸上的几颗痘印也在闪光,恨不得即刻插上翅膀翱翔南飞,俯视帝国的宇宙之大,品类之盛。

"皇上,臣以为眼下……"

"眼下,掌院学士和礼部侍郎之位还空缺着呢。"康熙淡淡地说,手中的钓竿一颤,他迅捷一提,一条红鲤鱼在竿头活蹦乱跳。

康熙开怀大笑。小喜子赶紧恭维皇上钓技了得,让小太监立马送往御膳房,做皇上爱吃的鲤鱼汤。叶方蔼立刻忘了自己揣着戴罪之心而来,跟皇上愉快地聊起《明史》的修撰事宜。

戴着瓜皮帽的王士元手提书箱,低头匆匆穿过余姚城南学宫的西学弄,左拐荼䕷弄,北上直街,经过通济桥——这是他最为心惊胆战的路段,通济桥舜江楼后面是县署衙门——再左拐县西街,踏上虞宦街,拐几条小巷弄,到了管家弄口,他前后张望一圈,舒了口气。

从南城教馆到北城胡宅,王士元每天要经过这些路段。一个月前,他出门瞥见舜江楼前贴了一张缉拿"朱三太子"的海捕文书,画像上的人像他,又不像。他如五雷轰顶,腿脚酸软,差点走不动道,迟了一刻才到教馆。

蒙童们看着先生像纸片人一样飘进来,那天他们抄了一整天书法,先生缩在角落呆若木鸡。此后他低头走路,有人喊他,他充耳不闻视若无睹,更不敢看墙上张贴的各种找人寻物、官府告谕,他觉得其中必有一张属于他。

他曾与妻子攀龙泉山看姚江落日,登舜江楼观烟水万人家,熙熙自翔集。最常去的是胡宅附近阳明先生的瑞云楼,徘徊于古朴宅院,听竹林萧萧,想起当年先生寻求万事万物之理,历尽磨难于贵州龙场悟心学……倘若阳明先生还在世,见大明舆图换主,曾经风定鄱阳湖、一战定乾坤的他,该如何痛心疾首……原来,再煌煌赫赫的江山,再叱咤风云的人物,再文韬武略的学问,也会灰飞烟灭,紫禁城倾,朱楼梦散……

迎面过来一个女子向他招呼,王士元的头垂得更低了。女子起了高声,他抬头一看是妻子,便尴尬地问她出来做什么。

"爹爹身体不适,张郎中来看过,开了方子,你去药铺抓七帖药。"

胡英娘递上药方,"我还要做饭。"

王士元惶恐地说不去。胡英娘诧异,抓药又不是抓人,他何以怕成这样?父亲待他如亲生,他连给父亲抓药也不愿意?

她又伤心又纳闷:"相公,这些日子你总是失魂落魄的,哪里不适,还是发生了什么事?"

王士元急忙往家走:"你去抓药,我回家做饭,照顾岳父和孩子。"

胡英娘无奈,也不疑有他,只得去抓药。

王士元走到胡宅门口,擦了擦额头的汗,定了定神,推门而入,急切地问岳父怎么样了。

俟妻儿入睡后,王士元悄然起身,来到书房,点燃线香,望着飘袅无定的游烟,他合掌默祈逝去的亲人护佑他和妻儿能多活一年是一年。这些年,他除了默认顺应命运加之于己的种种无常,还在悄悄做一桩秘事——写书。

他此生经历过逾于常人的荣华富贵,锦衣玉食,亦饱尝过逾于常人的生死颠沛,穷困潦倒。

他想道出此生的大起大落大悲大喜,写一部前无古人、后无来者的书,写江山倾覆之下的生如蝼蚁,富贵无涯背后的凄凉无限,繁华如梦过后的白茫茫大地真干净……

他不知会写多少年,能不能问世,写成后能有多少人看懂……可他能做的,唯有将此生的家国流离隐匿于字里行间,假托给一场醉生梦死的风月宝鉴,留给后世细细鉴读……

第十五章　布衣入史局

康熙十七年（1678），翰林院待诏厅一角，芸香幽幽，阒寂无声。

此时已散值，严秋毫还在疾书。叶方蔼对《鉴古辑览》的一些史料存疑，让他抄录一份带回家细勘，自己也在总裁官房忙碌。

快完稿时，严秋毫一连写错两张纸，第三张再也不敢落笔，呆坐发愣。他知道错因何在——

日间他去总裁官房送稿，国史院原检讨汤斌与叶方蔼在叙旧，他也是来京应征博学鸿儒科的。严秋毫殷勤地替他们倒茶抹桌，两人正说到"黄宗羲"，他竖起耳朵。叶方蔼说黄宗羲先拒他的私人恳请，又拒皇上征召，还写了近四百字长诗以表心迹，又指了指案上的《明儒学案》，说自己读来越发惋惜他甘为遗民。汤斌说"黄宗羲著述宏富，如大禹导山导水，脉络分明，《明儒学案》真是当世儒林巨著"。

两人侃侃而谈，严秋毫倒过三巡茶后告退出门，失望得快哭了。

两个月前康熙又来了一次翰林院，前呼后拥的，匆匆而来匆匆而

去,大学士们恭迎又恭送。严秋毫如同沙堆里的一粒沙,康熙这次没有留意到这一粒心怀异志的沙。而沙粒面对帝王,不啻面对席卷而来的一场风暴,唯有深深埋首保全自己不被吹走。

叶方蔼出来问他抄好了没有,严秋毫惶然说马上就好。叶方蔼温和地说明天再抄,让他散值回家。

严秋毫沿着翰林院幽黑深长的走廊往外走,被月光拉长的朦胧身影陪他踽踽而行,似鬼魅,如梦幻。他对着身影说:不要急,你都等了那么久,会有一天的,总会有那一天的……

康熙十八年(1679),化安山黄家墓园,秋风初起,秋叶瑟瑟。

黄宗羲第三次从海昌讲学归来后,整理修缮了黄竹浦老宅和一应家务,安顿好老母,调解了兄弟族人间的几起口角纷争,回到化安山龙虎山堂,为《明儒学案》作最后的校定。

之前海昌知县许三礼执弟子礼,向他学习《授时历》《西洋历》《回回历》等。黄宗羲在海昌讲学初时,许三礼令大小官吏前去听课,一些官吏装病不去,他上门亲自为他们搭脉,官吏们无地自容。许三礼扣下他们一年的俸禄以补贴书院。经此一举,官吏们再也不敢懈怠。家境贫寒的年轻人有心向学而交不起束脩,许三礼准他们入学,加以衣食接济。他还亲自授课,修身治政,敦化一方,海昌文风渐盛。

黄宗羲称赞许三礼"举循吏第一",在这名知县的身上,他看到了清廷隐约的未来——康熙平定内忧外患后,未来数十年,或可能出现千百年难得的盛世,这个发现让他又欢喜又悲伤。倘若清廷多一些许三礼这样的官吏,何愁大壮之年不至,何忧三代之盛不兴?可这般兴盛已不再是他的初衷了……

黄宗羲拎着放了几卷《明儒学案》的篮子,走向黄家墓园。每完成一部著作,他都会去墓地读给父亲和亲人们听。

走上小溪桥,迎面遇到拎着菜篮挂着锄头的徐太婆。她小脚蹒跚,弯腰驼背,头发花白,犹如顶着一头芦花,精气神倒是十足。她朝黄宗羲手里的篮子瞅了瞅,咧开只有两颗牙的嘴,笑嘻嘻地说:"黄先生又出书了?"

黄宗羲把篮子往身后挪了挪,讪笑道:"你种的菜倒是新鲜。"

"刚拔的,新鲜着呢,给你一把。"徐太婆抓了一把菜两根瓜,塞进黄宗羲装书的篮子。

菜根的泥土落在书上,黄宗羲暗暗叫苦不迭,嘴上只得称谢。

"你放心好了,我有盖酱瓿的盖子啦,不会拿你的书。你日日在龙虎山堂读书写书,这书又不能吃又不能喝,有啥用?还不如老太婆我腌咸菜酱瓜卖几个铜钱来得实在。"徐太婆絮絮叨叨走远,"朝廷乱了,皇帝上吊死了,黄先生要跟北兵打仗了。化安山化安山,山高水又长,化安山下有个书蠹头……"

黄宗羲笑了,他在山堂读书写书,她在田间地头劳作,种菜腌菜卖菜自食其力,真是应了他常说的"各人自用得着者为真"。

路边一簇簇野菊花开得兴盛,散发幽幽异香。黄宗羲拗了几丛,来到父亲的墓前,拔掉野草,拢了拢土,供上野菊,拿出首卷《明儒学案》,从开篇《师说》读起。

"方正学孝孺。神圣既远,祸乱相寻,学士大夫有以生民为虑、王道为心者绝少,宋没益不可问。先生禀绝世之资,慨焉以斯文自任。会文明启运,千载一时……"

正学先生方孝孺为大明第一位大儒,明太祖诏其觐见,告诉皇太

孙朱允炆"这是一个有才华的正直之士,现在还不是用他的时候,让他历练得更老成一些,将来可辅佐于你"。建文帝即位后招方孝孺为侍讲学士,负责议事批答、修撰史籍、起草诏书,对其极为倚重。燕王朱棣发动"靖难之役",朝廷征讨檄文皆出自方孝孺之笔。谋士姚广孝告诫朱棣"杀孝孺,天下读书种子绝矣"。但方孝孺拒为朱棣起草即位诏书,朱棣遂将其车裂于市,灭其十族。

方孝孺之儒学精神,上追孔孟,近接宋儒,学问忠节自然为黄宗羲所赏识,更与黄宗羲推崇的阳明心学相呼应,当仁不让被列为明儒第一人,以《师说》为全书总纲,其学说为总纲首篇。

接着他又读《姚江学案·文成王阳明先生守仁》:"自姚江指点出'良知人人现在,一反观而自得',便人人有个作圣之路。故无姚江,则古来之学脉绝矣。然'致良知'一语,发自晚年,未及与学者深究其旨,后来门下各以意见掺和,说玄说妙,几同射覆,非复立言之本意……"

文成公王阳明先生乃大明心学大儒,同为乡贤,同属姚江学派;刘宗周早年不喜象山、阳明之学,"始而疑",之后转向"中而信","终而辩难不遗余力"。《明儒学案》以阳明心学发端脉络为主骨,谓之"有明学术,自白沙开其端,至姚江而始大明",记载有明一代二百一十位学者之学案、学派、传记以及语录,此种学案体裁可谓前无古人,后无来者。

读着读着,黄宗羲闻到梅香幽渺,直沁肺腑,随之有嘈嘈切切的声响。这时节哪来的梅香?抬眼望去,梅林里有一群影影绰绰的身影晃动。他缓步过去,他们的面容次第清晰起来。

一名白发士子浑身血渍斑斑,用嘶哑的嗓子慷慨高歌:"天降乱离兮，孰知其由？奸臣得计兮，谋国用猷。忠诚发贲兮，血泪交流。以此殉君兮，抑有何求？呜呼哀哉兮，庶不我尤！"这岂不是正学先生方孝孺？

黄宗羲欲上前，一名老者出现在面前，正是康斋先生吴与弼，他朗声问道："万变之纷纭，而应之各有定理，须以天地之量为量，圣人之德为德，方得恰好。你以为然否？"

吴与弼创立"崇仁学派"，《明儒学案》列其为第一学案，黄宗羲深以为然，点头称是："正是。先生说教得好，人须于贫贱患难上立得住脚，克治粗暴，使心性纯然，上不怨天，下不尤人，物我两忘，惟知有理而已。先生之崇仁学派，内省功夫可称一流。"

一名青衫士子在岭头高吟："无一处不到，无一息不运会，此则天地我立，万化我出，而宇宙在我矣。"黄宗羲细看，乃是岭南真儒白沙先生陈献章。

他正欲上前行礼，有人对着疏影横斜的梅花吟道："你未看此花时，此花与汝心同归于寂；你来看此花时，则此花颜色一时明白起来，便知此花不在你的心外。"赫然是阳明先生，徐爱、钱德洪、薛侃、王畿、黄绾、陆澄、邹守益等王门弟子围在四周。

黄宗羲上前长揖："阳明先生，后学亦以为，人以为事事物物皆须讲求，岂赤子之心所能包括？不知赤子之心是个源头，从源头上讲求事物，则万紫千红总不离根；若失却源头，只在事物上讲求，则剪彩作花终无生意。"

王阳明拈花一笑飘然转身，随之出现的是他最熟悉的人。

"先生！"他惊喜地喊。

正是先师蕺山先生刘宗周，他白眉白须面色红润，浑不似最后见

他时面如菜色身如枯槁。

"从前是过去,向后是未来,逐外是人分,搜里是鬼窟。四路把截,就其中间不容发处,恰是此心凑泊处。千古相传只'慎独'二字要诀,阳明先生言致良知,正指此。但此'独'字换'良'字,更易于后来学者下手学习。宗羲,如今你著书立说甚富,气理心性之说得为师深意,为师心甚慰也。"刘宗周抚须欣然道。

"先生之学,以慎独为宗,儒者人人言慎独,唯先生始得其真。"黄宗羲恳切地说,"先生,学问要紧,身体不可不当心。我离开您时,您已绝食二十日,弟子迄今思之痛绝。我去做饭菜,您好好吃顿饱饭。"他提起篮子,愕然发现青菜已枯干,再抬头,刘宗周遁迹无影。

月川先生曹端、剩夫先生陈真晟、一峰先生罗伦、虚斋先生蔡清、整庵先生罗钦顺、念庵先生罗洪先、大洲先生赵贞吉、敬庵先生许孚远……《明儒学案》中的一位位人物,或昂然而立侃侃而谈,或席地而坐口吐莲花,或攀缘枝头嚼着梅花喝着茶,或溪边躺卧喝酒吃菜、醉意熏然。他们或学术有异,观念不一,或曾经分庭抗礼,互为抵牾,此刻却是相见欢喜相待有礼,在化安山麓、龙虎山谷摆开了一场盛大的隔世雅集。

黄宗羲心醉神驰,欣然游走在他们之间。渐渐地,他们从地上飘起,飘向夜空。天色暗下来,他们全身熠熠,仿若一盏盏明灯,把晦暗的天地宇宙照得澄澈清明……

"盈天地,皆心也。盈天地,皆气也……"黄宗羲仰首高喊。

"父亲,父亲……先生,先生……"

黄宗羲从梦中醒来,黄百家和弟子万斯同、万言叔侄俩把他从草地上扶起,拍掉他身上的草屑树叶,黄百家给他披上衣衫。万家叔侄此次是从昆山徐府专程过来。

康熙十五年（1676）黄宗羲在海昌讲学，徐秉义前来听课，遂与之相熟。同年万言入京，拜谒徐元文，徐元文聘其为幕僚及子弟师。本年徐氏兄弟丁忧居家，聘万斯同编纂《读礼通考》。

正值朝廷开博学鸿儒科，徐氏兄弟推荐万斯同和万言，叔侄俩婉言拒绝。本年三月，康熙于体仁阁殿试，从一百四十三名士子中亲取五十人，授以侍读、侍讲、编修、检讨等职，开明史馆修《明史》，徐元文和叶方蔼为史馆总裁。徐元文再荐叔侄俩入馆修史。考虑到修史亦是先生的大愿，这一次他们没有拒绝，回乡与先生商议。

"听说此次开科出了诸多奇趣怪事？"黄百家问。

万斯同说："此次考的是诗词歌赋。毛奇龄在卷中屡犯康熙名讳，彭孙遹的辞赋做得文不对题，严绳孙的诗文更是驴唇不对马嘴，皆意在落榜。不料康熙大笔一挥，还是把他们列入榜单。"

众人大笑。黄宗羲道："倒也难为他们挖空心思了。"

"叶方蔼向康熙推荐先生，得知先生坚不仕清，只得作罢。朝廷兴师动众开博学鸿儒科，旨在延揽人才修撰《明史》。"万言道。万言是万斯年之子，比万斯同长一岁，实是小叔大侄子。其学问精博，深得黄宗羲器重，谓有成就者"唯言与慈溪郑梁二人"。

黄宗羲道："看来朝廷这回该如愿以偿了。"

叔侄俩大摇其头。

"李因笃、朱彝尊、毛奇龄、汪琬、陈维崧、史闰章……"万斯同扳着手指数点人名，"这么多人，没有一个能挑得起修《明史》的大梁。朝廷见请不动梨洲先生，只好让叶方蔼去请亭林先生。前次博学鸿儒科时就征召过他，亭林先生以死相拒，称'果有此命，非死即逃''耿

耿此心,终始不变'。"

"这回亭林先生给叶方蔼回信说,'将贻父母令名,必果;将贻父母羞辱,必不果。七十老翁何所求,正欠一死,若必相逼,则以身殉之矣'。"万言道。

"亭林先生孤怀遗恨,慷慨陈词,我心有戚戚然。"黄宗羲道。《待访录》与《日知录》心脉相通,顾炎武替他说出了心声。

"你们在徐府,早晚有一天会被召入史馆,届时如何处之?"黄百家问到了要害处。

"效先生遗民之志。"叔侄俩异口同声道。

三人看向黄宗羲,期待他的表态。

山林阒寂,溪水汩汩,落叶触地窸窸窣窣。几匹无名小兽从山林深处窜过。一排鸟振翅飞起,消失在苍茫山巅。天地间宇宙事物,皆有最终的落脚地。史书的着落在何处?

自太史公司马迁修《史记》起,为前朝修史已成千百年规制。清修明史,并不例外。从早年遭遇家难父亲被捕,临行前嘱他"学不可不知史事",到大明天崩地解,毁家纾难,濒于十死,由党人而游侠而厕身儒林,从钱谦益病榻托修史,到查继佐修史遭祸,到陈确、朱朝瑛希望他不为清廷修史,到顾炎武与他同怀遗黎之叹,"明史"二字,如同一根无形的软索,不管他渴求还是抗拒,祈盼还是远离,早早就绾系于他的身上,且越来越紧。而大壮之年、三代之盛、十二运之说,越来越遥远,几成梦幻泡影……他还能再期待什么?

内心一个声音幽幽响起:"不可弃,不可忘,若是连你也放弃了,还'待访'什么?"很快另一个声音将其压下,冷冷地说:"你常道,'天地之气,寒往暑来,寒必于冬,暑必于夏,其本然也',你可知,天命国祚亦是本然,不可违逆?不必再强求了,顺时而为吧……"

在这片改朝换代、八旗猎猎的国土上,还有多少中华文化可存?明既亡,若无正史,野史或将成国史。汉人若不修国史,又如何指望他人能替故国保存国粹、国故、国史?修不修史,已不是"仕不仕清"之问,而是更沉重的千古抉择。

"修《明史》,是迟早的事。"黄宗羲缓声道。

"先生,我们不想有辱黄门弟子清誉。"叔侄俩道。

"修史,是千年成法。一字不慎,汗青有误,将给后世带来无穷遗患。"黄宗羲怆然道,"牧斋先生说过,'史家之取证者有三:国史也,家史也,野史也。于斯三者,考核真伪,凿凿如金石,然后可以据事迹定褒贬''国史未立,而野史盛'。陶庵老人亦说过,'有明一代,国史失诬,家史失谀,野史失臆',我深以为然。"

万氏叔侄颇感意外,他们此番前来寻求先生的鼎力相助,助他们坚拒修史,可听起来先生似乎——支持他们入馆修史?

"先生讲学海昌官学,难免与清廷官吏交谊,应世周旋,已屡遭遗民失节之讥,我们再入馆修史,岂非更连累先生的名望?"万斯同很是不安。

与刘宗周、顾炎武、吕留良、张岱等先师故友相比,黄宗羲如今不再那么决然抗拒清廷。十多年前,吕留良因"澹生堂购书"一事与他彻底决裂,此事明面上两人是因几本书而起龃龉,实则吕留良怨恨黄宗羲不复反清初心。黄门弟子"入馆修史"这样的事传出去,他还如何立足于儒林?

"你们想过没有,你不修史,我不修史,史笔落在清廷满官之手,《明史》将来会是何等面目?"黄宗羲问道。

三人俱是一怔,这是一个极简单的问题,他们却从未想过,或者说正因为太简单,他们不曾想过。

"百家,还记得四年前除夕夜,我说过的话?"黄宗羲问儿子。

黄百家稍一沉吟道:"当时父亲说,甬上证人书院成材者甚多。黄门弟子入仕清廷,弘扬中华之道,遂令我中华文化得以完整保存,令要荒之人成为鲁卫之士,进而影响中华成为鲁卫之区。那晚我反复思量这一番话,甚觉言近旨远,故而牢记于心。"

"太史公之父愧恨身为太史令,未能写出《春秋》那般的传世之作,临终遗嘱太史公修史。太史公遂著《史记》,上起轩辕,下至汉武太初年间,自此开历代史书春秋。我对你们亦如此期望,我虽不出仕,但你们可用世。为故国续史,更为华夏千年文明续脉。"他手上的《明儒学案》,在山风吹动下簌簌作响。

三人肃然,先生远比他们深思远虑得多。

"先生,弟子攻二十一史,知大明十五朝实录,效太史公修史,乃弟子的夙愿。只可惜自唐以后,设局分修史志,反而致史书割裂,谬误百出,不堪卒读。是以弟子有此担忧。"万斯同说出了心中忧虑。

"先生,弟子亦与八叔同虑。陶庵老人著《石匮书》,泚笔四十余载,亦以为史贵一人成,设局修史往往各异,非我等所愿。"万言也坦然道。

"清廷放心让你们独立修史吗?容得下你们毫不避讳地记载建州史、南明史,乃至挥师南下的一场场惨祸吗?"黄百家一语中的。

修亦难,不修更难,一笔一墨比一座化安山更重。黄宗羲望向起伏的远山淡影,目光追着一排掠过天空的鸟迹,直至消失。

"国可灭,史不可灭。明可亡,明史不可亡。"他淡然道。

国可灭,史不可灭。明可亡,明史不可亡!

他们轻轻念着这句话,山林起了回声。声音越来越响,先是响在耳际,接着回荡在化安山谷。这些声音仿佛自带光亮,继而如明月当空,星空长耀,亮如白昼。原本暮色四合的山林,成了一片澄明的天地,无数影影绰绰的身影在山林之间缥缈……

过了很久,山林归于静寂幽暗。三人只觉心念已然转换。

黄宗羲从菜篮里拿出一把鲜嫩翠绿的青菜,笑道:"回山堂,我做青菜面汤给你们吃,定是极为鲜美。"

康熙十八年(1679)余姚城胡朴崖家,王士元端着药汤走到胡朴崖的病榻前,轻喊父亲。

胡朴崖冷冷地瞥了他一眼。王士元只觉那目光犹如细针,扎得他浑身疼痛。他知道,胡朴崖心里的气还没消,若不是胡英娘和孩子们,岳父说不定早就把自己赶出家门了。

朝廷开征博学鸿儒科的消息传遍全国,余姚也不例外,虽说征召门槛极高,学子还是跃跃欲试。胡朴崖对王士元郑重提起,要他停止教书,专心攻学。这可是比一般科考更体面的千载难逢的特科啊。

"士元,胡家指望你出人头地了。你定能一举高中。"病了很久的胡朴崖兴奋地说,苍白的脸颊泛起微微红润。

王士元讷讷地说:"岳父,我考不中,也不想考。"

"你不要担忧,我找最好的先生助你精进学问。对了,化安山梨洲先生是当世大儒,学问功夫一等一,我托熟人……"

"不,我绝不会考!岳父,您放过我吧!"王士元口气温和,却毫无半分转圜余地。

"你再说一遍。"

"岳父,恕小婿不孝,我不会应考清廷一切科举。"

胡朴崖吐出一口老血,悔恨当初怎么就猪油蒙心看中这个来路不明的书生当女婿,还痴心妄想他为胡家光宗耀祖。

胡英娘进来,见父亲和丈夫各自僵持,心中难受,端起药碗给父亲喂药。胡朴崖颤着手指着王士元让他滚,王士元迟疑。胡朴崖夺过药碗朝他砸去,药碗正中其额角,药水混着血水淌下来,像几条虫子扭曲地爬在面颊上。

胡英娘哭着替丈夫擦拭:"父亲,您怎能下此重手?若是有个闪失如何是好?我和孩子们可怎么办?"

"我拿老命赔可好?你们怕是早嫌弃我了,巴不得气死我是不是?行行行,我死给你们看。"胡朴崖气恨恨地嚷着,挣扎起身。

胡英娘又扑向父亲,两个儿子进来哭嚷。王士元的脸上掠过无限苦楚,在胡朴崖的床前跪下,连磕三个响头。抬头时,他脸上越发血污斑斑,状极骇人。

"父亲,英娘,我不是王士元,不是教书先生,我是……"

"你,到底是谁?"胡朴崖颤声道。

"相公,你到底有什么事隐瞒着我们?每年你祭拜父母兄弟姐妹,但从不肯说出他们名讳和死因,我们是一家人,你说出来好不好?"胡英娘心疼地擦着他脸上的污渍。

"我叫朱慈焴,明思宗崇祯帝之四子。"说完他吁了口气。这一桩隐秘在他心头压得太久太沉,一旦说出,竟是从未有过的轻松。

胡朴崖和胡英娘一脸不可置信,两个儿子不谙世事,兀自呜咽。

"朱三太子?"胡朴崖冷笑,"你不愿应诏便罢了,何必捏造如此拙劣可怖的借口,令我再不敢催促于你?"

"先帝生七子,大哥太子朱慈烺,二哥隐王朱慈烜,三哥定王朱慈炯,五弟灵王朱慈焕,六弟怀王朱慈灿,七弟良王。二哥、五弟、六弟和七弟皆早夭,七弟尚不及起名。太子朱慈烺被清廷所害,定王朱慈炯下落不明,我是四子永王朱慈炤。江湖中皆挟我和三哥之名为'朱三太子'。"他泪光粼粼,未曾结痂的伤疤再一次撕开,往事汩汩渗血……

明崇祯十七年、清顺治元年(1644)京师紫禁城,黑云压城,大厦将倾。

明成祖朱棣于永乐四年(1406)始建紫禁城,至永乐十八年(1420)建成。此刻的桂殿兰宫已人去殿空。时年正月初一,京师忽起大风霾,沙尘震屋弥天,白昼如晦,咫尺不见人影,天坛、地坛外风沙堆积,几与城墙高,天象极为诡异可怖。后来全城传言此是亡国之象。

李自成的大顺军已攻入外城,所到之处百姓们摇着小旗,兴高采烈地唱"吃他娘,穿他娘,开了大门迎闯王,闯王来时不纳粮"。六百里外的山海关,满洲女真十三副甲胄起兵的千军万马正横穿草原而来,挟带努尔哈赤留下的对大明的"七大恨",挟带定鼎中原的勃勃野心,马蹄飞扬的尘土弥漫了山海关的城春草木深。

走投无路的崇祯在深宫仰天长号,绕殿环走,拊胸顿足,乾清宫内外整夜回荡他的悲凄:"内外文武诸臣误我,诸臣误我啊……"

十六岁的太子朱慈烺,拉着十三岁的三弟朱慈炯和十二岁的四弟朱慈炤,穿过空荡的宫殿,来到父亲面前,怯生生地叫了声父皇。

崇祯厉声道:"都这个时候了,你们还穿成这样,快快换衣。"

崇祯手忙脚乱地给儿子们脱下光鲜的冠带袍服,换上褴褛的百姓衣裳,替他们系上腰带,垂泪道:"你们今日是太子,明日即是小民,离乱之中,匿行迹藏姓名。见到老者要喊老爹,年少者喊叔伯兄长,喊文人士子为先生,喊兵士为户长。若是你们能保全性命,亦算是报答父母了。切记今日之惨痛。"

朱慈炤惊恐地拉着父皇的衣襟不敢撒手,怕一撒手再也抓不住。

崇祯把他们一个个环抱在怀,继续哽声道:"社稷倾覆,令天地祖宗震怒,都是父皇的罪责。但父皇自认也是殚思极虑了,怎奈内外文武诸臣俱有私心……事到如今也没什么可问祸福了。"他狠心把他们推开,让太监王之心、栗宗周和王之俊带他们出逃,"快走,日后记得为父母烧炷香,也不枉骨肉血亲一场。"

朱慈炤跟着兄长仓皇奔出殿门。父皇的悲号在深宫回荡:"……朕为民父母,不得而卵翼之,民为朕赤子,不得而襁褓之,坐令秦豫丘墟,江楚腥秽,贻羞宗社,致疚黔黎,罪非朕躬,谁任其责?所以使民罹难锋镝,蹈水火,堇量以壑,骸积成丘,皆朕之过也……"

朱慈炤被太监带出重重宫门,脚下一绊,跟跄倒地。等他抬起头,无数马蹄和脚步从眼前掠过,人声喧哗,尘土飞扬。一夜之间,他们脱下了精美的衣裳,离开煌煌禁城,天地乾坤倒转,贵胄之身成了最不起眼的一颗尘埃……

他还不知道,当晚周皇后自缢身亡,嫔妃们或被崇祯刺死,或自缢而亡。两个妹妹,昭仁公主被父皇刺死,长平公主被父皇砍断一臂,边砍边哭"汝何故生在帝王家"。凌晨,崇祯亲自撞景阳钟召集文武百官,大殿上唯有空响绝音,无人入朝。他绝望地奔向煤山,跑得太急,一只鞋子都掉了。

崇祯十七年(1644)三月十八日黎明时分,大明崇祯帝朱由检在太监王承恩绝望的目光下登上煤山,用一根白绫结束了三十四岁的年轻生命,留下了一生最后一道、也是第六道罪己诏:"朕自登基十七年,逆贼直逼京师,虽朕薄德匪躬,上干天怒,致逆贼直逼京师,然皆诸臣之误朕也,朕死,无面目见祖宗于地下,自去冠冕,以发覆面,任贼分裂朕尸,勿伤百姓一人。"崇祯死时以发覆面,白袷蓝袍白细裤,一足跣,一足有绫袜。太监王承恩亦追随自缢。

李自成很快攻陷京师内城。皇子们被太监带到李自成面前,闯王用打量破碎玉器的怜悯目光扫了他们一眼,不耐烦地说带走,他有更重要的事要做——坐上龙椅过一把皇帝瘾。

四月二十九日,李自成在武英殿匆匆坐了坐龙椅,次日仓皇逃往西安,临行前杀了吴三桂一家三十余口,丢下了皇子们。他们又落入吴三桂之手,之后吴三桂带走太子朱慈烺,丢下他和三哥朱慈炯。他和三哥在逃亡中失散了。

所幸他遇到前明一位毛将军,得知太子朱慈烺最终被舅父和外公出卖给清廷,遭多尔衮处死。三哥朱慈炯下落不明,或已蒙难。毛将军带他骑马逃到河南,弃马买牛,在乡间隐姓埋名。不久毛将军给他留了些银子便逃离,临行前给他指了条路——去南直隶凤阳老家,或许还有一条生路。

朱慈炤一路乞讨,漂泊到祖宗之地凤阳。他在小店铺打杂,倒茶汤,替人写文书。当年他与三哥朱慈炯在宫中受教于著名学者方以智和刘明翰,诵书清圆,作字端楷,没想到学问还为他换来了一碗饭。他的矜贵之气到底掩不住,在一家茶铺被前明王御史认出,王御史执

手悲泣,收留了他并改名为王士元,对他视同己出,精进训导。

"过了五六年,王公病逝,王家不敢再留我,我只得再次漂泊,直到遇见了岳父恩公。"王士元说完这一桩乾坤颠倒的家国事,只隐瞒了他与许舜华那一段短暂而凄婉的往事。

胡英娘和儿子们哭成一团,她只想做个相夫教子的普通女子,怎么突然成了"永王妃"?她心疼丈夫的悲苦遭遇,也怨自己没有早早看出,让丈夫独自负荷如此沉重的痛苦。

两个孩子惊呼"爷爷",病榻上的胡朴崖喷出一口老血,两眼直直瞪着屋顶。夫妻俩急呼。

胡朴崖转着惊恐的眼珠道:"毋让人知悉这一桩泼天祸端,快带英娘和孩儿们迁居外乡,避人耳目……天既灭我大明,何苦再灭我胡家啊……"说罢头一歪死去。

埋葬了胡朴崖,王士元一夜白头,胡英娘抱着他悲哭。王士元揽镜自顾,骤然想到离宫前一夜,父皇也是满头白发。守不住的江山社稷,逃不开的生离死别,而今唯有活一天算一天,天知道何年何月何时杀戮突至?

"白发谁家翁媪,如此反而掩人耳目了,岂不更好?"王士元笑了笑,梳起辫子,戴上胡朴崖留下的旧瓜皮帽,发现自己真的老了。

黄竹浦码头,一叶扁舟,声声击楫。

黄宗羲从黄百家手上接过厚厚几卷书,交到万斯同和万言手上。这是父亲著述的万历朝、泰昌朝和天启朝《大事记》,嘉靖朝和隆庆朝《时略》,自己编著的万历朝至崇祯朝《明三史钞》《续时略》,以及《实录》和稗官野史,这是父子俩数十年沥血披肝著就的。大明近三百年沉甸甸的历史，都纳于这一卷卷很轻也很重的卷帙之中。

"季野，你切切以布衣身份参与史局，不入史馆，不署衔，不受俸。"黄宗羲不厌其烦地叮嘱，"若有疑难，可传书于我。"

万斯同肃然道："先生，弟子当以任故国之史事报故国。"

"崇祯一朝无实录，阙如甚多，贞一可用心于烈庙朝事。凡诏谕、奏议、文集、邸报、家传等皆可取材。为免挂一漏万，贞一可直入史馆，我就不苛求你了。"黄宗羲嘱咐万言。

万言应道："先生，弟子定当矢志于崇祯朝事。"

"议论可以逞一时之意气，史笔将立千秋之定评。季野，贞一，你们赴京后，要以所学所长与诸位老先生细细斟酌之，不可轻慢于人，亦不可自卑于人。"黄宗羲的声音有苍凉的欣慰，"一代是非，能定自吾辈之手，勿使淆乱是非、颠倒黑白，吾辈白衣从事，也算是报效大明故国了。"

此言既出，师生们泫然欲泣。黄宗羲催他们上船快走，万斯同和万言嘱先生保重身体，长长作揖而别。

船从黄竹浦河道至姚江、曹娥江、绍兴、杭州，直指大运河另一头千里之外的京畿。万氏叔侄站在船头，遥望身影佝偻的黄宗羲由黄百家扶着伫立目送。

"史局新开上苑中，一时名士走空同。是非难定神宗后，底本谁搜烈庙终。"万斯同轻吟，这是黄宗羲赠他们的诗作《己未送万季野贞一北上》。先生明确告知，明神宗万历之后的史事是非极难断定，崇祯烈庙又无实录可考，修史之难显然可见。

"猗兰幽谷真难闭，人物京师谁与齐？不放河汾声价倒，太平有策莫轻题。"万言跟着吟道。

先生告诫他们,京师人才济济,毋与人争长短,只管安心修史,不要节外生枝,更不能为清廷献"太平策"。"河汾""太平策",指隋末大儒王通曾向隋文帝献太平十二策,未得重用,遂返乡在黄河、汾水间设馆教学,求学者多至百余人,时称"河汾门下",相传唐朝名臣李靖、魏徵、房玄龄皆为其门下。先生的苦心孤诣可见一斑。

先生分明是一刀刀割下自己的心血骨肉,让他们去弥补故国天崩地解后留下的巨创。当他把厚重的史稿交到他们手上时,已然明示:他期待的三代之盛已一去不复返,大壮之年已成幻境……他不惜"自污",承受当世乃至后世可能接踵而至的变节之讥,以换得定评"一代是非"的修史权柄。《明史》著者定然不会有"黄宗羲"三字,他依然是化安山双瀑前戴着汉人折角巾踽踽独行的一介老遗民。

长河浩渺,江阔云低,风里凝结着愈来愈湿重的冷意。

黄宗羲对着江上渐成黑点的隐绰身影,高声道:"切记,不入史馆,不署衔,不受俸,以布衣入史局。"

"不入史馆,不署衔,不受俸,以布衣入史局?"康熙从御案后跨出来,直瞪着叶方蔼和徐元文,不敢相信这句话。

本年正月,三藩之乱平定在望,康熙于午门率先告捷,大鼓士气;三月,他亲试博学鸿儒科于体仁阁,授彭孙遹、毛奇龄、严绳孙等五十人以侍读、侍讲、编修等职修《明史》,大学士徐元文和叶方蔼为史局监修总裁。

叶方蔼颇懊恼,他两次荐举黄宗羲不成,徐元文却以迂回战术荐举黄宗羲的弟子,在皇上面前赢得了面子,心中不免嘀咕:黄宗羲还说什么"勿令吾乡校,窃议东海滨",自己不肯出山,却教弟子入馆,既保全自己的名节，又免于违逆朝廷诏令，这一手掩人耳目玩得好啊。黄宗羲与顾炎武同为遗民大儒，又与"昆山三徐"素来交好，怕是给他们面子吧，看来自己的情面还是薄了几分……

"纫庵先生意下如何？"康熙笑吟吟地问。

叶方蔼忙答："臣两邀梨洲先生不成，为国效命不力，不胜诚惶诚恐。立斋先生荐梨洲弟子入馆修史，补臣之过失，臣不胜欣喜。且听闻万氏叔侄学识锐进，博通诸史，诚为黄门高足。梨洲先生虽不肯就，想必私下亦会指点训导。是以万氏入馆，堪当修史大业。"

康熙展颜大笑，说自己以后只管来史馆察看就是了。徐元文却又说，万氏叔侄提出了这么个"三不"原则。

康熙摇头叹息："入史局署翰林院纂修官衔，授七品俸禄，这等好事别人求都求不来，他竟然……罢了罢了，果然是黄宗羲的弟子，按他们说的就是了。"

"皇上放心，臣安排季野先生住寒邸碧山堂，悉心照顾衣食住行，不会怠慢半分。"徐元文笑吟吟地道。

叶方蔼赶紧说："臣会派人将史稿及时奉于季野先生削笔，与入住史局无二致，请皇上宽怀。"

康熙走到小社稷坛前，捻起一撮五色土："《明史》必使后人心服口服才是最好。《宋史》《元史》其中是非失实者甚多，至今尚有人心不服。有明二百七十六年，其流风善政不胜枚举。顺治朝时，史官执己见者有之，据传闻者有之，用稗史者亦有之，如此任意妄作，史书怎能尽善尽美？"他撒下五色土，拍了拍手道，"《明史》不可不成，公论不可不采，是非不可不明，人心不可不服。若《明史》稍有不当，后人将归责于朕，不可轻忽！"

顺治朝时,一些史官因观点、学术及师门异见而纷争不已,加上战事倥偬,故未能成史。及至今日,史馆仍有人因门户之见、修史体例等各执己见,这已成为康熙的一大心病。

徐元文和叶方蔼心照不宣地对了眼,答道:"臣等奉千秋汗青大业,必将《明史》修成一代信史。"

"有明二百余年,遗民哪肯放得下心将史书交与他人?开博学鸿儒科,将前朝遗黎故老绾系于典章史籍,苦其心志,劳其筋骨,又赐以华夏文明编纂续史重任。天长日久,他们必会沉溺于故纸堆,再叛逆的心性亦会渐次消融,我大清何愁不得道统法统正位?"康熙的嘴角浮起一抹稳操胜券的微笑。

年轻的皇帝为维系江山永固,翻手为云,覆手为雨,将智慧狡黠的手法用到淋漓尽致。遗民们以修志为业,沉溺于故纸堆中,再也掀不起什么波澜了。叶方蔼暗自吸了一口凉气,心头泛上辛酸与钦佩杂糅的滋味。

康熙陪着昭圣太皇太后用膳,捡好听的事说与皇祖母听。说到博学鸿儒科招揽的人才,他大有全国鸿儒尽入囊中的得意。

"写《待访录》的黄宗羲有没有来?"太后问道。

康熙摇摇头:"就是这个黄宗羲,叶方蔼请了两次不成,后来还是徐元文请来他的弟子万斯同和万言,算是补了缺。万斯同还要求不入史馆,不署衔,不受俸,以布衣入史局。我见过太多要官要钱的,没见过这等离奇要求,这些遗民真不知怎么想的。"

太后哈哈大笑:"见过太多要官要钱的?这就叫入鲍鱼之肆,久而不知其臭。皇帝还是要多入芝兰之室啊,有空多去明史馆走动。"

康熙舀汤奉上:"翰林院人才济济,连小供事都会说一句'周公吐哺,天下归心'儆惕于我。"

"这是你的福气啊。五年前,你气冲冲地拿着《待访录》来找我诉委屈。那时你要是一气之下毁《待访录》,杀著书人,如今博学鸿儒科是无论如何也开不起来啊。"

"您说到了偃武修文、以崇大化的那一天,修史的,必定是那些遗民大儒。皇祖母,我想尽快南巡一次,趁您身体康健,孙儿陪您看一看南中国的浩荡国土,访一访文脉渊薮之地,见一见硕学大儒,再尝尝江南的桃花流水鳜鱼肥。"

"中华地大物博,蘖牙其间。读万卷书,行万里路,你一定要好好去看看,用脚步和心丈量这个国家。"太后喝了一口汤,"我不必兴师动众搅扰民生了。一俟藩乱彻底平息,收复台湾亟待提上日程,南巡的事我看还是暂时放一放,过几年再议吧。"

饭后康熙扶皇祖母在长廊踱步。长廊花木扶疏,丁香、紫藤、蔷薇争相盛开,鸟雀在廊顶忙碌地蹦来跳去。康熙兴致勃勃地摘花,说前些天送给皇祖母的青白瓷花瓶,用来插花最好了。

"三边无警万民安,朝退恭承圣母安。日晏小斋聊隐几,起拈书卷静中看。我读明宣宗朱瞻基的《睡起》,也会想着,有朝一日不用费心三边警事,承欢皇祖母膝下,该多好啊。"

"日长庭院睡初醒,袅袅炉熏一缕清。坐对小山浑咫尺,落花啼鸟总幽情。正因为有永乐在前开疆辟土,仁宗、宣宗方能保境安民,创下仁宣之治。你今日多一分无怠无荒,后世方能国泰民安啊。"

康熙的手被花刺一扎,立刻沁出血,他赶紧吮血,太后笑盈盈地看他,也没有安慰。

"皇祖母说得对,孙儿还没到听闻'落花啼鸟总幽情'的时辰。"

太后拍拍他的手背:"不到万不得已的时候,要宽恕那些忤逆你,甚至是伤害你的人。你是皇帝,福气大于他人,受的伤也必定大于他人,凡事须掂量再三而行之。史笔如铁,一旦写下就改不动了。"

余姚化安山龙虎山堂。黄宗羲写下"天一阁藏书记"六字,却迟迟没有落下正文。此时,距离他登临宁波天一阁已过去六年。

康熙十二年(1673)秋,他站在天一阁前,与这座江南第一藏书楼咫尺相对。"天一生水,地六成之",他的目光穿过氤氲雨意,仿佛看到一百多年前的大明兵部右侍郎范钦,捧着一沓书从阁楼走出来,目光凌厉地打量来者:"天一阁祖制代不分书,书不出阁,更不允许外姓登楼,你还想登楼读书?"

"范先生,藏书的本意在于汇聚天下才智于故纸渝墨,知书达理,若才智仅为一家一姓所得,纵然汗牛充栋左图右史,又有何益?倘若读书人都能自天一阁藏书而受益,岂不如黄山谷先生所说,藏书万卷可教子,遗金满籯常作灾。观水观山皆得妙,更将何物污灵台?"黄宗羲坦然道。

"天一阁建造迄今一百多年安然无恙,正因得益于严苛的藏书制。归震川有言,书之所聚,当有如金宝之气,卿云轮囷覆护其上。若人人皆可登堂入室,如何保全藏书无恙,如何递嬗千载不毁?"范钦仍咄咄逼问。

此话并非没有道理,唯有珍藏方可代代相传。可书只为藏而不读,文以载道何从说起?经世致用岂非失却本真?黄宗羲沉吟着,再一眨眼,范钦消遁不见了。

范光燮匆匆赶来，歉然道："让梨洲先生久等了。"

黄宗羲道："友仲兄，是我比约定时辰提前了。在天一阁多逗留一刻，便多熏出一身书香，岂不更好？"

范光燮是范钦四世孙，学贯五经四子，与兄长范光文研读整理天一阁藏书，在家族中声望甚高。他早已倾慕黄宗羲声望，因此当后者提出希望登临天一阁，他与兄长商议后便欣然答应了。

起初，范氏各房不同意外姓人登楼，理由自是祖制规定。范钦去世前将家产分为两份，一为万两白银及其他家产，一为天一阁藏书楼及附产。长子范大冲选择藏书楼，承诺藏书世代共有，代不分书，书不出阁，阁门和书橱钥匙各房共管，各房集齐后方可开启藏书楼。自此范氏各房恪守祖制，从未违例。

范光燮对族人们说，天一阁之所以成藏书巨擘，得益于祖制藏书有制有法，累世传承有方；然而藏书的真义在于嘉惠学林，经世致用，藏书方能千秋百代振兴不衰。若是连黄宗羲这样的名世大儒都难以登堂入室，藏书有何意义？梨洲先生甬上讲学，倡导"经世致用"，天一阁正是"经世致用"的最好衡量法度。

黄宗羲跨入藏书楼高高的门槛，天一阁特有的芸草香向他徐徐涌来。始建于明嘉靖四十至四十五年（1561—1566）的江南第一民间藏书楼天一阁，第一次向外姓人敞开了深掩的重门。

黄宗羲细阅楼内刻本、善本乃至孤本珍品，并抄录部分流通不广的书目，连连赞叹："友仲兄引我首登天一阁，读到这么多好书，真是生平快慰。只是更多士子未能登临天一阁，实乃有憾，亦是天一阁之憾啊。"

范光燮轻抚书籍，若有所思。

"我曾拜访牧斋先生,住在他的绛云楼翻阅众多藏书。牧斋先生曾与我相约闭门畅读三年,可还没等践约,绛云楼便毁于一炬。当年若有更多人读过绛云楼的书,也不至于令人扼腕痛惜了。"

范光燮道:"梨洲先生,我想打破旧例,做一番尝试。"

"说来听听。"

"我想抄录部分藏书副本,供读书人一睹为快。祖制虽不可违,此法或能稍补士子未能登临天一阁之憾了。"

黄宗羲击节称赏:"那真是读书人的福气。日后我有空暇,还要前来抄录珍稀藏书,望友仲兄成全。"

范光燮连称不胜荣幸。事隔六年他重订天一阁书目,派人请黄宗羲作一篇藏书记,于是他欣然答应了。

"尝叹读书难,藏书尤难,藏之久而不散,则难之难矣……"黄宗羲继续写下去,此生他与书结缘太久太深也太重。

孩提时,母亲姚太夫人抱着他在夏夜的月光地纳凉,轻摇蒲扇,吟咏她作的《咏蒲扇》:"挺出淤泥不染尘,清寒彻骨世无邻。何人采织还成扇,留取遗风披后人","世间物性初无定,百炼刚成绕指柔。何似蕉蒲经织后,能将九夏变三秋。"一句句吟唱与月光浸润了童年黄宗羲的心田,栽下酷爱读书的种子,生成一生的浓荫巨木。

十四岁随父移居京师,他除了熟读通读四书五经应付时文制艺,课余尤好窥群籍,跟父母讨来零钱购置闲杂小说。姚太夫人发现后告诉黄尊素,黄尊素却笑称读杂书亦足以开智慧。这无疑打通了他读书的任督二脉,使他博学广闻,超于常人。

十七岁时父亲遭捕蒙难,生死未卜之际,父亲仍嘱他"学不可不知史事,将架上《献征录》涉略可也",令他拜于友人刘宗周门下。父逝后，其弟子徐石麒前来吊唁，亦教他，"毋亦将兵、农、礼、乐以至天时、地利、人情、物理，凡可以佐庙谟、裨掌故者，随其性之所近，并当一路，以为用世张本。"

半生行来，无论离乱或闲居，忧患或安乐，他无一日不读书、借书、购书、抄书、藏书、著书，足迹遍及钱谦益"绛云楼"、祁氏"澹生堂"、徐乾学"传是楼"、黄氏"千顷斋"、钮氏"世学楼"等江南各大著名藏书楼。

"……读书者一生之精力，埋没敝纸渝墨之中。相寻于寒苦而不足。每见其人有志读书，类有物以败之，故曰：'读书难'……书者造物者之所甚忌也，不特不覆护之，又从而灾害之如此……"他直抒深埋的胸臆。

半生颠沛流离，居无定所，万千藏书屡遭兵燹之灾，老媪拿去盖酱瓿，顽儿偷盗撕玩。康熙元年（1662）二月龙虎山堂遭火灾，五月黄竹浦老宅再遭火灾，"半生濒十死，两火际一年"，大量珍贵书籍遭焚毁，加上风灾雨淋，鼠残蠹啮，雨浥梅蒸，半生心血尽付毁伤。藏书，并不比乱世中保命更容易。

之后他在黄竹浦建"续钞堂"，收藏志史、经济、地理、天文、礼乐、律吕、历算等二十余种书籍，明本、元本乃至宋本，数量巨时达十万余卷，多为绝传之书。他刻有一枚"续钞堂"藏书印，作藏书印文："忠端是始，梨洲是续。贫不忘买，乱不忘携，老不忘读。子子孙孙，鉴我心曲。"

"……故曰：'藏之久而不散，则难之难矣'……"为他人写藏书记，浇自己的心头块垒。最懂读书之喜的是他，最明了藏书之殇的也是他。借由《天一阁藏书记》，他写出了此生与书的悲欣相交。

黄宗羲离开天一阁时没有想到,写《天一阁藏书记》时也没有想到,此后未能再次登临天一阁。更没有想到,百年之后,范氏世孙向清廷呈书六百余种,由此成为世所罕见的集大成之作《四库全书》的重要书源之一。之后清廷仿天一阁在全国建成南三北四七座藏书楼,各藏一部《四库全书》。此属后话。

康熙十八年(1679)秋,黄宗羲带弟子陈夔献赴杭州,祭祀父亲的神位。

"东林七君子"英毅刚烈,备受百姓尊崇,故而江南多处寺庙供有神位。六一泉原址孤山寺,始建于南朝天嘉初年,初名"永福寺"。白居易的"孤山寺北贾亭西,水面初平云脚低"说的便是此寺。宋时和尚于故寺废墟重建寺庙,改名"广化寺"。苏轼任杭州知州时,为纪念故友欧阳修,以其号"六一居士"命名旧址清泉为"六一泉",作泉铭于石壁。崇祯十七年(1644)再次重建,立忠烈祠,黄尊素的神位便祀于其间。

黄宗羲在神位前点燃线香,向父亲告知:"父亲,我明了清廷修史的真相,名为修史,责以续脉华夏文明之重任,实为绾系人心,怀柔遗民士子。自大明天崩地解,士子儒者多隐迹老死岩穴,终身不仕。宗羲亦是抱定了终老林泉之志……"

烟迹飘在半空凝伫不动,仿佛也在聆听。

"只是,我辈若不修史,则正史必让位于野史,二十一史史脉无续。宗羲虽拒征召,终是魂牵梦萦。如今我嘱季野和贞一修史,纵然遭时人讥评后人非议,我亦义不反顾了。父亲,想必您会明了……"

陈夔献愤然道:"季野和贞一为故朝修史,先生何过之有?哪个乱嚼舌头胡说八道，我揍他。"他是黄宗羲的高足，长于经学，为人勇义。宁波甬上证人书院最初在他家开课，黄宗羲讲学遭人非议时，他气得要动手揍人。

黄宗羲摇头："夔献，来年你亦可入京师。为师常说，学问之道，以各人自用得着者为真。你们只管做自己的事，不必为我顾虑。"

"先生……"

"走吧，去南屏山。不知还能否找到苍水公之墓。"

他们在南屏山寻觅很久，才在北麓荔枝峰下找到蓬蒿野径间的一座野墓，墓碑上书"王先生墓"——实为张苍水墓。

"草荒树密路三叉，下马来寻日色斜。顽石鸣呼都作字，冬青憔悴未开花。夜台不敢留真姓，萍梗还来酹晚鸦。牡蛎滩头当日客，茫然隔世数年华。"黄宗羲怆然抚着碑身。

顺治十六年（1659），郑成功和张苍水以二十三万兵力，北伐直取瓜洲和镇口，收复四府三州二十四县近三十座城池，直抵南京。江南父老争相持酒犒师，望义军衣冠涕泪交下，此为大明亡后十五年所未见之盛况。没多久郑成功兵败南京，情势急转直下，张苍水义军腹背受敌大溃败。康熙元年（1662）郑成功退守台湾，后病逝，张苍水隐居象山海岛。康熙三年（1664）七月，张苍水遭叛贼出卖被俘，九月被清军杀害于杭州弼教坊，坦然坐而受刃，临刑前望吴山风光叹道，"大好江山，可惜沦于腥膻"，留《绝命诗》二首，"忠贞自是孤臣事，敢望千秋春史传""日月双悬于氏墓，乾坤半壁岳家祠。"

杭州石和尚收殓了张苍水遗骨，黄宗羲弟子万斯大等遵遗愿将其草葬于南屏山麓，与于谦、岳飞同为西子湖畔的英魂。坊间称"煌言死而明亡"，张苍水逝后，江南抗清大业彻底烟消云散。

黄宗羲作诗《苍水》:"两世雪交私不得,只随众口一闲评。"说的是两家有两世交情,张苍水之父辞官归故里后,曾应黄尊素之邀教过黄宗羲兄弟。

"今公已为千载人物,比之文山,人皆信之。余屈身养母,戋戋自附于晋之处士,未知后之人其许我否也? ……"他低吟《张公墓志铭》。在钦佩故人成为千载人物之余,他也无奈于"屈身养母"而苟活。苟活的他,比慷慨赴死的张苍水要承受更多烈火焚心的煎熬。

面对仍不能以真面目示人的故友荒冢,他恻声道:"苍水公,我让万氏叔侄修史,如同来寻你的荒冢。若不然,如同任由千千万万的你隐姓于荒山,蚀骨于野岭,任由蓬蒿爬满坟茔,最终归于大化,无人知晓,无人说起。苍水公,你会明了我的心……"

第十六章　诏狱对话

康熙十九年（1680），紫禁城左顺门东阁明史馆，修史官们如一只只勤奋的工蚁，营营役役攀爬于浩瀚的书山文海。

严秋毫轻叩史馆西侧一间厢房。里面的人说"请进"，他推门而入，捧上史稿："万先生，这是各府州县的诏谕、奏议、邸报，还有一些家传野史，请先生审勘。"

万氏叔侄俩入京后，万斯同入住徐元文官邸碧山堂，明史馆将史稿初稿送至碧山堂，交由万斯同审阅。传递史稿的差事就落到严秋毫身上，他每隔三五天往返一次，乐此不疲。万言入史局，为明史馆编修，奉七品俸，主修《崇祯长编》，严秋毫又被指为万言杂役，搜集整理崇祯朝史料，故而很快与万氏叔侄相熟。

万言颔首示谢，接过史稿翻阅。正如黄宗羲所说，崇祯朝事阙如甚多，修史维艰，万言不得不长居史馆修史；加之叔侄两人的起居用度开销甚大，他也不能不奉七品俸，这也是黄宗羲允许万言和万斯同

以不同姿态修史的因由。

严秋毫取出一包茶,笑容可掬地奉上:"万先生,有人托我送您的新茶,您尝尝。"

万言的心思在史稿上,漫不经心地应了声。严秋毫泡好茶放在托盘,小心地放在案头。万言仍在读史稿。

严秋毫只得提醒:"万先生,新茶须趁热,太凉就不好喝了。"

万言端起茶碗就喝,赞许道:"好茶,好口味,与余姚瀑布茶何其相似。"他又喝了口,察看茶汤,"莫非真是余姚瀑布茶?"

严秋毫憨笑:"我去碧山堂送史稿,贡士陈夔献先生来看望大万先生,让我捎茶叶于您。"他叫万言为万先生,万斯同为大万先生。

本年陈夔献应黄宗羲之嘱来到京师,徐乾学以渊儒硕学待之,在徐府教授其子弟,有时会到碧山堂看望万斯同。师兄弟异乡相聚自是甚欢。万言入史馆,故而少与他们聚首。

"原来是夔献兄送的,这就对了,必是余姚瀑布茶。"万言欣喜,"来,再帮我冲上一泡。"

严秋毫殷勤地倒上热水。万言啧啧赞许:"好茶好茶。梨洲先生有余姚瀑布茶诗,'炒青已到更阑后,犹试新分瀑布泉',我以前在先生家喝过,甚觉鲜美。这两天我得给先生写信,说说近况⋯⋯"

"梨洲先生乃当今硕儒,为何不来史馆修史?"严秋毫问道。

万言看了看这个有点饶舌的小供事,笑道:"你既知梨洲先生是当今硕儒,也该知他为人。我们入京修史,已是先生对朝廷的最大让步了。"

"这么说,梨洲先生不会来京师,不会来史馆了?"

"正是。咦,先生来不来史馆,与你何干?"万言不解。

"我,我仰慕先生大名多年,早就想亲耳聆听教诲,可惜了。万先生您忙。"严秋毫退出去,怕万言起疑追问。

这类旁敲侧击式的疑问,他在万斯同那边也用了两次,后者同样说梨洲先生不会来史馆,且此生绝不会来北地。他怕问多了引人疑心,再则万斯同整日审阅史稿,不好多搅扰,便不敢再问。

万斯同每次审阅史稿,都会写上字条,说某书某卷某页遗漏了某事,应补入;某书某卷某页某事有误,如何修正。严秋毫把史稿拿回史馆,纂修官一校对,无一谬误。史馆上下无不惊叹,说万斯同虽无总裁之名,却有总裁之实。

借助黄宗羲接近康熙这条路不可能了。严秋毫也心知肚明,这条路本就有太多变数,能依靠的只有自己了。

他早做好了另一手准备。他没有资格入皇宫大内,但凭借史馆的书籍、史料、舆图、档案、奏报等,早把紫禁城摸得门儿清,闭眼都能画出禁城四门、内廷各殿、花园亭榭等方位。且因修史所需,全国各府州县送来大量史籍,其中夹杂不少历代刺杀皇帝的正野史,他读得倒背如流了。好几回他梦到自己成功了。康熙胸口中刀,鲜血从金黄的皇袍淌出来,捂着胸口道:"你到底是何人?""我乃当年湖州明史案漏网之鱼庄秋毫,为明史案冤死者报仇,为我父母亲人雪恨。"他扬眉吐气地大笑……往往就笑醒了。

梦终究是梦,他再熟悉禁苑的每一间宫殿,再通晓刺杀皇帝的种种手法,用不到实处也是徒然。就像很多年前有人告诉过他一句话,"以各人自用得着者为真"……若是梨洲先生在就好了,他可以问问——刺杀康熙,到底该不该?可不可以?

当然最稳妥最可靠的是——康熙送上门。《世祖实录》清楚地

记载,"上幸内院,阅通鉴,至唐武则天事","上幸内院,览诸奏章及万历时史书","上幸内院,阅部中奏疏及翻译五经","上幸内院览明史","入内三院御览明史纂修进展"……

"他会来,一定会来,一定会有这一天。"他坚定地告诉自己。

正胡乱寻思着,馆外有人喊"严供事,王供事,张供事……"他放下笔跑出去。原来又送来一批史籍,来自江苏一名老士绅家。老士绅原本不肯,说一入史馆书籍就石沉大海。史籍本就用于修史,要是闹出人命上了史书,说出去也丢人,地方官不敢动粗,好言相慰说抄好便送归,不会毁损一字一纸。老士绅只得涕泪满面地交出史籍。

一批小供事按人头分派加紧抄书,每日忙得两头黑。史馆严禁晚间点灯,以防失火。

这天散班后众人陆续离开。严秋毫手头还有五六页,便借着窗口余光抄写。叶方蔼出来见他还兢兢业业,嘱他不用急于求成,严秋毫答应就快完工了。

不知过了多久,一个朗声响起:"馆内可有董其昌的《昼锦堂记》,或《方圆庵记枯树赋》?"

严秋毫手一抖笔一歪,弄污了纸。他冲来人嚷道:"乱闯史馆,还讨要什么书,你……"他的笔落在纸上,顿出浓浓一笔。

一身常服的康熙昂然负手看他,嘴角似笑非笑。

当日康熙批累了奏章,想练习董其昌的《昼锦堂记》,结果找不着了,不知落在哪个妃子的寝宫,对小喜子发了一通无名火,独自来史馆找书,小喜子跟了一段,被他骂走。到得左顺门东阁明史馆门口,才记起史馆此时已散班,门还虚掩着。守门校尉见皇上驾临,慌了神。康熙让他不必惊动人,径直进入。

康熙认出他:"怎么,你还在抄书?"

严秋毫跪下:"请皇上恕罪,小的有眼无珠……"

"行了,你有眼无珠又不是第一回了。找找有没有董其昌的书法集。"康熙靠在书架间翻书。

严秋毫跑向摆放书法集的书架,很快找到康熙要的两册书法,又多拿了《骨董十三说》《行书岳阳楼记》,想必能讨得他欢心。

"皇上,董先生的书法集找到了。"

"拿来。"康熙清朗的声音从另一头传来。

严秋毫应了声,回到书桌边逗留片刻,朝那个方向走去,不可抑制的微笑从他的嘴角悄悄溢出。康熙津津有味地翻书,边读边频频点头。屋里越来越暗,他怎么还能看清字呢?严秋毫想。

从他这边到康熙那边,是一条狭小的书架通道,两侧是黄花梨品字三层栏杆架格。他们之间距离约莫十丈,他走二十余步就能把书呈交皇帝。此刻,他脚下的通道浩瀚无比,有如漫无边际的荒原,他是一匹孤独的山羊,迈向荒原尽头不可测的命运。

康熙在读一册野史小品。他一向不读这类书,南书房也不会收藏,偶尔读来颇觉有趣,便靠着书架读得出神,不时窃笑。

"朕给你讲个笑话。"

严秋毫一愣,放慢脚步,他要讲笑话给自己听?

"一座殿堂里有三圣塑像,依次为儒教圣像、佛教圣像、道教圣像。道士见了,将老君移到中位;和尚见了,将释迦移到中位;读书人见了,又将孔子移到中位。如此移来移去,一天也分不出主次。三位圣人叹道:我们原本好端端的,却被这些愚人移来移去,实在累坏了。哈哈哈,有趣,有趣得紧。"

康熙靠在书架大笑,又戏谑道:"严供事,你会把哪一尊圣像放在中位呢?"

"我会……"

一个细微的异样声响起,"吱——吱吱,吱——"严秋毫朝四周一看,什么也没有发生,随即看向康熙背靠的书架,眼神一悚。

紫禁城及一应物品皆源于前明,明史馆也不例外,这些黄花梨或檀木书架不知用了多少年,虽则昂贵,年久自然也会朽坏。此时,康熙身后的书架被他一靠,摇摇晃晃倾斜下来,沉迷于读书之乐的康熙浑然不觉。这排书架摆放了砖头厚的上百册史籍,加之木架高大沉重,足以将一具血肉之躯砸得非死即伤,哪怕这是一具万金之躯。

"天赐良机。砸死他,活活砸死他!"他心里一个声音说。

"救他,快救他!"另一个声音说。

"借天助之力灭掉这条沾满大明子民鲜血的恶龙,岂不更好?!"

"他也是一条命,你眼睁睁看他死在眼前?你还算是人吗?!"

无数声音在他心底激烈碰撞,令他的脑袋一点点涨大。

此时的康熙也察觉到不对劲,先是看到面色惊恐的小供事朝他奔来,接着发现头顶上方的倾覆之危,他一时蒙了。弹指之间,一个身影如一道闪电朝他袭来。康熙只觉肋骨一阵尖锐剧痛,扑倒在地,下巴重重磕在冰凉的地面,背后如同压上一座大山。

两个月后的乾清宫寝宫,康熙对着一面西洋镜子细细察看,下巴有一小块淡褐色的疤痕,虽不刺眼,到底又给这张原本有痘印的脸增添了不雅之观。

他恼怒地呼出一口气,肋骨又阵阵作痛。明史馆小供事跟自己到底有何深仇大恨，以至于甘犯诛九族之险行刺？又为何在致命一瞬扑上来救了自己？此人是疯癫痴狂还是吃错了药？

那天康熙和严秋毫被砸在书架下，闻声赶来的史馆校尉和不放心皇上外出而赶至的小喜子吓得半死。众人搬开沉重的书架书籍，发现严秋毫趴在皇上背后，皇上趴在地上。他们搬开严秋毫，小心翼翼地扶起皇上，康熙满脸是血，下巴挫起一块皮肉，更要命的是一把裁纸刀刺在他肋骨间，鲜血渗透了石青色织金妆花缎彩云团龙纹褂常服。

现场只有两人，凶手毫无疑问就是小供事。所幸皇上未伤及骨头，算上前次遇刺，康熙在两年内遭遇了两次行刺。

案发查实，严秋毫由满人提调官多吉引荐，更可恶的是多吉还贪了他的部分俸禄，遂将多吉削职下狱。严秋毫遭一顿暴打后，坦然承认自己反清复明，无人指使也没有同党，倒也没有诬赖多吉。这个理由太正常，没有任何疑点。

康熙更为纳闷，一个小民混进翰林院潜伏数年要刺杀自己，结果在致命关头又救了自己，到底图什么？他的好奇战胜了愤怒，便吩咐暂时不要处死刺客。

叶方蔼和徐元文跪地认罪，说他们察人不力，竟然让一名刺客在翰林院和明史馆潜伏这么久，实是罪无可恕，恳请皇上严惩。康熙压着怒火问书架怎么回事，叶方蔼说书架确实年久朽坏了，也是臣渎职之过。康熙回想自己当时确实靠着书架读书，所以书架倒下来并非全是小供事的错。可他为什么要刺杀自己又救了自己呢？

处死一个人太容易了，但不能让他死得痛痛快快，自己更不能被刺得糊里糊涂……康熙在殿内踱来踱去，不防一脚踹在立柱上，他

恼火地抬头,见到柱上对联,"表正万邦,慎厥身修思永;弘敷五典,无轻民事惟难"。这是他刚入住乾清宫时书写的自勉联。他盯着下联最后六字,多年来他一直提醒自己:不要轻松地认为老百姓的事是很容易处置的⋯⋯

"皇上,奴才炖的人参银耳莲子黄芪粥。"小喜子端来热粥。

康熙喝了几口,小喜子等着夸奖。康熙摸摸肋骨,恨恨地骂该死的,小喜子一慌。

"去,找那个该死的小供事算账。"康熙放下粥碗气狠狠道。

"皇上您还未痊愈⋯⋯"

"废话,朕在木兰围场打猎时摔摔打打多少回了,这点伤算什么。"

"皇上,诏狱那地方实在腌臜啊。"小喜子心里把那该死的小供事骂了十来遍,要不是他,皇上这会儿正夸他煮的粥好喝呢。

严秋毫像乱草一样堆在诏狱牢房的角落。

他用康熙通宝杀死过三只偷食的老鼠,一只吵闹的麻雀,在街上掷伤过一个仗势欺人的纨绔子弟,此外没有伤过人或物。从他拿起裁纸刀冲向康熙的一瞬 —— 他没用铜钱 —— 就知道自己踏上了一条不归路。这么多年的忍辱负重,终于到了解脱的一刻。他像山羊一样轻盈奔跑,内心欢畅无比。

然而他没有想到的是 —— 刺杀康熙与拯救康熙发生在同一瞬。

那一瞬他分不清"杀"在前,还是"救"在前,就像大火燃烧时,烟与火同发,就像心痛时,血与泪齐泻。或者说,他来不及理清杀人与救人的细微差别,只能凭心而为。

当大内侍卫的棍棒朝他密集泼来,他绝望地长叹 —— 太不值了,没有杀死康熙。他没有死,浑身血淋淋地被扔进牢房,此后没有再遭受严刑拷打,医士还进来为他疗伤,用幸灾乐祸的口吻说,他很快会被千刀万剐或五马分尸,总之会死得很惨。

严秋毫蜷缩了下,继续寻思从正史野史中了解到的各种死法,凌迟、斩首、炮烙、剜目、刨心、剥皮、抽肠、腰斩、车裂、宫刑……他琢磨着千奇百怪的死法,告诉自己早点做好准备,如此死的时候不会怕得要死。想着想着他禁不住哆嗦,一哆嗦就尿急,一急身上还未愈合的伤口又剧疼,他想再憋一会儿,每回撒尿都是一场磨难。

牢房的铁栅栏铛铛铛响起,他懒得抬眼,继续蜷缩如龟。

"人犯严秋毫,快快起身。"一个尖细的公鸭嗓子声传来。

他启开眼缝,门外站着两个人,一个戴瓜皮帽,着白色背心褂,看似小厮,另一个着黑色连帽大氅,从头到脚遮得严严实实,看不清脸面。难道黑白无常来索命了?他稍稍动了下,全身很疼,还没死。狱卒也不是这等模样,他们是什么人?

小厮搬来一条凳,殷勤地用袖子擦了擦。黑色连帽大氅施施然坐下,离铁栅栏半丈。严秋毫又好气又好笑,既然这么怕还来干啥?

"我们奉皇命前来提审,你必须老老实实交代,不得欺瞒,否则杀无赦。"小厮扯着公鸭嗓子气势汹汹地说。

"你为何刺杀皇上?"黑色大氅的声音有点模糊,像捏着嗓子。

"山河奄有中华地,日月重开大宋天。"严秋毫理直气壮。

"如今不也是大清天下?"那人不以为然地轻笑。

严秋毫很恨他的笑,既然难逃一死,何不死得慷慨激昂一些?像阎应元、史可法、张苍水,像冯龙师叔、高堂师傅那样悲壮而磊落地死去。

他从草铺上挣扎起身,靠墙坐着,一字一句道:"扬州十日,嘉定三屠,江阴八十一天,清廷的天下,铺天盖地都是我大明的血。"

"说下去。"那人遮着帽,一点也看不出脸上神情。

"八十日带发效忠,表太祖十七朝人物。十万人同心死义,留大明三百里江山。江阴典史阎应元殉节前,沾着自己的血,把这诗写在门壁。我大明俱是磊落英魂。"严秋毫的声音发颤。

"他们若是顺命,说不定也免了祸患。"那人说。

"你们一律屠戮,无分老幼,顺命逆命有什么不一样?反清复明是你们逼出来的!"严秋毫越说声音越响,唾沫星子都溅了出来。

白衣小厮喝道:"大胆人犯,敢这样对我家主子说话?你有几颗脑袋可掉?"

那人怒道:"那时朕……皇上不过七八岁,与他何干?"

严秋毫一直竖着耳朵,辨认对方的声音腔调,此刻他确认了心中的猜测,果然是他——他亲自来诏狱与自己对质了。如此甚好,彼此心知肚明,他明明白白遇刺,自己也圆圆满满而死。

"那时我也不过十余岁,我又有什么错?"

"你!"那人气得要掀掉大氅,小厮赶紧替他掖了掖。

"只因我们不肯剃掉头发,不肯脱下华夏衣裳,你们便留头不留发,留发不留头,鬼蜮不过如此,修罗场不过如此,十八层地狱不过如此。我们到底有什么错?"

"大清入关七大恨!前明无故杀太祖之祖和父。太祖之祖和父,未尝损明边一草寸土,明无端起衅边陲,害太祖之祖和父,此恨一也……"

"你们的恩恩怨怨与小民有何干系?你不是想知道我刺杀皇帝

的缘由吗？听着……"严秋毫换了个坐姿，开始冗长的讲述。

小喜子的耳朵快起茧了，恨不得捂住严秋毫唠叨的嘴。他瞥了眼皇上，康熙依然听得饶有兴致。

"……我活在世上唯一的目的，就是为湖州庄家报仇，为我冤死的亲人报仇。我庄秋毫赤条条一个，无九族可诛，就算诛十族，我也只认得那个贪婪的提调官多吉，当然他是满人，死了也活该。现在说完了，要杀要剐随你们。你们的屠刀沾的血够多了，不在乎再多沾一个人的。"严秋毫朗声大笑，觉得自己的英勇气势绝不输抗清义士半分。

康熙啪啪鼓掌："好好好。"

这等惨烈事，他竟然拍手称好？严秋毫使劲憋住快要冲口而出的詈骂。

"说得好，湖州明史案我是知道的，倒是没有听当事人从头到尾说起过。此案事发顺治十八年，过去快二十年了，冤也罢，不冤也罢，于今时今日了无要义。"

"难道庄家人都白死了吗？如今朝廷重修《明史》，庄家岂不是早在做一桩大好事？就算书中有碍语，何至于牵连那么多无辜者？"

"南书房用铜钱行刺的也是你吧？"康熙突地发问。

严秋毫不防这一问，没有否认，便也算是默认了。

小喜子跳起来，原来是他害自己半个月不能伺候皇上："原来是你这个混蛋！你两次行刺皇上，这回死定了。"他嘴上骂骂咧咧，心里挺高兴，那回替皇上受罪后，皇上赏了一串南珠手串以示慰藉。"宫禁森严，你怎么进入大内的，是不是有同党接应？"

"所谓百密一疏,再森严的宫禁也有疏漏。我早发现西华门有一扇小门,原先是塌墙,后来成了隐蔽小门,常见一些太监宫女进出,买香粉吃食什么的。篱笆扎得紧,野狗钻不进,这怪不得我了。"

"粗俗。"康熙有点尴尬,冷笑道,"可惜了一个拿笔的人沦为鸡鸣狗盗之徒,竟然用暗器伤人。真看不出你还有这等本事。"

"过奖,我无非是万千反清复明义士之一。"他傲然道。

"你可知前明是如何亡国的?你可知你们口口声声要光复的晚明,是一个何等天昏地暗、腐朽不堪的朝廷?"康熙厉声道。

严秋毫不以为然地睨视对方。

"崇祯二年,国库匮空,崇祯为节俭几十万两银子,裁撤全国驿站,致使全国成千上万名驿卒失业,其中一个驿卒叫李自成,走投无路而被迫谋反。边关将官克扣军饷更是比比皆是,边兵还要自带干粮,挨饿受冻。如此刻薄寡恩,还有谁会忠心守国门?

"江山社稷危如累卵,明室皇亲照旧贪婪成性。宗室楚王、蜀王坐拥金山银山,不肯为朝廷捐一文钱,结果城破亡命,钱财尽入闯贼囊中;户部饷银不足,多次恳请崇祯动用内帑,崇祯哭穷称帑藏如洗。京师城破前,大臣们再次恳请说国家快亡了,皇上还吝惜身外物吗,崇祯仍舍不得掏一文钱。紫禁城破,李自成缴获内帑白银三千七百万两,黄金一百五十万两。"

"不可信,不可信,这都是坊间野史……"严秋毫摇头否认。

"名将袁崇焕忠心报国,一将当关万夫莫开。崇祯二年,我们略施反间计,疑心病极重的崇祯就将他凌迟处死,自断经脉终遭无将可用;崇祯十五年,崇祯授意兵部尚书陈新甲与大清议和,事情泄露推诿罪责,将陈新甲处死;崇祯在位十七年,换了十九任首辅,杀了七位兵部尚书,死于非命的大臣更是数不胜数;临死前还说什么'朕非亡国之君,诸臣皆是亡国之臣',亏他说得出口。

"君王死社稷?呵呵,崇祯为人喜怒无常,疑神疑鬼,刚愎自用,在朝国事日非,政局日坏,遍地饿殍,连闯贼起兵檄文都称他'昏主不仁,宠宦官,重科第,贪税敛,重刑罚'。临死前罪己诏称'任贼分裂朕尸,勿伤百姓一人',也不过是最后的体面说辞而已。如此为人不诚、为民不义、为君不仁、为天下无担当的大明皇帝,真值得一批批所谓反清复明义士为其死不足惜吗?"

严秋毫痛苦地捂住耳朵:"别说了,别说了……"

"前明覆亡,实是历代皇帝不治而积重难返。正德耽于声色犬马之乐,嘉靖沉于炼丹荒废国事,万历更是创下三十年'不郊、不庙、不朝、不见、不批、不讲'之古今奇观,崇祯虽则勤政堪比明太祖,也无力挽泰山于将崩……"

"不要说了,不要说了……"

"大清入关,实为荡平李自成、张献忠之流寇,为前明报君父之仇。只是流寇终难成气候,大清为苍生计,才定鼎乾坤。退一万步说,就算没有满人,也会有人收拾前明旧江山,国乱岁凶,怪不得四方扰攘。难道你们宁愿那个不仁昏主统御这一片破江山吗?难道你们没有看到满人治国以来,天下越来越承平了吗?"

一连串诘问,令严秋毫理亏气短、无地自容,自己刺杀皇帝的壮举,在他嘴里转眼成了一桩卑劣勾当。自己不是侠客,不是英雄,不是反清义士,只是一名鸡鸣狗盗之徒——他明知皇帝读的书比他多、写的字比他好、能说会道擅长诡驳,尤其说什么大清为前明"报君父之仇",简直无耻之尤,却一时也找不着有力的反诘说辞……

突然间他福至心灵,冲口而出:"天下为主,君为客!"

"嗯?"康熙怔愣。

"天下为主,君为客。天下之治乱,不在一姓之兴亡,而在万民之忧乐。天下是天下人的天下,是百姓的天下,不是一姓之天下,百姓才是天下的主人,皇帝只是一个客人,客人来来去去,终有一天会走的,会换的。"严秋毫声音高亢,眼睛也不眨,身子也不抖。

"大胆人犯!"小喜子吓得大叫。

十来名大内侍卫像从墙壁里钻出来,即刻现身,团团护住康熙,钢刀从四面八方对准严秋毫。

康熙冷冷地问:"这些话你从哪儿听来的?说这话的人是谁?"

严秋毫顿时后悔,死死咬住舌头,打定主意,就算被凌迟处死也不吐露半句。

康熙忽地朗声道:"古者以天下为主,君为客。凡君之所毕世而经营者,为天下也。今也以君为主,天下为客,凡天下之无地而得安宁者,为君也……"

严秋毫震惊,要么自己听错了,要么康熙被人下了蛊,要么这是一场离奇古怪的噩梦……

"江南大儒黄宗羲的《待访录》,我背得不差吧?"

严秋毫不由点头,随即脑袋轰然炸响,不打自招,这不是把黄宗羲牵连进来了吗?他懊恼得要咬碎舌头。

"我几年前就读过《待访录》,获益匪浅。你读懂几成?"康熙的口吻如同与同好探讨学问。

严秋毫羞愧地缄默,他印象最深的就是那几句。若不是康熙说出"天下越来越承平了"这等鬼话,他早忘了《待访录》,那书如今也不知落在谁的手上。若是黄宗羲被牵连，万斯同、万言也会获罪，自己的罪孽就大了去了……

"你真是白拿史馆俸禄，书都读哪儿去了？"小喜子插嘴，"《待访录》成书于十多年前，黄宗羲说向后二十年交入'大壮'，这岂不就是指当今皇上的治下即是大壮盛世之时？'持此书以遇明主'，皇上熟读此书，深以为然，令不得将《待访录》列入禁书，岂不就是指皇上即是明主？皇上若因书中碍语而禁书、毁书，祸及黄宗羲，岂非真成了书中所说的'为天下之大害者，君而已'？皇上就是皇上，是英明睿智、宽怀仁厚的当今皇上，不是前明不仁昏主崇祯。"

康熙有时读《待访录》给小喜子听，他也耳熟能详，能道个一二，再加上他的拍马功夫，既给了康熙颜面，也给了严秋毫解脱，更将黄宗羲的"罪责"洗成了"先见之明"。

严秋毫越发难以置信，难道黄宗羲写《待访录》真是这个意思吗？康熙不但不治他的罪，听起来还非常赏识他？看来黄宗羲不会被牵连了，接下来他会如何处置自己呢？

康熙紧了紧黑色连帽大氅，朝外走去，幽深的诏狱长廊回荡着他极有穿透力的高声："史笔如铁，一切留待史家笔墨吧。"

严秋毫攀着铁栅栏，声嘶力竭地喊："天下财赋泰半出江南，江南供养了大半个中国，也承受了太多苦难，你要善待天下子民，尤其要善待江南子民啊，有空南巡一趟看看吧。有江南好山河，才会有江南大儒。"他咽了咽发干的喉咙，继续喊道，"还有，要把有人心的圣像放在中位。"

康熙伫立片刻，大步迈向黑幽幽的诏狱通道出口。

一个古怪凄厉的号叫突从幽暗处传来："日月天下，大明江山，康

熙小子,明日给太子爷来一顿断头饭,要有酒有肉,哈哈哈。"

康熙道:"那个在陕西凤翔作乱,被抚远大将军图海捕获的假朱三太子杨起隆吗?"

诏狱官道:"正是,奉皇上谕旨,明日午时三刻处斩。"

康熙冷冷一笑,大步走出诏狱。

王士元拿着放大镜,仔细阅读一张张皱巴巴的黄皮京报和各类告示,这是他之前嘱在京师做生意的邻居捎来的。

邻居疑惑地说这些邸报告示早就过期,还有啥看头。王士元说有用有用,掏出十几枚铜钱给他,邻居乐颠颠地走了。

邸报说:二月初五日,六阿哥诞生,赐名爱新觉罗·胤祚;四月,学士张英等供奉内廷,日备顾问,下部优恤,高士奇、杜讷均授翰林官……平"三藩"之乱迄今七年,初告大捷,五月十三日,帝在养心殿大宴百官……五月,郑成功部水师朱天贵率部二万余人、船三百余艘献铜山降清,台湾沿海诸岛复归大清……六月,扬州城一只公鸡连下三只蛋,徽州一寡妇独居五年生下龙凤胎……七月淮水大涨,溃堤决城,泗州城淹没,官署遂迁至盱眙城……

他终于从一纸残破的告示中看到一则消息——陕西汉中、兴安一带有"朱三太子"起兵抗清,被抚远大将军图海在陕西凤翔捕获,遂槛送京师,诛之。

其他邸报告示有说"朱三太子"者,有说"杨起隆"者,语焉不详,模棱两可。王士元反复细读,确认了两桩事——"三藩"之乱即将告捷,又一个"朱三太子"被杀了。胡英娘进来送茶。

王士元跟她说后,叹道:"朱三太子已死,我们可以安生一段时日了。顺治、康熙两朝四祭明陵，承诺善待大明后裔，终究还是处死了朱三太子。"

胡英娘柔声说："相公，天下已没有朱三太子了。我们还是早日举家搬迁，以避不测风云。"

王士元愧疚地说："英娘，你嫁我未有半分安乐，却要承受如此苦难忧患，我实在有愧于你啊。"他看一眼书桌上日渐堆高的书稿："大明唐寅唐伯虎有诗，'花落花开总属春，开时休羡落时嗔。好知青草骷髅冢，就是红楼掩面人'，今后还能凄凉到哪里去呢？"

第十七章　前朝的悲歌

康熙十九年(1680),黄竹浦,竹林萧萧,村静人闲。

黄宗羲对千里迢迢自京城而来的客人笑道:"果亭先生,还是江南的水沏江南的茶更好喝吧?"

明史馆纂修徐秉义,字彦和,号果亭,徐元文之兄。他喝了口茶汤笑道:"炒青已到更阑后,犹试新分瀑布泉。喝梨洲先生亲炒的茗茶,诵梨洲先生作的茶诗,不啻人生一大快事啊。"

两人大笑,黄宅里响起很久未曾如此欣然的笑声。

聊了一会儿闲题,徐秉义言归正传:"皇上说,他南巡必然兴师动众,这也非先生所愿。若不然,他要远赴浙东亲自请您入京。"

"他想学汉光武帝,我年逾古稀羸弱多病,无力学子陵远走他乡,还是让我老死故里吧。"黄宗羲捶打着腿脚,丑话说在前头,"近来腿脚越来越不利索,常言道,人老先老腿,我连去龙虎山堂都吃力了。"

"梨洲先生,史馆的理学、心学之争已愈演愈烈,大有水火不容之势。季野先生修史有方，却也难解学术纷争啊。"徐秉义此次除了奉皇命再次敦请黄宗羲，更有这一桩不得不说的要紧事。

《明史》修史体例拟仿《宋史》，引发了《道学传》与《儒林传》之争，进而引发"程朱理学"与"刘王心学"之争。

早在万氏叔侄入馆前，史官之间便暗暗开始了学术之争，其中当以理学弟子张烈与王学弟子、越中证人书院弟子毛奇龄之间的纷争最甚。张烈原出自王学，后贬阳明心学，称"破坏程朱之规矩，蹂躏圣贤之门庭"，王阳明不可入《儒林传》。他极崇程朱理学，认为宋朝理学才称得上"道学"，明代程朱学者无一相配，故而不能立《道学传》；毛奇龄则认为程朱为异端，"道学"不入流，也无须列《道学传》，阳明为"圣学"，可入《儒林传》。于是理学、心学之争，渐次扩散为大辩难，朝野学士间纷争四起，眼下对蕺山弟子黄宗羲的学问也产生了质疑。

黄宗羲道："康熙持何立场？"

徐秉义道："自元明以来，官方以程朱理学为正统。民间以刘王心学，尤以阳明心学为大宗。"他愤然："张烈称阳明心学虚浮飘荡，阳明一出，而尽变天下之学术，尽坏天下之人心，几乎是酿成明亡的祸端，还宣称天下之道不容有二。皇上倾向于程朱理学，史官们揣摩圣意，自然也不言而喻了。"

黄宗羲看着手中的茶杯，茶叶沉在杯底，茶汤沁出碧绿汤色，他喝了一口茶道："果亭先生，你可留意到茶叶的泡法？"

徐秉义疑惑，梨洲先生何以说茶？他千里迢迢跑来浙东余姚小村，可不是真的跟这位大儒探讨"犹试新分瀑布茶"的。

"好茶须等茶叶舒展沉淀后饮用才是高妙。著书立说亦如此，落定方可品鉴评议。"

徐秉义暗想到底是大儒,大有阳明子"岩中花树"借喻之妙。

"《宋史》立《道学传》本就是一大弊端,《明史》不可再续其弊。至于学术之争,我在《明儒学案》中载有蕺山先生师说,阳明先生'震霆启寐,烈耀破迷,自孔、孟以来,未有若此之深切著明者也',可谓一语中的。有明学术,自陈白沙开其端,至王阳明而始大明。若没有阳明心学,则学脉中绝;若没有蕺山之学,则流弊充塞。海内学者儒家,皆因阳明心学乃至浙东学派而泽被,如今却忘了泽被之功,只挑剔其流弊。王阳明不可入《儒林传》之论,更是大谬而不当。"

"朱彝尊先生也以为,儒林足以包道学,道学不可以统儒林。"徐秉义恳切地说,"先生还是考虑赴京吧,有您坐镇史局,史臣们举笔不可不慎重。倘若史书确立理学正统,阳明心学、浙东学派或有学脉中绝之危啊。"

黄宗羲眉峰耸立,神色凝重。派遣万氏叔侄赴京已是他最大的让步。倘若自己应诏,无疑触及多年来艰难维持的遗民底线;倘若拒之,确实有徐秉义所说的学脉中绝之危。两相权衡,孰轻孰重?

黄百家进来,请父亲和徐秉义用午膳。

徐秉义对黄百家道:"末史先生,自梨洲先生拒博学鸿儒之征,朝廷一直引以为憾。公肃弟以为,或可礼聘先生修《明史》,故皇上下旨令浙江督抚以礼敦请先生。秉义此次前来,一则奉兄弟之意,再则请先生入馆调停学术纷争,以便早日定下修史体例。"

他说的公肃弟即是明史馆总裁徐元文,前次徐元文迂回延请万氏叔侄入京修史,但总觉缺憾,又请与黄宗羲有海昌听课之谊的兄长徐秉义前来说情。

黄百家说:"父亲年事已高,还请不要为难我们了。"

黄宗羲道:"我已写信给浙江巡抚李本晟、藩司李士祯、总督施维翰说明情由,果亭先生不必为难了。朝廷若要借书抄书,也方便。"

徐秉义只得称是。饭桌上有水煮笋、小溪鱼、清蒸鲻鱼,黄百家说鱼是他捕来的,菜是他烹饪的。

"耒史先生会武功,专学问,更兼举炊,真是不可多得的人才。"徐秉义叹道。

"果亭先生,这道清蒸姚江鲻鱼极鲜美,你难得品尝,来来。"黄宗羲指指桌上的菜。

黄百家接上话头:"我余姚乡贤、明谢迁谢阁老写过一首诗。我家旧住东海滨,盘餐市远惟鲜鳞。腐儒粗粝自安分,筵前不慕罗绮珍。果亭先生,吃鱼吃鱼。"

鲻鱼果然鲜美,黄氏父子做这道菜,吟谢阁老的诗,真是意味深长。

徐秉义又计上心头:"耒史先生可否代梨洲先生赴京修史?"

黄宗羲和黄百家不由一愣。

"耒史先生幼承庭训,博览群籍,研习天文、历法、数学,经史学问深厚。古有木兰代父从军,若耒史先生代父修史,也不失为一桩千古佳话啊。"

"父亲年七十余一,身边不能缺人照料。"黄百家忙推辞。

"耒史先生孝心可嘉,修《明史》何尝不是尽故国之忠孝?如此说来,忠孝两全也并非难事啊。"

黄宗羲道:"江湖悠悠隔霄汉,从今取足鱼羹饭。百家可先至藩署校史,赴京之事日后再议。"

返京后徐秉义立刻向康熙禀报。康熙憾叹,这位浙东大儒果然有其乡贤遗风,就算自己学汉光武帝亲赴敦请,只怕他心一横也会学严子陵跑去富春江钓鱼。

"徐秉义,拟旨。"康熙摸着青茬茬的下巴道,"黄宗羲的论著藏书,凡有助于《明史》修撰的,着令浙江地方官抄录交付史馆。史馆若有疑问,须千里传书征询梨洲先生意见。"说到这里,他眉头一颦眼神流转,似乎想到什么。

徐秉义一边拟旨一边耐心等候上意。

"加派一名小书吏远赴余姚,向黄宗羲当面求教订正,方可落笔史书。同时负荷照顾老先生之责。"康熙加重了语气。

徐秉义心头疑虑。千里传书自然应当,他跟黄宗羲说好了,黄宗羲也应承会复函释疑。再派个小书吏千里迢迢南下余姚,岂非多此一举?难不成怕黄宗羲敷衍了事而派人去监看?

"皇上,我会亲选史馆得力书吏赴余姚。"徐秉义恭答。

"不,我自有人选。"康熙笃然道。

这等连芝麻绿豆也算不上的小事,皇上竟然要亲自选定,也管得太细了吧?徐秉义以为自己听错了,不由疑惑地看向皇上。

康熙抚须微笑,目光穿过南书房的大门,望向重檐遮蔽的天空,眼睛里有一丝他怎么也看不透的得意诡秘的神色。

浙江督抚接旨后,延请黄百家至浙江藩署校勘史料,配备数十名胥吏抄录黄宗羲的论著和藏书。不久徐元文再来信,恳请派黄百家赴京修史,黄宗羲回函道:"昔闻首阳二老托孤于尚父,遂得三年食薇,颜色不坏;今我遣子从公,可以置我矣。"他以伯夷叔齐首阳采薇的典故,指已派儿子和弟子参与修史,朝廷则可以放过自己了。

244

黄百家兢兢业业校勘史料数年，直至康熙二十六年（1687）方才进京参与《明史》编撰。此属后话。

徐秉义说的《道学传》与《儒林传》之争，成了黄宗羲的挂虑。不久有消息传来，理学弟子陆泷其称："人师有两种，有兴起之师，有成德之师。若蕺山者，以为兴起之师则可，以为成德之师则不可。"意指蕺山先生刘宗周不可成"成德之师"。

黄宗羲把追念母亲的文章《移史馆先妣姚太夫人事略》，追念师兄弟章格庵、熊汝霖的《移史馆吏部左侍郎章格庵先生行状》和《移史馆熊公雨殷行状》两文，先后寄给明史馆，并提议，"《宋史》设立《道学传》，是为元儒之陋习，《明史》不应当再遵循旧例。……我以为，道学这一门体例应当舍弃不用。一切总归儒林，学术之异同皆可讨论，就留待后世学者自行择而取之吧。"

一切总归儒林。徐元文、叶方蔼等明史馆总裁、监修等人对此议深为叹服，最终《明史》不列《道学传》。

"姚太夫人"事略入《明史·列女传》。章格庵和熊汝霖皆是蕺山弟子、黄宗羲同门。章格庵最重风节，南明兵败后溺水不死，自刭不死，后不知所终。熊汝霖粗犷强硬，被南明总兵郑彩所害。在众多抗清义士中选定这两位，黄宗羲旨在告诉世人，章、熊二位皆出自蕺山门下，有仁义忠烈之德，刘宗周为"成德之师"乃不言而喻。之后黄宗羲再编《蕺山文录》，意在捍卫刘王心学。

化安山谷桂子飘香，天高云淡。龙虎山堂外，远有化安双瀑雪花千仞，近有篁林幽幽隐有吹笙，实为读书写字的妙处。

山堂外的桂花林下有一席一桌，黄宗羲坐席伏桌，喝茶写稿。山

风吹来,几瓣桂花落入茶碗,他嚼着桂花,只觉馨香无比。

倏然一个高声响起:"大哥,你还有闲心喝茶?"

黄宗炎匆匆地走到他面前,一脸愤懑。

"二弟,出了什么事——"

"吕留良出家了!朝廷征召博学鸿儒,嘉兴郡守再三推荐晚村兄。他被逼无奈,在吴兴埭溪妙山筑风雨庵削发为僧。"

"晚村出家了?"

"大哥,你派万斯同、万言入京修史,与昆山三徐交往频仍,前段日子徐秉义还来拜访你,你知道有多少遗民在背后指指戳戳于你?"

黄宗羲神情凝然,不置一语。

"当年,你教晚村兄'夷夏之辨',晚村兄大悟,如今你却出尔反尔,食言而肥——"

康熙二年(1663),吕留良读过《待访录》后大为振奋,深信三代之治可复,深悔曾经参加清廷应试为诸生;康熙五年(1666),黄宗羲与吕留良筹资购买绍兴祁氏化鹿寺藏书,吕留良托黄宗羲代购。黄宗羲与书贾入山翻阅三天三夜,背了十余捆书下山。黄宗羲得经学近百种,稗官十册。吕留良得三千余册,写诗记事,"阿翁铭识墨犹新,大担论金换直银。说与痴儿休笑倒,难寻几世好书人",当时两人皆大欢喜。途中两册宋版书《礼记集说》《东都事略》被书贾偷去,黄宗羲疑心其受吕留良指使。一来二去两人心生罅隙。

也在这一年,浙江学使至嘉兴考核生员,吕留良拒不应试,以一首《耦耕诗》出示,"谁教失脚下渔矶,心迹年年处处违",表示自己"失脚"污了清誉,浙江学使怒革其功名,吕留良自此归隐于野。

第二年黄宗羲至绍兴重开越中证人书院,不复至语溪教书。越中证人书院为刘宗周所创,黄宗羲痛惜先师逝后荒废二十余年,与同为蕺山门人的姜希辙重开书院。姜希辙为崇祯年举人,顺治朝工科给事中,康熙初年回籍待缺。重建后的越中证人书院听者如云。再之后有了甬上证人书院。

吕留良认为黄宗羲与清吏交往,开书院教人应科考,无疑是失脚变节。再后来,黄宗羲与姜希辙刊印先师文集《子刘子遗书》,因刻工为吕留良介绍,姜希辙将其共同列名于校雠者,署康熙年号。吕留良大为不满,要求削去自己的名字。他以《问燕》《燕答》诗,"新巢喜得依王谢,千门万户终不贫",讥讽黄宗羲如燕子舍穷檐而居雕梁,投靠姜希辙这样的"王谢"。黄宗羲闻后唯有苦笑。

康熙八年(1669)吕留良托万斯选给黄宗羲捎信,问出借的书籍是否拨冗看完,告知自己刚购入珍籍待晤面时共赏,索借所需书目,随书信附送一件衣裳一斤松萝茶,让黄宗羲寒夜著书备用,似乎有了握手言和、冰释前嫌的意思。

康熙九年(1670)高斗魁去世,黄宗羲作墓志铭,憾恨高斗魁弃儒从医,"日短心长,身名就剥",吕留良不满,称"微辞丑诋",有损高斗魁的身后名……彼此的心中罅隙终成一道不可弥补的沟壑。

康熙十四年(1675)吕留良在杭州,黄宗羲派黄百家携文集和诗扇看望。吕留良复信:"知君自定千年业,哪许余人妄勘磨。太冲兄,你成就你的大业,我们就此别过。"此后两人音讯隔绝。

"我知道大哥为了所谓'国可灭,史不可灭。明可亡,明史不可亡',兄弟倒想问问,没有你,难道《明史》就修不成了?清廷的人死绝了?"黄宗炎余怒未息。

黄宗羲道:"晦木,其实你也该知道,我们真正的异议乃是朱王之

争,理学心学之辩,立身旨趣之异。"

吕留良自读书始笃信朱子之说,认为凡朱子之书有大醇而无小疵,当笃信死守,而不可妄置疑凿于其间,如果有人对朱子稍有质疑,他便大怒抨击。他认为王学是"阳儒阴释"的禅学,与朱学势不两立,甚至斥"陈献章、王守仁,皆朱子之罪人,孔子之贼也";黄宗羲恰恰与之相反。两人交往之初一时意趣相投,但学术主张之分歧早就埋在根底,分道扬镳不过是迟早的事。

黄宗炎的神色稍有缓和,道:"立身旨趣不合,当求同存异,你是我兄长,晚村兄是我挚友,你们闹到如此老死不相往来的地步,我心中何其苦痛?"

"人人志向不同,谁也无法勉强谁。晦木,我不能强求晚村亲阳明之学,晚村同样也不能说服我近朱学……"

黄宗炎眼中沁出泪花:"甲午之岁,你曾发愿名山,说要拼十年为头陀行脚,咽噱冷汰,涤濯滓窳,以读书为业,如今你却与朝廷勾连不绝。大哥,我不会因你而与晚村兄老死不相往来,你好自为之吧。"他一甩袖愤愤然离开。

黄宗羲看着他的背影消失于山道,端起茶碗,喝了一口沁出桂香的茶,只觉又冷又涩。

康熙二十年(1681),京杭大运河,长河浩浩,长天荡荡。

严秋毫躺在漕船舱房的床铺,静听江水拍打舱壁板的轰响,感受船身起起伏伏的晃动,心头有千般难以名状的滋味。

此次行程,与八年前躲在漕船底舱仓皇逃离杭州的北上之途截然不同。八年前他慌不择路,像卑微的蝼蚁躲在舱底。此次他虽是戴罪之身，却能堂而皇之躺在干净整洁的舱房，饮食起居有人照应。八年前他不知何去何从，而今有了明确的行程。

他在诏狱待了半年多，一日三餐不断，寒凉冷暖有备，却无人审问也无人过问。夜间狱中要么是哭嚎，要么静得要出鬼，他几乎要疯了，扳着铁栅栏日夜詈骂。狱卒冲他挥舞棍棒，却一棍子也不敢落下。他很想得到父亲的梦中启示，可自从上回梦见父亲出现在翰林院大门后，再也没能相见。难道父亲认为他讨回血账了吗？难道父亲指引他进入翰林院就是为了眼下的悲惨下场吗？……

就在他绝望地以为要老死诏狱时，狱卒把他提出，令他盥洗一番，换上干净衣裳，把他赶上一辆马车。他坐在车里晕头转向，不知转了多少路，暗想杀个人需要如此麻烦吗？忽然赶车人让他下来。

此地是码头，江面开阔，舟楫点点，吆喝叫卖声不绝于耳。他正迷惑着，史馆黄供事背着一个沉重的条状囊袋，喘着大气走到他面前，把囊袋放在地上，递上一封信。

信是叶方蔼写的，先是痛斥他犯了滔天大罪，本来必死无疑。好在皇上爱恤民命饶他死罪。接着叶方蔼道，奉上谕令他离开京城，远赴浙东余姚，陪侍大儒黄宗羲，当面求教订正史馆疑问，复函史馆，并抄录黄宗羲的论著藏书，以备修撰《明史》之用，将功赎罪，此生不得踏入京城半步。信的最后写道："皇上口谕，史笔如铁，用好玉管羊毫，不负笔墨汗青。"

康熙爱书法是出了名的，难道，或许，可能，他舍不得杀掉一个写得一手好字的人？

黄供事压低声音："刺杀皇上，又能全毛全翅活下来，我翻遍史书也找不着第二个。"他指了指码头边一艘启帆待发的漕船，说船上有

人照应他,又拍拍囊袋:"叶大学士说有人让你带上的,路远迢迢带碎银好了,怎么让你背这么一大袋铜钱?喂,这人到底是谁?"

严秋毫解开袋子,里面是几大串康熙通宝,怪不得黄供事背得直喘气,圣眷太重了。还有一样用锦帛包裹的方方正正的物事,打开是一本书,封面上有潇洒清润的"待访录"三字。这字体他在史馆看多了,正是康熙亲书。

他翻开封面,全身的毛孔瞬间炸裂开来。封面封底焦卷残破,这书就是烧成灰他也认得。它怎么会辗转到了康熙手里?它到底经历了何等曲折离奇不可思议的变故?康熙怎么会重写书名后转交给自己?难道因为自己不怕死地喊了一句"天下为主,君为客"吗?

急浪汹涛拍打舱壁板,把严秋毫从回想中拍醒过来。他从枕头底下掏出书,定定地盯着"待访录"三字道:"你害了我,还是救了我?"

严秋毫背着囊袋下船登岸,望着眼前依旧熙来攘往、肩摩毂击的杭州香积古埠,唏嘘慨叹不已。

顺治十八年(1661)他从湖州逃到杭州,到康熙十二年(1673)从杭州逃到京师,其间十二年,他在这座"天堂"过的是不敢以真面目示人的日子,日日如履薄冰如临深渊。如今仍是一介草民,但已不必害怕任何人任何事了。

他在香积古埠找了家客栈住下,稍作安顿,吩咐伙计买的香烛果品和雇的马车到了,便直奔仁和县郊外。香积古埠离当年埋葬高堂和冯龙的坟地不远。

严秋毫提着香烛走进山林。八年过去了,草木越发浓荫蔽日,鸟虫凄鸣。他搜寻一块嶙峋的悬空岩,当年他和高堂认准这处记号,把冯龙埋在此地，未承想一转眼又埋葬了高堂。悬空岩很快找到，隆起地面的两处土疙瘩也找到了。

他拔掉土疙瘩上郁郁葱葱的草，露出两块石碑：兄弟冯龙之墓，恩公高堂之墓。他抱着墓碑号啕大哭，惊飞了树上的鸟雀。他哭了小半个时辰，诉说这些年的坎坷，入明史馆的波折，与康熙的离奇交集，差点命丧京师的险夷。

"高堂师傅，冯龙师叔，我没能刺杀满清皇帝，我没用。我拿命去碰这一座已然铜铸铁打的江山，结果碰得头破血流。我死不足惜，于天地间只是多了一座土馒头，早点跟你们团聚也好。可我还是不甘心啊……"他为大仇始终未曾得报而不甘心，为自己无力阻挡滚滚洪流而不甘心，为史书不可能记载无数死难子民的名字而不甘心……可是他什么也做不了，无计可施无能为力无可奈何……

"用好玉管羊毫，不负笔墨汗青。"蓦然一个声音响起，一群乌鸦从幽暗的林子掠过，发出难听的叫声。

严秋毫的心神倏然一亮。明史馆多次传康熙口谕，"《明史》不可不成，公论不可不采，是非不可不明，人心不可不服""不畏当时而畏后人，不重文章而重良心"……看来，皇帝并非什么都不怕，他畏惧后人，畏惧历史，畏惧比刀更锐利的一支笔。

他按了按衣襟暗袋，触摸到那支玉管羊毫。紫禁城的那个人，明知派遣他陪侍黄宗羲不可能不议起他，明知有些事一旦落在史书就难以更改，可他还是放逐自己南下，这是一种多么笃定骄傲的自信……

严秋毫对坟墓重重叩了三个头，一抹泪，转身走出山林。

翌日严秋毫来到码头，找到客栈伙计帮订的客船，正要跨上跳板，忽地脚如粘地提不动，差点摔着，低头一看，一个肮脏的老乞丐跪地抱住他的脚，嘟嘟囔囔"小爷行行好"。

他皱皱眉，包袱和囊袋已包扎定当，兜中无分文，要施舍得解开袋子，加上船家在喊号催客人上船，他只得挪挪脚想摆脱他。老乞丐抱得更实，他寸步难移，甚是恼火，又见他着实可怜，准备解开囊袋。他无奈而憎恶地瞪了老乞丐一眼。

这一眼让他呆住，尽管老乞丐蓬头散发肮脏可厌，他还是认出了他："赵茂?!"老乞丐浑身一颤，起身欲跑。严秋毫一脚将他踹倒，蹲下身仔细打量，果然是他。

"你，怎么会落到这般田地？"

赵茂用袖子擦着脸上的灰土，抖索着不说话。

"赵茂，你欠我、欠庄家的账，前前后后有二十年了，连本带利，你算算要还多少？"

"我的错，我的罪孽，我该死，我不该向浙江巡抚告发，不该设计陷害你……"

"什么，你向浙江巡抚告发过我？"

"什么，你还不知道此事？"赵茂更惊异，他以为严秋毫早就知情了。此言一出，他懊恼地给了自己两巴掌。如今这小子衣着整洁、气度不凡，看来今非昔比，要跟自己秋后算账了。

"说！把什么浙江巡抚的事说清楚，要有半点隐瞒，你死定了。"严秋毫恶狠狠地说。

赵茂交代，他向浙江巡抚刘安告发严秋毫的身世，一是为了赖账，二是企图获赏。不料刘安更狡猾，昧下《待访录》，跑到京师面圣告密。更料不到的是皇上非但不禁此书,反而大加赞赏,让刘安没事别跑京城。刘安回来找了几个罪名摁在他身上,将他抄没家产投入大牢。他坐了几年牢出来,已是妻离子散穷困潦倒,后来连刘安也因任上贪墨、官场倾轧而削官还乡……

严秋毫把《待访录》举到他眼前,指着封面三个字喝道:"看清楚,这是康熙御笔亲书赐还我的书,睁大你的狗眼看清楚了!"

"皇上,御笔亲书?赐还你?"赵茂惊呆了,这小子竟然跟皇上扯上了关系?竟然直呼皇帝年号?他如今到底什么来头啊?

"你经营庄家货物这么多年,应该知道庄家湖笔很出名吧?"严秋毫忽然这样问。

赵茂迟疑了下答道:"庄家湖笔技艺精到。严先生的意思是?"

"庄家因私修《明史》而全家灭门,送他们走上不归路的祸端,就是庄家湖笔。赵茂,你知道吗?你害自己的,也是一支笔。"

赵茂趴地痛哭:"早知有今日果报,我打死也不会写告密信。我的错,我的罪孽,我该死……"

严秋毫消泯了揍他一顿的念头。可怜之人自有可恨之处,老天早就收拾了他,何须再蹭一身晦气?他摸出几个饼扔给他,转身离开。他告诉自己:救你的,也是一支笔……未来是祸是福难料,但对死过一回的人来说,笔也好,刀也罢,已然无所畏惧了。

舟行至余姚城,严秋毫下船,在通济桥码头登岸,四下观望。

但见一条石拱桥飞架南北,桥头的鼓楼气势不俗,江上舟楫往来,岸上烟柳依依,南北双城稠人广众,店铺林立,尤以海鲜河鲜行居多,贩夫走卒、引车卖浆者络绎不绝,一派物阜民丰的景象。

严秋毫暗暗赞叹，果然是"余姚二山下，东南最名邑。烟水万人家，熙熙自翔集"，堪称"小扬州"。混迹史馆数年，加上随处可见的江南史籍、诗词、舆图等，他对这座江南小邑早就熟稔于心。

他本想雇车直奔黄竹浦或化安山，见小城繁华如斯，不由贪恋。遂混入人群游游逛逛，喝一碗黄酒，尝尝湖鲜海味，听听轻软悠扬的余姚腔，越发暗自欢喜这小城的烟火熙熙。走着走着，有人撞着他刚买的瓷瓶，落地而碎。这瓷瓶乃余姚越窑青瓷，唐陆龟蒙赞其"九秋风露越窑开，夺得千峰翠色来"。他早就慕名。他抓住肇事者的袖子喊"赔我瓷瓶"。两人一对眼愣住了。

胡家小书斋里，严秋毫和王士元向彼此讲述自己这些年的遭际。王士元和胡英娘本打算迁居，不想有孕在身的胡英娘动了胎气，为了养胎，一留又是大半年，如今即将临盆。

王士元对严秋毫讲了很多，唯独没有透露身世。严秋毫吁叹他的日子没比自己好过，也把一切说了，包括湖州庄氏明史案、刺杀康熙，康熙评议崇祯朝和崇祯帝的话，以及他来余姚的目的。

王士元愤然道："先帝后裔不存，飘零支离，康熙大可以胡说八道，亦无人敢质疑。大明若不得人心，甲申之变迄今，何以反清复明如火燎原而颠扑不灭？连四明山仍有反清复明的义军出没。"

"皇上……康熙喜爱书法，可能出于同好之怜吧，所以放过了我。呃，他其实也不算太坏。"严秋毫含混地说。

康熙比古往今来许多皇帝聪明的是，他更看重"千秋万岁名，寂寞身后事"。不杀严秋毫，助长不了一介草民的志气，也泯不掉一代帝王的霸气，他何乐而不为做一个被后世称道的好皇帝呢？或者说，此事愈增康熙的美名，而"刺客"到头来说出了"他也不算太坏"的话。

人心，或许就是如此慢慢被收服的吧。王士元甚凄伤，又有莫名而隐约的欣慰。

严秋毫把康熙对黄宗羲的敬仰，以及恳请不得大儒的遗憾添油加醋一番，以证实"他也不算太坏"的说辞。

王士元心念一动："我居余姚多年，营营汲汲无所作为。虽读过《待访录》，还未有缘见过梨洲先生，不如此次我与你同去拜会，以解仰慕之情。"

严秋毫大喜，他本想提议如此，又怕王士元生性内敛不好贸然，此时王士元主动提议，他自然喜欢。

胡英娘担心丈夫外出有险，这么多年王士元低头做人，更不曾出远门。王士元安慰她无碍，他很想在离开余姚前见一见黄宗羲，渴望从这位能说出"天下为主，君为客"的惊世骇俗之论、黄钟大吕之声的大儒嘴里，听一听大明到底是如何天崩地解的，"君王死社稷"到底是大义还是大愚，若不然，他一辈子都不得安生。

翌日王士元安顿好妻儿，两人雇了牛车往余姚城东南方向赶路。

到了黄竹浦，黄家人说黄宗羲在化安山龙虎山堂。赶牛车的嫌山路难走不干了。两人便步行，一路看山野风光，说陈年旧事，累了在路边喝茶休憩，买了些山鸡、腊肉、竹笋等山货，倒也快意。

"士元哥，以后我陪伴照料梨洲先生，我们可时常见面了，我进城看你，你上山探我，听听梨洲先生的教诲，读书喝茶游学，岂不快哉？"严秋毫越想越高兴，"真是因祸得福，说起来还得谢谢康熙呢。"

王士元不置可否地笑笑，心里说：兄弟你已度过一劫，而我的厄运却如刀剑悬在头顶，不知何时落下……

一阵杂乱的脚步骤响,林子里奔出四五个粗黑大汉,凶神恶煞地扑上来,把他们绑了个结结实实,扔上马车就跑。

这场打劫来得太快。他们的嘴里塞着布团,躺在颠簸的车厢里蒙然瞠目。严秋毫终于想到,方才他们在山脚茶亭喝茶,他解开囊袋,几大串康熙通宝碰撞作响,想必露了白。

经过弑君大劫,严秋毫把生死看开多了,倒是王士元这样一个文弱书生该吓得不轻了。他看向王士元,却见他双目紧闭,淡定不惊。严秋毫觉得自己小看了对方,或者,他并不了解这个再度患难的故人。马车一阵剧烈颠簸,严秋毫的脑袋重重一磕,昏了过去。

不知过了多久,两人被拽下地,扯出嘴里的布团。严秋毫见是一处山谷地,有一排草屋,几十个粗鲁汉子正练拳脚刀枪,衣着打扮与绑票的汉子一样。四周林深叶茂,几杆杏色大旗迎风飘扬,一面是"明"字,一面是"永忠道"三字。看来进了打"反清复明"旗号的土匪窝了。

王士元太熟悉这山寨了,可谓时时梦回。一个挎刀的姑娘大步过来,艳如桃花冷若冰霜,抽出大刀就朝他劈来。

严秋毫吓得缩紧脖子,心想:问都不问一声就砍人,这姑娘太凶残了,可怜王士元只因想见黄宗羲跟自己上山,就死于非命,这让自己怎么活啊?王士元闭目迎刀,忽觉身上的绑绳落了地。许舜华用刀尖顶在他胸前,一步一步把他抵在草屋的墙上。

严秋毫喊:"姑娘,不要杀我兄弟,哎,把我绑绳也解了啊。你们不就是劫财吗?我有铜钱,哎哎,我的囊袋包袱呢……"

许舜华盯着王士元冷冷道:"我以为这辈子再也不用见你了,老天瞎了眼,还是让我又见到你。"

"舜华,我……"王士元心中酸涩愧疚交加。

"不许叫我名字,你不配!"

严秋毫一惊,原来他们交情匪浅。王士元有妻儿,却与这位姑娘纠缠不清……不过也不好妄加猜测。

"姑娘,你误会士元哥了,我作证,他可是大好人……"

"闭嘴!没你的事!"

土匪把严秋毫推进草屋。严秋毫想,准是王士元惹下风流债被人打劫,自己被捎带的。要是史馆得知自己没有及时赶到黄宗羲身边,要是皇上得知……算了算了,天高皇帝远,保命要紧。

得知许舜华依然待字闺中,王士元越发愧恨。他在刀尖下交代了一个蹩脚的理由——小时算过命,自己和妻儿老小将不得善终,为免连累她,故而离她而去。

许舜华嗤笑:"如此说来,你情愿连累别人而不愿连累我,果真是大好人,你那位兄弟没有说错。"

"舜华,你要如何处置我,我绝无二言。只求你放了我兄弟,他是无辜的,他还有要紧事要做。"

"你以为我派人把你劫上山的吗?王士元,你太看得起自己了。不过是兄弟们不走运把你们劫来而已。我宁愿见鬼,也不愿见你。"

"那,就好。"王士元有点莫名的失落,"可否放我兄弟?他还有要紧事,要去见梨洲先生。"

许舜华眼神一凛:"梨洲先生?"她横了他一眼转身离开。

王士元暗想糟了,要是他们趁机去打劫黄宗羲,罪孽可不轻。英娘快临盆了,孩子们怎么办……一切都是自己造的孽。

没过一会儿,一个人快步过来,势如狂风来袭,王士元还没看清,

脸上挨了火辣辣的两巴掌,第三巴掌扫来时,许舜华把父亲推开。

许山指着满脸是血的王士元吼道:"狗东西,负心汉,我把你大卸八十八块,方能泄我心头之恨!"

草屋里的严秋毫听得清清楚楚,王士元真是负了这姑娘,看来自己也好过不了。想不到没有死于弑君之祸,却死在一群土匪手上,真是万般皆是命,半点不由人……再想想自己从未结识过一位姑娘,哪怕像王士元这样被姑娘怨恨的机会也没有,他顿感失落。

翌日清晨,严秋毫和王士元被透过窗口的光线刺醒,他们摸着酸疼的腿脚胳膊,相视苦笑。昨夜王士元不得不说起与许舜华的相识,严秋毫为他们深感惋惜。

窗口扔进两个馒头,严秋毫捡起,说活命要紧。两人嚼着寡淡干巴的馒头,严秋毫吃得直打嗝,抱怨怎么不给一碗汤。王士元不禁想到,当年舜华给受伤的自己喂药,精心烹制美食,咸了淡了烫了凉了关怀备至,那些柔情似水的辰光……

外面响起刀枪碰撞、奔跑、吆喝混杂的喧嚣声。两人踮脚朝窗外看去,只见山地集合了二百余众,挥着大刀呼号"日月昭昭,永忠故朝"。许山激昂地喊着什么。

王士元听清了,许山说朱三太子在安徽宁国起事,率三万精兵接连攻下多座城池。他已卜得困龙得水之卦,查实这回是真朱三太子,大明光复指日可待。

"朱三太子?"严秋毫摇头,"我在史馆听多了这类捕风捉影事,京城、福建漳州、河南柘城、湖南武冈,还有陕西汉中、兴安,皆是冒名之徒。这么多年,我看连朱三太子的骸骨都找不着了。"

王士元身子一晃倒了下来，严秋毫忙扶他躺在草堆。

"这些人对付我们绰绰有余，真刀真枪跟清军干起来，不明摆着去送死吗？小秋，你快喊舜华。"王士元又解释，"她不愿理我。"

严秋毫对着窗外扯着嗓子喊："舜华，舜华姑娘，许舜华，来人啊，死人了……"

许舜华飞身而至，一脚踹开柴门，冷冷道："活得不耐烦了？好，正缺两个祭旗的，就成全你们。"

严秋毫倒退两步："舜华姑娘，你们不要白白去送死，你们打不过清军的……"

许舜华盯着王士元："我的生死与你无关，用不着你虚情假意。"

"舜华，这么多山民，他们都有父母兄弟妻儿，你忍心把他们推向死亡吗？你心里也很清楚，你们决计不是清军的对手。若论最盼大明光复的，天底下莫过于我……"

"你算什么？你以为你是崇祯的儿子吗？是朱三太子吗？"

"朱三太子早就死了，大明覆没时就死了，崇祯吊死煤山时就死了，吴三桂引清军入关时就死了，连骸骨都找不着了，你们还竖什么朱三太子的旗、反什么清复什么明？！"王士元蓦地怒吼。

严秋毫被惊着了，印象中王士元是温良和顺的，从他们被绑上山后，他一直是俯首听命状；许舜华更惊愕，相识之初他就是温润如玉的谦谦君子，眼下竟如此声色俱厉。

队副李大良进来，给了王士元一巴掌："什么东西，敢这样对许姑娘说话！"

许舜华迅速还他一掌，柳眉倒竖："关你什么事？滚！"

李大良用绝望而不可置信的眼神盯着他们，面目狰狞，五官挪

位,脸上的肌肉抽搐扭曲,随即狂怒地摔门而跑。

王士元的声音布满苍凉:"就算朱三太子侥幸活着,也不过一具苟延残喘的行尸走肉,早就没了灵魂。"

许舜华惊疑道:"你怎么知道?你到底是谁?"

"一切恩爱会,无常难得久。生世多畏惧,命危于晨露。舜华,放过朱三太子,也放过你们自己吧。"

许舜华落下泪。他的话扑朔迷离,但她听懂了——他们之间"一切恩爱会,无常难得久"。他宁愿被"祭旗",也不愿与她相厮守。她大哭,对着王士元雨点一般落拳,王士元任她打,脸上却有了释然而涩苦的笑意。严秋毫不知所措,她看起来更像在打情骂俏。男女之情真是诡谲莫测,这辈子不知能不能有一位姑娘如此对他……

"把那个狗东西拉过来祭旗。"许山咆哮着进来。

许舜华持刀挡在王士元跟前:"谁敢动手?先杀了我!"

严秋毫糊涂了,这姑娘到底是喜欢还是恨王士元啊?

"孩子,这些年来你心心念念此人,误了终身啊。兄弟们把他劫来正是天意,趁我们举大事之前把他杀了祭旗,听爹的。"

许舜华又急又窘,泪脸乍起飞霞。

王士元愈加愧疚,高声道:"许伯,我冒死一劝,朱三太子已死,外界所谓朱三太子皆是假冒,你们此去必是送死……"

许山怒不可遏:"你个乌鸦嘴,我卜得困龙得水之卦,此行必是大吉。我还是先把你收拾了……"

"爹,你若伤他一根汗毛,我让你立刻见到我的死身!"许舜华摔门而出。

许山无奈地跺了跺脚追出去。

两人惊魂稍定后商议如何脱身,进来两个土匪拽起严秋毫就走,丢下了王士元。

严秋毫喊:"杀我一个,别伤我兄弟,他是我带来的……"

许山扶刀挂地,吼问他是不是要去见黄宗羲。严秋毫迟疑着,许山头一摆,一个小土匪递上信和包袱。

许山恶声恶气道:"告诉黄宗羲,反清复明的大旗我还替他留着。他若愿意回头,我还认他是我们的黄帅。滚!"

黄宗羲愕然良久,认出眼前风尘仆仆的异乡人,就是当年杭州的忘年交。

"梨洲先生,十七年前我说过,但凡严秋毫有出头之日,定当赴宝地相报,今日终得实践。"随后严秋毫简略交代自己的来龙去脉和许山的事。

黄宗羲颦紧眉头:"许山还是如此执迷不悟,必会自招灾祸。"

"我那位兄弟有妻儿老小,妻子即将临盆。先生,我们怎么办?"

黄宗羲盯着桌上的两封信,一封是叶方蔼的,一封是许山的。前者请他为清廷修史,后者等着他重举反清复明的大旗。

"上山!"他拍案而起。

黄百家持刀同行。严秋毫得知黄百家有一身功夫,大为宽心。黄百家雇轿子载上父亲,一行人马不停蹄进山。傍晚他们到了降龙谷,隔着山林听见人喊马嘶。

义军和清军厮杀成一片,血腥弥漫,义军明显处于下风。严秋毫在史馆读过众多邸报,目睹战事却是头一回,顿时悚然。黄宗羲不惊不惧大步向前,黄百家持刀挡在父亲前方。严秋毫紧随其后。

战场外围，十几名清军护着余姚知县，敲锣打鼓喊打喊杀。

黄宗羲对黄百家说了几句，黄百家站上岩石，拢手高喊："余姚知县，黄宗羲在此，请余姚知县周静出来！余姚知县周静……"

好在离他们近的几名清军听得动静，跑去禀告。周静赶紧跑来，向黄宗羲拱手作揖。

"周知县，请暂停兵戈，容黄某去当说客。"黄宗羲略略点头道。

黄宗羲的出现本就意外，这个要求更是出乎意料。之前他几次邀黄宗羲至县学讲学，试图效仿海昌知县许三礼礼贤大儒，碰了几鼻子灰。正为此郁闷着，忽闻四明山起兵的密报，吓得他飞马禀报浙江督台，又率五百兵员前来镇压。

"梨洲先生，兵事非同笔墨文章，您……"周静谄笑。

"周知县，我父亲当年四明山抗清，蹈锋饮血，那时您只怕还未考取功名吧。"黄百家按着刀柄，不客气地说。

周静面红耳赤。黄宗羲当年毁家纾难游侠抗清，顺治朝已不再追究，当今圣上就差三顾茅庐了，浙江巡抚、藩司、总督三司优礼有加，他一名小知县更无从置喙，还是就坡下驴为好，于是传令暂时休战。

战事正酣的双方停止了杀戮。漫山遍野飘荡的血雾中，双方眼中的彼此血腥狰狞。天空飞过一群黑压压的乌鸦，用刺耳的尖叫，宣告即将获得食物的喜悦。

黄宗羲迈着老迈的腿脚，在黄百家和严秋毫的搀扶下，穿过浓重的狼烟，踏过布满尸身和兵械的山地，走向许山的营地。

遍地伤兵，呻吟四起。黄百家正要询问许山在哪儿，一道寒光从他们身后劈来。黄百家早有察觉，反身用刀挡住对方。

"黄宗羲，万万想不到你是出卖我们永忠道的贼子，我许山今日与你同归于尽了！"许山边砍边吼。

"满嘴胡言，血口喷人。"黄百家奋力抵挡他的攻击。

"清狗突袭我们，不就是明摆着吗？"

黄百家和浑身是血的许山激烈交锋，刀声铿锵，身手不相上下。严秋毫护住黄宗羲，直喊许姑娘。

黄宗羲推开他上前："许山，你若认定我是告密者，大可以杀了我。若不是呢？枉杀无辜，难道就是我当年教你们的作为吗？"

许山稍一迟疑，被黄百家震落手中刀，黄百家眼疾手快将他擒住。许山只得令义军闪开，对黄宗羲呸了一口，大骂清狗贼子。

严秋毫气嚷："喂，你这是造六月飞雪窦娥冤啊。梨洲先生接信后担心你遭不测，马不停蹄赶来，哪有空闲向官府告密？真是好心当成驴肝肺。要不你查查自己人，日防夜防家贼难防啊。我兄弟呢？你们把他怎么样了？"

"放屁！我永忠道个个好汉，宁为大明鬼，不为夷狄人，哪像你黄宗羲忘了当年抗清壮举，甘为清廷刀笔吏。"许山冷笑。

一阵斥骂传来，许舜华和一队义军过来，众人对李大良拳打脚踢骂骂咧咧，许山喝问他犯了什么事。许舜华一脚踹倒李大良，说告密者是他。她掏出一封信读起来，信中详述永忠道的起事时间、地点、人数、兵械等。

周静退缩在清军中间，不敢迎对黄宗羲投来的凌厉目光。

"他写了两封信，一封送县衙，一封留存以备官府不认账，真是狡诈狠毒。你为什么要这么做？"许舜华的刀逼到李大良的鼻前。

李大良的眼神阴冷怨毒："因为你！"

众人大愕,连周静也伸长脖子听着。

"我掏心掏肺喜欢你多年,你从来没有把我当一回事。王士元出现后,你更是没有正眼看过我。好在他后来跑了,可你还是对我冷漠无情。福建漳州一战,我拼掉半条命,把你们父女从死人堆里救出来,你领过我的情吗?现如今这混蛋又出现了,我知道你还是喜欢他,还是不会喜欢我。既然得不到你,大家同归于尽岂不更好?哈哈哈……"

许舜华朝草屋跑去,严秋毫跟上。许山朝李大良一刀砍去,李大良身首分离,血溅了众人一脸。许山悲愤地用拳头击打自己,发出懊恼悔恨的号叫,义军们拦住他。

目睹这一场惊变,黄宗羲甚是痛惜,外侮未御而自相残杀,这一幕与许多年前何其相似……顺治五年(1648)鲁王逃亡福建,熊汝霖遭跋扈自雄的郑彩杀害,其幼子亦被投大海。南明砥柱、兵部尚书兼东阁大学士没有死于反清复明,却死于内讧。叛匪与忠义将士自不可同日而语,然则,纵观整个崇祯朝以及南明小朝廷,何尝不是一场场同室操戈、自相鱼肉的悲剧在反复上演?!

黄宗羲在岩石上坐下,高声吟道:"梨洲老人坐于雪交亭中,不知日之早晚,疲倦了出门走在塍亩间,回来又坐下,如此一天一天,一月一月,一年一年,依靠的小桌子上,两肘的印痕隐约可见……"

起先无人留意,渐渐地,肝髓流野的山谷间,黄宗羲的高声刺破弥漫的狼烟,对阵的双方放下刀箭,竖起耳朵。

"自从北兵南下,贴出布告悬赏捉拿我的两次,指名逮捕我的一次,守在被清军围困的城里一次,以造反之罪告发我的两三次,在沙地里昏死过去的一昼夜,此外被牵连到、被巡逻的兵丁盘查到的,年年皆有,真可谓濒于十死……"黄宗羲的悲声回荡在血色黄昏。

许舜华奔到草屋,屋内空无一人。她找遍整个山寨,还是没有王士元的身影。她发疯似的四下乱砍,放声悲哭。严秋毫抱着大树直抖,王士元是乱中被杀了还是逃走了?眼下险象环生,他不可离开黄宗羲,只能祈祷王士元大难不死。

离山谷不远的灌木丛林里,王士元目睹了从义军与清军厮杀到眼下的一切。清军杀来时,他砸开门趁乱逃出,又担心许舜华遭不测,返身潜回,慌乱中摔落在灌木丛,动弹不得。许舜华的悲伤他看得清清楚楚,他保不了自己,护不了她,又有负于妻儿。他不想如此苟活,又不得不偷生。为什么当初父皇不杀了自己?为什么自己没有死于闯贼或清虏的刀下?为什么要如此艰难地活着,看尽江山破碎、红尘情断、生民离乱……

"昔年李斯将被腰斩,对他第二个儿子说:'我想与你再牵着黄狗,一同去上蔡城的东门追逐狡兔,却再也不能做到。'陆机临死前叹息:'华亭的鹤鸣,再也听不见了。'我应死而不死,那么今天就是又能牵着黄狗出上蔡城的东门,又能听到华亭鹤鸣的日子。李斯、陆机所不能得到的日子,我得到了,何其幸运……"黄宗羲的声音犹如空谷跫音。

"梨洲先生,许山有愧于你。"许山无地自容。他以为惧死变节、甘为清廷刀笔吏的黄宗羲,曾经"濒于十死",历尽了他能想到和想不到的家祸国难,自己分明以小人之心度君子之腹啊。

灌木丛里的王士元再细看,原来黄宗羲正是当年在清源寺借宿一晚的客人,亦是很多年前他流落海昌遇到的路见不平拔拳相助的老义士。原来,他读《待访录》前,就与梨洲先生有过因缘际会了。他随身携带《待访录》,颠沛流离从未舍弃过,愈读愈有醍醐灌顶之感,

只恨当年父皇没有读过此书。可是，以父皇独断专横的性情，只怕难以聆取黄钟大吕之声……

"我常对孟子'天下之生久矣，一治一乱'的话心存疑问，如果孟子说的是对的，为什么自三代以来，世道有乱而无治呢？洪武初年，江山初定，然而有明纲纪的腐坏，恰恰就是从高皇帝废除丞相之职开始……

"成祖朱棣天性刻薄，靖难之役，骨肉相残，方孝孺先生不肯起草即位诏书，即诛其十族，怨毒倒行，令人发指，几灭天下读书种子……武宗行迹荒唐，醉心声色犬马之乐，朝中奸党横行，忠良之士仵逐殆尽……神宗三十年不上朝，致财赋锐减，边防废弛，臣工党同伐异，庙堂乌烟瘴气。万历后更是一朝不如一朝。南明小朝廷，尤为一言难尽……"

鸟雀停在枝头，缥缈的狼烟滞在半空，人与物俱静听。

黄宗羲心中的哀痛和愤恨齐发，哽塞难言。

黄百家上前，更为高亢激越："崇祯末年，李自成、张献忠民变蜂起。崇祯十年四月，思宗关紧内帑仓门，下旨加征税赋，'暂苦吾民一年'。宗室王亲锁紧私囊，拒施锱铢。河南哀鸿遍野，洛阳福王家藏万千银粮，尽享酒池肉林，分毫不予；西安守军饥寒交迫，秦王舍不得掏一文钱为守军买袄取暖；成都蜀王声称无银，要官员拿宫殿去充军饷；官员乞求武昌的楚王筹饷守城，他说唯有卖掉太祖御赐的金交椅，别无他法。张献忠克武昌，楚王府财富有数百车之巨。李自成破京城，皇宫内帑多达白银三千七百万两，黄金一百五十万两。"

许山满腔悲苦。原来"日月昭昭"不过是昏天暗地，"永忠故朝"不过是朽木粪土，而义军们为此付出了漫长岁月，付出了身家性命，他们哗然大骂,清军们也跟着连连呸声。

黄百家继续道:"有明二百七十六年国祚,就算不亡于清廷,亦会亡于李自成、张自成、王自成。"

黄宗羲接上话头:"上古三代之法,藏天下于天下者。君王不会贪婪地攫取山泽之利,也不会狐疑大权旁落。不以身处朝廷为贵,也不以生于乡野为贱。而后世之法则藏天下于筐箧者,将天下所有的好处收归己有,君王整日忧心江山被攘夺,臣民作乱,遂更为严厉地治理,却不知这正是非法之法。

"古时候君王以天下为主,君为客,君王毕生治理天下,都是为了让天下人享公利、免公害。如今以君为主,天下为客,普天之下没有一处能够得以安宁。君王打江山,屠毒天下之肝脑,离散天下之子女,只为一人之产业。如此看来,君王就是天下的大害……"

此刻他眼前的不是一帮血渍斑斑的兵卒,而是一群潜心听教的学人士子;他身处的不是一片血腥弥漫的战场,而是一座书香温雅的讲学堂,一处振聋发聩的高古地。

所有人如闻天音,鸦雀无声。王士元的泪水干了又落,落了又干,他知道《待访录》多有抨击之辞,未承想著书人的痛切远甚于这薄薄一书。就算向黄宗羲当面请教"大明到底是如何天崩地解的",也未必能得到这一顿当头棒喝。

严秋毫在诏狱听康熙慷慨激昂地讲过,总觉得那是胜者为王的骄傲意气,没想到落败一方——梨洲先生亦会作如此剖肝泣血之辞,不由长叹。

半晌,许山根声道:"晚明不堪,可夷狄屠我大明千万子民这笔血账就不算了吗?哪怕李自成、张献忠当皇帝,总归是汉人,也比夷狄

好得多。"

黄宗羲的神色越发冷峻:"许山,你忠心故朝可敬,可你居山一隅视听闭塞,我且告诉你。揭竿为旗之初,李自成、张献忠的义军济贫困,抚民心,守仁义,所到之处百姓无不拥戴。但是——"他话锋一转,"张献忠引兵入蜀,喋血千城,残暴亘古未有,蜀地千里白骨成丘;李自成入京,兵丁掠抢民财,杀人无虚日,士大夫多遭酷死。许山,他们原本如你一样是仁义之师,可一旦得方寸之地,便骄奢淫逸不可一世,皆因他们亦以君为主,天下为客。许山,大明亡了三十七年,若狼烟再起,首遭苦难的便是苍生。汉人也罢,夷狄也罢,但凡君王以天下为主,懂得为君为臣为法,偃武修文,归马于华山之阳,放牛于桃林之野,我们又何须苦苦计较夷夏之大防?"

最后几句话,他是一字一句挤出来的,嘴角渗血,眼中有泪。

万籁寂然,大夜弥天,起伏的大山和山顶之上的星空也在谛听。

王士元对着夜空轻声说:"父皇,大明历代先帝,你们听见了吗?梨洲先生一番黄钟大吕,太史公其实早就写在《史记》里,二十一史彰明较著,你们没有好好读过。明亡,并非无辜啊……"

周静的下巴快惊掉了。黄宗羲骂的不是大清,却把大清乃至历朝历代都骂了个遍,简直逆了大天。可堂堂大清知县拿布衣草民黄宗羲一点办法也没有,只能让这些大逆之论一字不漏地灌进他和清军的耳朵,想装听不见也不成,听过想忘掉也不行,真是要了命。

"黄帅,我死不足惜,只求能放过我这么多兄弟。"许山道。

黄宗羲转向周静:"周知县,请报督台对四明山永忠道许山人等宥恕处之,以示朝廷宽宏大量,怜恤子民。"

周静面露难色:"啊,这个……"

"你不用为难,我写。"

黄宗羲让黄百家拿出笔墨,写了封信,让他交给浙江总督。周静窃喜,黄宗羲愿意揽过这一桩杀头罪孽,他乐得做顺水人情,成不成与己无关。最终商定,许山和永忠道队正以上十余人押赴杭州审理,其余人等遣散回乡,安分守己,再有生事严惩不贷。黄宗羲恳请放过许山的女儿许舜华,周静勉强答应了。

许舜华凛然道:"我要随父亲赴杭州。梨洲先生,我原本筹划力阻起事,与众队正商定绑缚父亲,遣散众兄弟,再苦劝父亲回心转意。无奈我……我因儿女私情乱了方寸,以致贻误大事。我既未能助父亲大业,又未能护父亲安危,我愿随父同行,生养死葬。"

众声哗然,义军们纷纷称可以作证。

许山厉声道:"顺即是孝,留下来替我侍奉梨洲先生!"他跪地对黄宗羲道,"黄帅,舜华自小喜欢读书,是我逼着她习武。她多次说过想跟梨洲先生学文,是我没有应承。我今日也明白了,梨洲先生说的是史书里一桩桩血的教训。是我鲁莽无知,把一把刀看得太重,把一支笔看得太轻。"他咚咚咚磕了三个响头,起身又深深一揖,"黄帅,舜华拜托您了。"

周静和清军们押着许山等人离开。许舜华对着父亲的背影长跪不起,哭成泪人儿。严秋毫对着黑魆魆的山林心里说,王士元你在哪里?

王士元全身如遭雷殛。原来,自己间接酿成了这一桩泼天祸端,是他害了舜华的父亲,害死了这么多人……他挣扎着起身,朝山下跑去,跑了几步跌进一道堑渊,脑袋撞上岩石,云影和树影在他眼里越来越暗,他模糊地想:就此死去,或许不是坏事……

　　许山被押赴杭州后不久问斩，严秋毫和许舜华运回许山的尸身，葬在黄家墓园附近。

　　许舜华在父亲墓前泣告："父亲，舜华虽是草莽女子，亦读过几本书。古人言：目不明，则不能决黑白之分。耳不聪，则不能别清浊之声。智识乱，则不能审得失之地。如今女儿拜在先生门下，做一个知书达理的女弟子，您就放心吧。"

第十八章　国史非公莫知

康熙二十三年(1684),杭州法相寺,梵音袅袅,禅悦悠然。

法相寺在杭州三台山东麓,后唐时有住持法真长耳九寸,法相奇特而得寺名。寺内有一株唐樟,华盖森森。康熙九年(1670)黄宗羲到杭州,正是严秋毫陪着他游历南山和高丽寺、法相寺、烟霞寺等处。那晚他们夜宿钵池庵,黄宗羲赠他《待访录》……一晃十四年过去。

黄宗羲扶杖走在落叶森然的山道,许舜华拎着书袋,严秋毫挑着书箱。一大早他们去书铺买了一堆书,这会儿刚回寺院。

"不到名蓝数十年,重来风景觉萧然。山中幸喜存长历,劫冷能留不坏烟。"黄宗羲慨然吟叹。

来到古意盎然的唐樟前,严秋毫放下书箱,拍了拍树身:"十四年过去了,它一点也没变。想当年,我可还是陌上风流年少。"

许舜华道:"这唐樟见过李唐江山,赵宋国土,元明盛衰,如今大清也未必能比它多活几百年。先生,您说是不是这个理?"

黄宗羲颔首赞道:"正所谓盈天地皆气,盈天地皆心也。人与天地万物实为一体,并立于天地之间,亦与万物各受一性。故万物有万性,类同则性同。草木有草木之性,金石有金石之性,一本而万殊也。人于世间万物,也不过区区一物而已。"

"昔日阳明先生说天下无心外之物,先生说盈天地皆心,有何异同?"严秋毫问。

"理在心,不在天地万物。人心之理一本万殊,会众合一。一本,指人与万物同赋生生不息之理。万殊,指天地万物虽类同、性同,但也有万物之殊。然则,万物之理再繁复纷纭,最终也必会集各家之长,会众合一。是以天下之理,皆非心外之物,因人有知觉灵明之心,善于推己及人及物,所谓心存久之,自然就明白尽心了。"

"我晓得了,先生说盈天地皆心也,是指穷尽的是此心之万殊,非是穷天地万物之万殊。人心无限,自然可衡量天地万物,十万物,百万物。所以就叫一本万殊,会众合一。"许舜华笃然自信地说。

黄宗羲欣喜:"舜华悟性可嘉。小秋,你可得好好用心。"

严秋毫羞愧地说是。

法相寺方丈智全法师过来,对黄宗羲合掌说借一步说话。两人走到一边,智全似在劝说,黄宗羲摇头,似乎不赞同智全的话。

严秋毫从怀里摸出一块绸子,悄声问许舜华喜不喜欢,这是上街时他偷偷买的。

许舜华道:"我又不出客,穿这么艳俗做什么?还不如买几块棉布料,你自己也可穿。"

"你穿着好看就是了,我披一块麻布料都行。"

"胡说,麻布又不好乱披的。"

"嘿,瞧我这张破嘴,你以后教教我怎么说好听话……"

正聊着,严秋毫瞥见树丛后晃过一个身影,好眼熟。他奔前几步,不见身影,疑惑自己看错了。许舜华问他见到了什么。他说十四年前这里有座亭子,如今坍塌了甚觉惋惜。许舜华哼了声,径直向前。

路边小沙弥在扫地,严秋毫悄悄询问,这些天除了他们,可还有别的香客借宿?小沙弥想了想说有个客人宿了两天,刚走。严秋毫问那人叫什么。小沙弥问他盘查那么细做什么,严秋毫尴尬地走开。

真是他吗?他为什么会在这里?他发现他们了吗?用不用追出去找找?是无意偶遇还是有意凑巧?他还没忘记舜华吧?舜华也没忘记他吧?他过得怎么样?……无数念头催着他追出去,只是两脚沉重如灌铅,怎么也挪不动。

这边智全与黄宗羲话毕,双手合十道:"他此番南下,抽隙前来杭州,恳请先生再驻留几日,他正快马加鞭赶来,一定要见见您。梨洲先生,您非一人之身,亦非一人之论,此番会面,若能廓清本朝今后对遗民的姿态,岂不更好?"

智全告辞而去,黄宗羲颦眉深思。

许舜华问:"先生,有人想见您吗?"

严秋毫说:"谁啊?还让我们等他,好大的架子。"

黄宗羲想了想道:"你把我要的书买来,明日再作计议。"

严秋毫跨入南屏山下一家书铺,掏出书单问有没有这些书。

伙计客气地请他坐下喝茶。书单里的书不算名贵,但高深冷僻,不是一般人能看懂的,塞在角落多年吃灰尘呢。

趁着小伙计找书,严秋毫边喝茶边翻看绣像小说。他平时抄书

也累得慌,加上生性闲散,会看些闲杂书籍消遣。好在黄宗羲年轻时也喜窥群籍,因而肯容他自由散漫。正读得入神,旁边有人嘈嘈切切。

"若说风骨大儒,顾炎武、王夫之才是,黄宗羲算不上吧。"

"还有吕留良,据说当年与黄宗羲交情莫逆,后来两人起了龃龉,先是购书交恶,再则两人各看不惯,竟断了几十年交情。"

"黄宗羲派弟子和儿子为朝廷修史,可见也是沽名钓誉之徒。"

"听说他的《待访录》满纸振振有词,实则是向朝廷讨好呢。"

"这个就叫以退为进的迂回之术,我也听说皇上很是赏识……"

"啪!"严秋毫把书重重一拍,跨到他们面前大喝,"你们无凭无据,为什么要背后中伤梨洲先生?"

这些年,严秋毫帮着黄宗羲打理竹林茶园,身量结实不少。那些人见一个青壮汉子冲他们怒目而视,不由矮了两寸,一个嘴上仍不甘不休:"我们说些坊间闲话,与你何干?"

"看你打扮粗野,也不像读书人,黄宗羲是你什么人?"

小伙计跑过来,忙不迭劝架。

严秋毫愤然道:"你们有本事背后嚼舌,那就跟我去见梨洲先生,当面说个清楚!"

其中两人互视一眼拔腿就跑,手里还抓着几本书。

小伙计冲出去:"书,书还没有付钱,抓偷书贼啊……"

很多年前,杭州小食铺的人非议庄氏明史案,他为维护庄家跟人扭打起来,是黄宗羲出手相救于他。世事辗转,如今他又为黄宗羲遭人非议而站出来。一阵解气的痛快过后,严秋毫心中更多的是憋屈难过,还有一丝丝迷惑,坊间对先生的成见为什么如此之深?

晚间三人各自回房。严秋毫在床上躺了一会儿，出来转悠。

白天瞥见的熟人背影，书铺的争执疑惑，再加上智全法师与黄宗羲一番云里雾里的对话，令他的思绪越发庞杂繁乱。

他进城找过王士元，邻居说他们已搬走了。他回来告诉许舜华，她神色淡漠，此后绝口不再提那人的名字。他既庆幸又惭愧，觉得自己有乘人之危之嫌，又感觉自己很无辜，只能自欺欺人地想：但愿他过得很好很好。

书铺那些人固然可恶，也可见坊间闲议不少，虽说流言止于智者，可世间没有那么多智者啊。智全法师跟先生到底说了什么，先生要与谁见面……正胡思乱想，忽见有人朝黄宗羲的厢房疾步过去，他捏紧手里的铜钱，尾随而去。

借着月光他看清，智全敲开黄宗羲的房门。两人进屋，约莫一炷香时辰，智全离开。黄宗羲在门口伫立片刻，准备关门。严秋毫赶紧上前喊先生，黄宗羲问他是不是又做噩梦不敢独自睡了。严秋毫大窘，说晚饭吃多了睡不好，起来闲步消食。

"你是不是想问，智全法师到底跟我说了什么？"

"嘿，嘿嘿。"

"智全法师与我是复社旧友，我厕身儒林，他遁入空门，前朝遗民多作如此分野。他有一桩小事与我商议。夜深了，去睡吧。"

严秋毫见先生不愿深谈，只得作罢。回房躺下，正迷迷糊糊欲睡去，隐隐听见隔壁吱嘎一声，他心头一惊，难道先生屋里进贼了。他起床打开门缝看去，见黄宗羲匆匆走过。他全醒了，大半夜的先生去哪儿？他穿上衣裳赶紧跟上。

一转眼黄宗羲没了身影。他四处寻找，天王殿，大雄宝殿，一个

和尚也没有,法相寺突然成了一间空寺。他往方丈禅房跑去,总算看见白天扫地的小沙弥守在门口,拄着扫把,脑袋一顿一顿打着瞌睡。

他正要跨进去,扫把迅速挡住去路,小沙弥瞪大眼:"他们在里面说事,智全法师说一只虫子也不能进去。"

"什么?你不会骗我吧?"

"出家人不打诳语。"

"来人是谁?"

"出家人不可妄语。"

"年轻的还是年老的?"

"出家人不可……"

"行了行了,不问就不问,不害你犯戒了。"

方丈禅房内炉香袅袅,智全法师在角落的蒲团趺坐,轻捻佛珠,默念佛经。

与他相距三丈开外有一道高大的竹屏风,隔开了内外两个空间,外侧屏风下摆着一张茶几,一个男子坐在茶几前的蒲团上,一身玄青色丝绸马褂,长辫锃亮,背对智全,自斟茶水。

男子拿起茶杯朝屏风内侧举了举:"既然先生不喝我的茶,那我便悠然自得了。"他的声音清朗洪亮,听起来甚是年轻。

屏风内侧传出一个沉稳厚实的声音:"凡曝沙之鸟,呷浪之鳞,无不悠然自得。尊客焉知鸟鳞之乐?我自然也有我的茶水可喝。"

"前明袁宏道的《满井游记》,我甚喜欢。先生且听我背诵几句。高柳夹堤,土膏微润,一望空阔,若脱笼之鹄……山峦为晴雪所洗,娟然如拭,鲜妍明媚。柳条将舒未舒,柔梢披风,麦田浅鬣寸许……

凡曝沙之鸟,呷浪之鳞,悠然自得,毛羽鳞鬣之间皆有喜气。"

"物类放逐其于乡野,方得自由,何须为了一己之欲而将其束缚在笼呢?尊客想必不会不懂这个道理。"

男子喝了口茶道:"我听说过先生自述'三变',初锢之为党人,继指之为游侠,终厕之于儒林。今日我期望先生说一说早年事,事无巨细,顺耳逆耳皆可,不知先生愿意否?"

良久,屏风后的声音响起。

"万历四十四年,我父亲黄尊素由乡村塾师考中进士,官放南直隶宁国府推官,我随父亲任上。他性情刚烈,精敏强执。我目睹他扫除奸鄙、执法如山的吏治之才……"

万历三十二年(1604),被罢黜的吏部文选司郎中顾宪成率一帮江南士大夫讲学于无锡东林书院。"风声雨声读书声声声入耳,家事国事天下事事事关心",这是顾宪成题在东林书院大门的名句。东林书院一时成为江南清议之地。东林士子一洗江南士子的柔弱内敛,讲习之余讽议朝政,裁量人物,要求朝廷振兴吏治,革除积弊。

天启二年(1622),黄尊素任山东道监察御史。东林人时聚黄府官邸评议时局。少年黄宗羲为他们端茶送食,耳濡目染,渐生忧国忧民之心。如同所有东林人,黄尊素力陈时政十失,上疏弹劾权倾朝野的阉党魏忠贤。

得罪魏公公不会有好下场。魏忠贤指周起元、高攀龙、黄尊素等七人"俱系吴地缙绅,尽是东林邪党",以贪墨罪名追捕。黄尊素坦然往余姚县衙投案,黄宗羲和祖父陪同前往,他们自认朗朗乾坤自会黑白分明。途经绍兴,黄尊素砥砺性命的好友刘宗周前来送行,此前刘宗周亦因弹劾魏忠贤而被革职回乡。黄尊素命儿子拜刘宗周为师,

熟读家中《献征录》等史籍。

至京入锦衣卫北镇抚司，阉党许显纯、崔应元对黄尊素严刑拷打，斥问"贪赃几何"。黄尊素朗笑："清风明月，名山大川，都是我的贪赃，何必再问你家太公？"天启六年（1626）闰六月初一，黄尊素从容赋绝命诗，死时黑盆覆面，巨索缢胸。

两年后魏忠贤被崇祯赐罪，自缢而死，天启冤案昭雪。十九岁的黄宗羲揣上为父申冤的奏疏和一把磨了千百遍的铁锥，告别母亲姚太夫人和新婚妻子叶宝林，奔赴帝都……

此时的严秋毫在寺院外绕了几圈，来到方丈禅房的外墙，像壁虎一样贴在窗沿下。他实在按捺不住好奇心，到底何方神圣与先生半夜会面，且连一只虫子也不能进去。

黄宗羲递交的奏疏字字血泪："臣父黄尊素秉性正直，疾恶如仇，因抨击逆党魏忠贤，遭捕入死狱。臣从舞象之年，招父魂回归故里，日夜泣血至今……如今元凶魏忠贤已除，从犯许显纯、崔应元等仍逍遥法外。恳请皇上诛杀这些人，为臣父申冤。臣将万死无憾。"

崇祯传旨刑部严审许显纯、崔应元等人。彼时的崇祯多想做一个重振朝纲的好皇帝，多想扶起大明这座行将倾圮的大厦。

许显纯称自己是孝定皇后的外甥，理当从轻发落。黄宗羲怒喝："过去汉王朱高煦、宁王朱宸濠谋反依法也被诛，何况你只是皇后的外亲！"拔锥向其刺去，再揪崔应元的胡须。堂中官员多被阉党陷害过，作视而不见。诸贼伏法后，黄宗羲与东林遗孤在诏狱中门哭祭先人，观者涕泪。崇祯听闻亦叹"忠臣孤子，甚恻朕怀"。

男子肃然，原来大儒少年时即有这般英毅刚烈、笃于风义的作为，叹道："东林遗孤，英毅诚不输前代。"

黄宗羲道："今多有明亡于东林之论，宵小之徒亦以此为口实。数十年来，东林勇者毁家纾难，弱者埋于土室，忠义之盛胜于前代，犹是东林之流风余韵也。一堂师友，冷风热血，洗涤乾坤，无智之徒却窃窃论之，实在是可悲可笑。"

严秋毫正偷听得欢，忽觉一侧耳朵疼痛，正要呼喊，张开嘴又赶紧闭住，许舜华正揪着他耳朵。他示意她也听听，许舜华瞪他一眼走开，走了几步回来，也贴在窗沿下。

"崇祯三年我赴南京乡试，可惜不第，所幸南京文风郁盛，结识了南中诗社、复社诸文友，切磋学问，砥砺品行，纵论天下大势……"

桨声灯影的秦淮河，复社领袖张溥、张采偕两千多名江南名士齐聚复社大会，陈贞慧、方以智、侯方域、冒辟疆、沈寿民、沈寿国、陈子龙、吴梅村……江南名士吟诗赋词，柳如是、顾横波、马湘兰、陈圆圆、寇白门、卞玉京、李香君、董小宛，秦淮八艳弹琴弈棋，真是六朝金粉地，金陵帝王州。

二十一岁的黄宗羲名落孙山，看诸友春风得意，他惭愧而羡慕，只能郁闷地以茶代酒解闷。酒酣耳热之际，云间人陈子龙冷不防道："各位学长，请问良辰美酒好辰光能有多长久？我每读前人传记总是感叹，我们正值青春年少，若此时不勤奋好读，难道凭空就能得乔松之寿、金石之名吗？"此话如当头棒喝，令黄宗羲从落第的羞愧中醒悟过来，暗思须更加勤奋向学。

黄宗羲脸上的悲慨之气淡去，呈现陶然之色："之后我受业于蕺山先生，得'慎独''诚意'之学，学问渐增；读书杭州时兼习音律，我与张歧然找来余杭好竹，截成十二律四清声，能吹出清韵好曲。夜间我们泛舟西湖，吹笛鼓琴，议题辩难，相执不下又哄然大笑……"

听着一连串闻名遐迩的大名,严秋毫和许舜华暗暗羡慕先生年轻时竟如此活泼有趣。

男子从怀里取出一个物什说他有笛子,从屏风上头递过去。

黄宗羲接过这个两管五孔、似笛非笛的乐器,便道:"是羌笛,我早年在京师见过,倒是没有吹过。"

"正是,羌笛何须怨杨柳?春风不度玉门关。"男子道。

黄宗羲吹了一段断断续续的音律,越吹越悲凉,到后来竟成幽泣之声。男子击掌说吹得好。窗外的两人也暗赞。

黄宗羲道:"宋代游僧释文珦有羌笛诗,贪者听之廉,愁者听之怿。若真能贪者听之廉,当年《留都防乱公揭》恐亦能逆天改命了。"

男子道:"我见过《留都防乱公揭》抄文,先生名列署名第二。公揭案让先生吃足了苦啊。"

崇祯九年(1636)黄宗羲赴南京,参与冒辟疆牵头的桃叶渡大会。那是一场奇特的聚会,他们招来阮大铖的私家戏班演《燕子笺》。阮大铖以为复社人士要与自己和解,讨好奉上。他们通宵达旦畅饮,盛赞阮大铖的绝妙文采和伶人演技,又高声痛骂阮贼。阮大铖派人暗中观察,七窍生烟又无可奈何。崇祯十一年(1638),阮大铖与前右佥都御史马士英勾连,死灰复燃。复社发起讨贼檄文,黄宗羲奔走联络江苏、安徽等地士子。南京城墙赫然张贴《留都防乱公揭》,称复社"但知为国除奸,不惜以身贾祸……存此一段公论,以寒天下乱臣贼子之胆"。首署顾杲,其次黄宗羲,东林子弟、天启死难遗孤和复社士子纷纷署名,多达一百四十余人。南京国子监太学生助阵,满城街谈坊议。阮大铖逃至城外牛首山避居,啮齿发恨与复社势不两立。

崇祯十五年(1642)黄宗羲再赴京师应试北闱,与好友陆文虎同住万泰族叔家。尽管他下笔纵横，还是落了榜。中试的陆文虎为解他苦闷，约他策马游天街闹市，观紫禁城苑，攀西山之巅，揽燕山胜景，望断崖万仞苍莽千山。两人嗟叹当下时局，内有农民军风起云涌，外有松锦失陷，夷狄铁蹄抵宁远城下，燕山内外烽烟弥天，身为士子他们却无计可施。

之后，内阁首辅周延儒荐黄宗羲为中书舍人，他深感学杂不精而婉谢了。临行前他在市集购书，骤闻羌笛悠悠，铎声铿铿，其声悲怆。铎本是北地战事用器，出现在京师殊为不祥，他当即告别师友南归。

黄宗羲淡然道："落榜倒也践履了山水之游，也不负读书行路穷究山川地理的大学问。"

回余姚后，黄宗羲约兄弟黄宗炎、黄宗会同游四明山。"东浙三黄"经蓝溪，过鹿亭中村，走蜜岩饮清甜溪水，宿应梦名山雪窦寺，赏千丈岩瀑洒若飞雪，观隐潭冰柱晶莹剔透……历时两月余。之后黄宗羲撰《四明山古迹记》，黄宗会撰《四明山游录》，黄宗炎撰《四明山赋》，"东浙三黄"尽显淋漓才气。

听到这里，严秋毫悄声说："我们要是早生几十年，一定要跟着先生游学四方，你做女书童，如何？"

许舜华示意他不要聒噪，两人继续听着。

黄宗羲语气郁伤："四明山游历，是我前半生最后的承平时光，此后中原陆沉，乾坤倒覆，我终成孤臣孽子……"

崇祯十七年（1644）开春，朝廷赐给黄尊素"忠端"谥号，姚太夫人泪水涟涟，夫君的忠勇节义终于得到朝廷的最高奖赏。黄宗羲却从末世的荣耀里，看到国事如蜩如螗、如沸如羹。是年三月，李自成攻陷京师，崇祯自缢，清军抵山海关外。黄宗羲随刘宗周赴杭州吴山

海会寺,与熊汝霖、章正宸、朱大典以及余姚文昌社诸硕庵等众师友共商时局。伫立吴山之巅,眺望湖山苍茫,黄宗羲想到昔年金主完颜亮的诗,"万里车书一混同,江南岂有别疆封?提兵百万西湖上,立马吴山第一峰",陡感"提兵百万"的危殆迫在眉睫了。

不久福王朱由崧在南京即位,改元弘光。刘宗周入朝任都察院左都御史,黄宗羲赴南京以图报国。拥戴福王上位的马士英和阮大铖风头正健,作《蝗蝻录》,称东林为"蝗",复社为"蝻",大肆搜捕《留都防乱公揭》署名者。黄宗羲闻讯逃离南京。过钱塘江,他得到扬州失守、史可法殉难、南京沦陷的消息。过萧山又闻绍兴府降清,先前归乡的刘宗周绝食。他赶至恩师避居处,刘宗周已奄奄一息,师生泪眼相向。三天后刘宗周绝食而亡。黄宗羲奉母至鹿亭中村避难。

顺治二年(1645)六月,南明吏部右给事中熊汝霖和义士孙嘉绩举起浙东抗清第一旗。黄宗羲把母亲托付给四弟宗辕和五弟宗彝,带二弟黄宗炎和三弟黄宗会回到黄竹浦,变卖家产,集六百余青壮组成世忠营,开赴钱塘江抗清。

"本以为,拼却一腔碧血丹心,还我一片朗朗乾坤,可鲁王政权兵饷不继,谏议不纳,龃龉频频。世忠营义军缺衣少食,未及战死,先行饿死甚多;刑部员外郎钱肃乐所率义军四十天无饷,乞饷数十次无果,最后竟行乞于道,不得不解散……"这番话早在许山第一次来见黄宗羲时,他就想说与许山听,最终还是咽了下去,许山当时半个字也听不进。

鲁王朝苟且偷安,谋求划钱塘江自守的方略。黄宗羲分析南明军与清军的种种情势,给手握重兵的武宁侯王之仁写信,提出主动进兵浙西、直捣崇明的策略,"凭绍兴、宁波、台州蕞尔三府,怎能供养南明十万大军?清军眼下不攻打过来,明年亦会攻击,而我军实难支撑,自守又有什么用?若是同时攻打崇明,则可以分散清军部分兵力,实是上策。"王之仁不予采信,结果被黄宗羲不幸而言中。顺治三年(1646)清军突破江防,南明各部溃败,鲁王仓皇出逃,黄宗羲率五百义军退居四明山……

言至于此,黄宗羲的老泪扑簌簌落满胡须。

严秋毫和许舜华早就好奇先生的早年事,现在先生说出来再好不过。只是屋里那人到底什么来头,先生又为何敢毫不隐讳地说出这么多旧事?

男子喟然长叹,听着一场场江山变故,他原本以为自己会引以为傲,没想到更多是嗟叹。那时他还未出生,纵然自小听过无数大清入关的传奇,也不如看到乾坤另一面的血肉裸裎。有胜者王侯,自然有败者寇,只是他听了太多胜者的故事,很少立于败者之地,想一想那一场场杀戮是如何大风起兮,又如何无声地落幕。

当年先帝祭崇祯时哭喊"大哥大哥,我与若皆有君无臣",这何尝不是一种因畏惧未来命运相似乃尔而发出的悲天之悯?

智全悄无声息地趋前,给他们的茶炉各添上炭火,加注茶水,又退出,继续在角落跌坐。黄宗羲继续说下去。

他率义军进入四明山,屯兵杖锡残寺。杖锡寺初建于唐代龙纪元年,天祐三年吴越王赐额,明末毁于火灾,唯留断壁残殿可供栖身。

戎马倥偬久了,他担心疏远了学问。踏山时,他在梨洲山麓的上庠庙发现一处清净处,他的名号"梨洲"即出于此山。小庙已僧去庙空。起初,他给粗通文墨的义军讲课,他们有的能通读一篇《史记》,有的连自己的名字也不认得,他从一笔一画一字一句教起。后来山

民带着孩童也来了。上庠庙挤不下,就去庙后镇东桥。镇东桥横跨梨洲溪,建有廊屋。放下兵械的义军在廊屋大声诵读古贤诗文。书声琅琅,溪涧淙淙,四明山的晨曦暮霭天光云影明了又暗,暗了又明。

黄宗羲以为,乱世或是盛世,山野或是城邑,妇孺或是老幼,一个知书的人,总会多懂一些做人的道理。

山上的食物总是不够,饥肠辘辘的义军们再也无心读书,他们不分白天黑夜漫山遍野采食野菜野果,周边很快寸草不生。他们的眼里开始闪烁饿狼一样的绿光。山民们惊慌地关紧了门户。

遥忆杖锡寺不远的芙蓉峰上不知哪朝哪代留下的"四明山心"四个汉隶,黄宗羲想到四年前与兄弟们的四明山游历,其时江山虽破,故国犹在,尚有闲情看山河,不由长叹:一支饥寒交迫的兵马能不能活到天明尚且难料,又如何挽江山倒悬之危?

他担心鲁王等人下落,决定下山打探消息。行前他把义军交给两名部将,叮嘱切不可扰民。等他下山后,饥不择食的义军毫不犹豫地把他的叮嘱抛之脑后,疯狂地冲进村庄打家劫舍……一个深夜,杖锡山寨乍然浓烟四起,熟睡的义军尽成火中魂,仅一人侥幸逃生。

黄宗羲道:"那回我走到半山腰,一个义军赶来塞给我一袋豆子,说是野地挖来的,还要随我下山。我带走了豆子,没答应带他下山,事后想想豆子也必定是抢来的。火烧杖锡山寨首罪在我……"

听到这里,许舜华低泣:"送豆子的义军就是我父亲,他说过。"

严秋毫轻拍她的肩头:"人饿急了,什么事都干得出来。"

屋里的男子道:"饥寒起盗心,人性使然,怪不得先生。"

顺治六年(1649),鲁王至宁海三门健跳所,黄宗羲前往,被授左金都御史、左副都御史之职。一个落魄小朝廷的虚衔无疑是可笑的,大权都落在张名振手上，众臣稍有异议即招致祸患，此前熊汝霖已遭郑彩所害。所谓行宫是几艘船，海水为金汤，舟楫为宫殿，狭窄困顿如棺木。黄宗羲和右副都御史张苍水、礼部主事吴钟峦、大学士张肯堂等赋诗唱和解愁。饶是乱礁穷岛，他亦不曾虚度光阴，与吴钟峦在船上推算天象，研究历算，注释《泰西历》《回回历》。

是年清廷大赦，凡顺治五年（1648）前"有故主之思"的遗民皆不作叛逆处，又录名不肯归顺的遗民。弘光朝已成海上浮沫，又恐老母家小遭害，黄宗羲取舍再三只得辞行。吴钟峦驾舢板船相送三十里，他回棹送返，如是往复，两人洒泪诀别。

翌年鲁王再召黄宗羲，与冯京第等赴日本乞师，行程月余无果而返。盖因日本自江户开幕以来承平已久，老不见兵革，哪肯渡海为人作战？时年他救出将押送京师的熊汝霖之妻，为亡友留存最后的念想；顺治十年（1653）鲁王自去监国年号；顺治十三年（1656）黄宗羲和黄宗炎谋划再复四明山寨，事败遭缉捕，黄宗羲逃脱，黄宗炎又被捕，得友人相助再次幸免。

"锋镝牢囚取次过，依然不废我弦歌。死犹未肯输心去，贫亦岂能奈我何？""八口旅人将去半，十年乱世尚无央。白日独行城郭内，莽然墟墓觉凄凉"。十年游侠生涯，十年濒于十死，亲人离散，故友凋亡，家贫如洗……纵然他还有弦歌不废之意气，怎奈万里江山万里尘，一朝天子一朝臣。随着遥远帝都的景阳钟庄严地敲响，黄宗羲终于明白，令明遗民为之竭血卖命的大明帝国，终如飘过化安山的云浪一样潮息烟沉……

史事如山，夜沉似水，墙角下幽泣声声。许舜华悲伤的是，一度认为梨洲先生甘做清廷刀笔吏的父亲，再也听不见先生这一番更深

彻的剖肝泣血之辞；严秋毫愧疚的是，自己始终揣一己私仇，何曾有过一腔为国为民的碧血丹心？他不曾真正读懂先生的《待访录》，还险些毁损弄丢。外界对先生的非议，他也没有竭尽所能去抗辩。

男子喝了口茶，清了清嗓子道："《待访录》激赏三代之盛，孤心苦诣为国定策，著书人却置身荒山野岭不肯出仕。我且问梨洲先生一句，若士子儒者皆以你为楷模，甘为首阳之士，三代如何兴盛？"

黄宗羲缄默片刻道："尊客见过孤鸟翔天，因羽翼受伤，故而垂翼而缓飞吗？"

男子稍一怔，若有所思道："明夷于飞，垂其翼。君子于行，三日不食。先生的意思是——"

黄宗羲泰然道："遗民者，天地之元气也。万斯同不入史馆，不署衔，不受俸，以布衣入史局；我朝不坐，宴不与，止于不仕，仅此而已，望尊客成全。"

男子望着杯中越来越淡的茶汤，深思良久。

"尊客若是没有别的疑问，我们各自歇息吧。"

"先生能否告知，为什么愿意见我一面？先生若是真正释然，遗民士子的心结便也放下了。我想得到一个明白的答案。"

这个疑问，自他没有像蕺山先生那样绝食自尽，没有像史可法、张苍水那样壮烈殉国，没有像陆文虎、万泰、吕留良那样抱恨而逝，没有像顾炎武、王夫之那样避世隐居……坊间已然弹射臧否。黄宗羲早就知道，一些士子称《待访录》为奉迎新主而写，向后二十年交入"大壮"实指清廷；他与"昆山三徐"交好，实为结交朝廷新贵，为弟子和儿子铺前程；士子们颂扬顾炎武、王夫之、吕留良，称他们才是风骨大儒；连最亲的兄弟黄宗炎对他也误会甚深……

严秋毫悄声说:"那人问的,也正是我想知道的。咱们听仔细了,以后再有闲言碎语,我让他们把耳朵洗净了听清楚。"

许舜华道:"倘若人人都做顾炎武、王夫之、吕留良,读书种子老死于深山冷岙,学问烂在肚子里有啥用?孩童们又去哪里求学问?我比谁都恨这个朝廷,可我比谁都盼着百姓过上太平日子,人人求学问,而不是动刀兵。"

屋里那男子道:"若梨洲先生不想说——"

"元朝至正二十八年,太祖攻入大都,兵临城下,史家危素来到报恩寺,即将投井殉国之际,他的诗友大梓和尚说:国史非公莫知,公死,不是死公一人,即是死国之史。危素幡然大悟,是以不死,之后修得《元史》。尊客诚意相询,贫僧代梨洲先生答了。"另一个沉郁的声音响起。

国史非公莫知,公死即是死国之史!

男子心神俱凛,腾地起身,差点撞翻茶几,朝智全走了几步停下。老和尚继续闭目诵经不动声色,仿佛刚才说话的不是他。男子又朝屏风走去,近在咫尺又停下脚步,脆薄的竹屏风仿佛坚如铜墙铁壁。

他看看入定的老僧,再看看挡在眼前的屏风,高声道:"国史非公莫知,公死即是死国之史!好好,说得好,说得好。我懂了,我明白了,我也放心了。"

国史非公莫知,公死即是死国之史!

方才细辨声音时,严秋毫就满腹狐疑,现在听那人高声说出,顿时大惊——难道是他?他早知这一典故,当下更是顿悟。原来,为这一个人人皆知、却并非人人皆懂的道理,就算受尽世人的误解以至诽谤又如何?梨洲先生早就做好了"虽千万人吾往矣"的准备。

男子道:"实话相告,我亦听过不少对先生的谤语,颇是担心先生因此将我拒之门外。前明王槐野先生有言,有非常之功者,必有非常之议;有非常之议者,必有非常之谤。卢九台先生也说过,从来任事之人,即任罪之人。若想做一番非常功业,须有一颗受非常之谤的心,千百年来莫不如此。"

"别人受得,我黄宗羲如何受不得?"

"先生任事任罪,国史唯有相托指教了。"男子朝屏风深深一揖。

"百卷纬书真绝学,千秋国史附江东。"黄宗羲走到窗边,打开窗,望向蓝黑的夜空,星空亘古,无数星子闪着清寒的光,冷冷审视人世间的不变山河。

严秋毫的额头差点被窗户撞着,两人伏低一些,也抬头望天。

"星河耿耿,左图右史,一书一史如繁星,多一册不多,少一册也不少,我只是一介草野穷民,写不得名公巨卿的宏业,只能写写前朝旧事,或能补益史书缺佚吧。"黄宗羲说。

男子再次深长一揖:"梨洲先生,后会有期。"

"我们并不曾相见,哪来的后会?"

男子怔愣,随即恍悟:"正是,今夜是一名远道而来的学子向先生求教学问疑难,史书亦不会记载此事。"他走出禅房,立刻有数名隐在树丛的挎刀身影闪出,簇拥着他,没入耿耿长夜。

严秋毫只觉全身悚然……是他,果真是他,他竟然跑来与梨洲先生会面!许舜华小声说快走,别惊动了先生。

"出来吧,窃听可不是好习性。"黄宗羲拍拍窗沿道。

智全法师仍闭目趺坐,连眼皮也没有抬一下。世俗归世俗,法门归法门,这一夜的风云起伏与他浑然无关。三人告别离开。

许舜华问:"先生,那人是谁?"

严秋毫犹豫了下问:"他,为何与先生说这些?"

"一个朝廷的人。"黄宗羲边走边款款道来,"身为儒者,当为复兴文治而出仕,否则便失了儒家的担当;身为儒者,亦应为前朝故国而不出仕,否则便失了清操名节。所以无论出仕与否,于遗民都是一个死局。我让万斯同和万言修史,也算是取折中之义吧。

"亡国之悲戚何止有明?不坐庙堂,不与欢宴,能做到不仕朝廷也就够了。种瓜卖卜,呼天抢地,从早到晚醉生梦死,以浇亡国的块垒,看似洒脱不羁,高标自持,实则骇人耳目,过而失中,未免有刻意之嫌了。

"人生此天地之间,不能不与之相干涉,有干涉则有往来。陶渊明靖节先生不肯屈身于异代,纵然如此,江州之酒,始安之钱,却也不能拒之……"

三人回到厢房门口,许舜华告退,黄宗羲让严秋毫留下。严秋毫头皮一麻,做好了要被先生训诫的准备。

黄宗羲道:"他要你用好玉管羊毫,你的手是用来写字的,不是用来掷康熙通宝的。"

严秋毫咧咧嘴想笑,鼻子又一阵发酸。

"他此次南巡前,就托了智全法师说合会面,我一直未允。夜间智全法师再次以'国史非公莫知'一语醒我,大和尚不啻有大梓之慧。此次来杭我与老友约了叙谈,年纪大了,见一面少一面啊。这些天你们去附近走走。各人自有天地,我不管你们,你们也不用管我了。"

回到厢房,严秋毫摸出玉管羊毫,举在烛光下端详。

"国史非公莫知,公死即是死国之史!"智全沉郁的声音和那个清

朗的声音在他耳边交相缭绕。

先生少年时刺向佞臣的铁锥,刺中的不仅是几具腐朽的躯体,更是刺破了明帝国最后一层天幕。如今利锥化为如椽巨笔,饱蘸血泪书写故国的伏脉千里。他手上的玉管羊毫,若能为那支大椽添上小小的注脚,亦是有幸啊。

外面响起叩门声,他打开门,见是许舜华。他有点惶惑又有点窃喜,难道她还有什么私房话?

许舜华俏脸冷峻:"以后在外面听到什么闲言碎语,都不许跟先生提起。先生是做大学问的,倘若因他人嚼舌而不停地解释,还有精力著书立说吗?亏你也在史馆做过事,如此分不清轻重。"

"我不是,我没有……"

"以后你一心助先生抄书,寄送史料,我照顾先生饮食起居就是了。"她走进厢房关上门。

严秋毫有点懊恼,再一想,今日梨洲先生把大大小小的困惑疑难掰开来,敲打磨碎说透说明白了,岂不更好?国家大事,有皇帝臣子管着。世间疑难,有梨洲先生这样的大儒释疑解惑。舜华说得对。其实,人人做好分内事,天下也就太平了。

第十九章　风隐化安山

数日后,黄宗羲三人从香积古埠登船回余姚。

舟行于大运河,官船、客船、漕船、渔船来来往往,一些官船里传出弦乐歌声,与他们坐的客船泛浪而过。两岸城郭如环,栋宇参差,井屋鳞次,烟火相接,延袤十里。船行半个时辰后,繁华渐杳,江面开阔,苇草起伏,鸥鸟在江面与白帆间掠翅低舞。

黄宗羲伫立船头,望着这一条浩荡长河感喟不已 ——

数十年来,他颠沛往返于浙东运河至京杭大运河不知几多回。崇祯元年(1628),十九岁的他袖藏铁锥千里赴京为父申冤,而后奉父灵柩返乡;崇祯六年(1633),他赴杭州与复社诸友游学;崇祯十五年(1642),他赴京师再次落第;崇祯十七年(1644),他惊闻大明崩塌,赴杭与蕺山先生、熊汝霖诸师友共商国难……

天下财赋泰半出江南,京城每年所需至少四百万石粮食,三分之二从这一条漫长蜿蜒的大河抵京,水陆物财、客旅往来更是不计

其数……行舟一回便是一番人生况味,下一回又不知何等时局境况了……

严秋毫和许舜华过来,一个给他披上外衫,一个说风凉进舱吧。三人正要回舱,四下喧哗,一群客人围作一团说着什么热闹事。

"我早听说圣上南巡要祭太祖陵,就特意赶去南京,那盛况真是亘古少有。"

"皇上亲祭太祖,焚香祭酒三跪九叩,可让我落了一把老泪啊。大清皇帝还真是不错。"

"我们从南京回来,亲眼见到圣上带着内大臣、侍卫和部院官员们叩拜。听说祭文还是圣上亲自作的呢。"

"原来传闻都是真的,快说说详情。"

众人七嘴八舌说道各种传闻。船身摇摇晃晃,急得船家高喊不要乱动乱晃。三人费劲地挤出拥挤的人群。

"先生,他们说的是不是真的?"严秋毫问。

"康熙真的去祭奠太祖陵了?"许舜华道。

康熙二十三年(1684)九月始,康熙首次启銮南巡,视察黄河北岸诸险是此次南巡之重。南宋以来,黄河即夺淮入海,江淮地区屡遭泛滥,顺治年间黄河大决口十余次,康熙初年迄今大决堤达七十余次,两岸民众屡遭水祸悬顶之苦。

康熙亲政后,将三藩、漕运和治河视为三大要事,题书悬挂寝宫,夙夜廑念。三藩之乱平定后,康熙及时出手治理黄河,其间治河臣工换了一茬又一茬。河道总督靳辅在得力幕僚陈潢协助下,提出"河工八疏",疏浚河道,开凿引河,合流攻沙,保固堤堰,几经克难于去年导黄入海功成,大大减少了黄河决堤之患,黄河始见安澜。这在大明是想也不敢想的。念及于此,黄宗羲既黯然又欣慰,便微微颔首。

一个商人模样的一甩光滑的辫子,高声道:"我去南京做生意,听衙门的亲戚说,圣上要去祭太祖陵,我大半夜赶去候着,这可是千载难逢的盛事啊。"

另一个说:"圣上皇恩浩荡,让全城百姓都来看,还特意请读书人站在最前头,官员们恭敬相待。那天是十一月初二……"

行前有官员劝说康熙,遣大臣祭祀故明皇帝足够了,圣驾躬亲不妥。康熙正色道:"洪武乃英雄奋起建功立业之主,怎么能与其他帝王相提并论?朕当亲自躬往致奠。"

康熙特意吩咐官员,盛邀江南士子前来观礼。是日巳时,康熙于太祖陵甬道旁行,谕扈从诸臣皆于门外下马,在二门外三跪九叩,诣宝城前行三献礼,遣内阁大学士席尔达诵读他亲作的祭文,"洪武皇帝朱元璋太祖出身布衣,聪明神武,报济世安民之志,十五载而成帝业,一统海内。西汉之后未之有也……"

屠城的阴影还未曾消泯,大清皇帝放下身段祭奠大明皇帝,这是忏悔追思,还是"满汉一家亲"?谁也不知。那一天南京全城涕泗滂沱,君民同悲。

"国之大事,在祀与戎。此番祭祀足见圣眷正隆,实乃百姓之福。"

"皇上恳请遗民士子都出来考功名做事,不要辜负满腹才学。"

"对了,我听说皇上继续派人查询朱三太子的音讯,说要善待崇祯后人。皇上真是宽宏有德,我看说不定还会封赏个亲王做做呢。"

"你不要命了,可不敢妄议国事……"众人议论蜂起。

同一时刻,京杭大运河淮扬段,江风凛凛,江涛哗哗,煌煌御船徐

徐北上。

中间一艘最豪华精美的龙船上,金黄色华盖下的康熙皇帝在扈从众臣簇拥下昂立船头,向两岸含笑挥手,接受大清子民的欢呼。

三十岁的康熙踌躇满志,脸颊的痘印在阳光下熠熠发亮。

此次南巡自九月二十八日启銮,行前他诏谕各地官府,一应沿途供用,皆令在京所司储备,分毫不取之民间,"朕此番巡历,凡经过地方,百姓照常起居营生,不得迁移远避,以免滋生不必要的扰累"。

十月,康熙至济南府,咨询地方利病,民风土俗,登泰山极顶,祀泰山之神;出巡期间定奏章三日一送,某日等到二鼓还未送达,至四鼓方至,他即起身批阅至天明;谕告有司大小官员要亲地勘察朝廷开设的粥厂,百姓小民均沾实惠,如有违一律治罪;巡察黄河北岸诸险要地段,指示河道总督靳辅防护沿岸吃紧险要处,使黄河之水顺势东下,水行沙刷,永无壅决之险;舟过高邮、宝应等水患地,他登岸步行十余里视察水势,召当地耆老详问灾情;泊镇江,渡扬子江,登金山,嘱当政者务必去奢返朴,事事务本。

十一月回京至南京,谒明太祖陵行三跪九叩大礼,江南百姓感泣落泪。"山河奄有中华地,日月重开大宋天。洪武帝,你可知,我大清虽属异族,却非化外之境,亦属中华之邦,如今渐次万民康宁,天下熙盛……"他在太祖陵前踌躇满志地想着。

他在残垣断壁的明故宫徘徊。念及明成祖朱棣雄心勃勃迁都京师,再造帝都,最终覆没于爱新觉罗氏的雄骑之下,不由又骄傲又唏嘘,令地方官加意防护前朝宫陵,"取前代废兴之迹,日加儆惕",长留醍醐灌顶之醒……

北境罗刹虎视眈眈,蒙古准噶尔部噶尔丹野心勃勃,但经过平三藩、收台湾的磨砺,强敌何足为惧?朝代鼎革,杀伐征讨天经地义,遗民的怨恨自是难免,好在自己恩威并施,换来了江南百姓的感恩涕零,明太祖陵前的三跪九叩没有白白付诸……还有,与那位江南大儒的深夜微服会面亦是获益良多……

"国史非公莫知,公死,不是死公一人,即是死国之史……"这个声音被风刮来,倏然灌进耳朵。

他欣然自语:"我懂了,我明白了,我也放心了。"

"朕要南巡,有一天朕必定要南巡。天下财赋泰半出江南,南粮北上,滋养了大半个中国。朕要看看,那一条运漕粮百物的大运河,昨日洪武龙兴的南中国,今日大清的江山社稷,到底是何等模样?"康熙想起数年前说过的话,龙颜大悦,舒怀大笑。

此刻他如骄傲的雄鹰翱翔于天,驾驭浩荡长风,傲然俯察帝国的万里江山。

浩浩大运河上,黄宗羲与康熙背向而驰,渐行渐远,谁也看不清谁的背影,就像两颗在漫漫银河里擦肩而过的星子。

"先生,康熙算不算一个好皇帝?"严秋毫问。

"三代以下为人君者,都以为天下利害之权皆出于我,将天下视为自己莫大的私业,传之子孙,受享无穷。昔年汉高祖问父亲,我挣下的家业,与二哥相比谁更多?此言足见其追逐私利之心。"黄宗羲没有直答。

严秋毫说:"对了先生,刚才听说他还在追查崇祯后人,他要做什么?真要封赏人家一个亲王做做吗?"

"康熙祭太祖陵,笼络江南士大夫之心,确实彰显了对汉人汉文

化的敬重,但是,"黄宗羲极目长河上来来往往的船帆,"他也想以此举诱使崇祯后裔自投罗网,翦其羽翼,永绝后患。"

严秋毫一惊。黄宗羲看着前方眉头一蹙,严秋毫随他目光望去,许舜华在人群里焦急地寻寻觅觅。他挤上去,发现她眼中泪光莹莹。

"我看见他了。"她拽着他朝船舱跑去,"快,你跟我一起找。"

严秋毫问到底找谁。

"王士元。"

"不不不,不可能,不会是他,绝不会是他。"严秋毫连连否认。

"你都没有看到,怎么连声说不是?"

"这,你一定是看走眼了,他怎么会来这里?"

许舜华跑进船舱,严秋毫只得紧跟上去。

黄宗羲不知他们之间发生了什么,但知道,有些疑难不是他的学问所能解答的。

黄昏时分,船将抵钱清驿,下船的客人们来到船头等候,顺便赏赏落霞孤鹜,秋水长天。

一个背着行囊的客人走到黄宗羲面前一揖。黄宗羲还礼,见对方五十岁开外模样,戴瓜皮旧帽,面容瘦削,神情沧桑,一身书卷气,眉眼似曾相识,便问对方是谁。

"梨洲先生,多谢救命之恩。"那人再次作揖。

"我与先生素昧平生,不知尊姓大名,何恩之有?"黄宗羲诧然。

"我亦是前朝遗民,区区姓名无足挂齿。日间,我听闻皇上恳请遗民士子出来考功名,南巡祭太祖陵,心有戚戚然,甚是感念皇上宽宏大量……"

"你要考功名?"

"方才我不经意听到先生说，他只是以此举诱使崇祯后裔自投罗网，翦其羽翼，永绝后患。先生此言令我大梦初醒。"

黄宗羲一惊："你到底是什么人？"

"在下以为，他对崇祯后裔尚且施以如此手腕，我等草民为这样的朝廷、这样的人君做事，何等齿寒心冷？此番出门我本欲寻求官学教书。如今心念俱熄，拟另寻出路，特来感谢先生一语惊醒梦中人。"

原来如此。黄宗羲苦苦思索在哪儿见过他，可还是想不起来，不由自嘲年岁不饶人记性差多了。

"我读过先生的《待访录》，真是千年一遇的好书。在下有一个疑问想请教先生。"

"请讲。"

"崇祯治国可谓克勤克俭，宵衣旰食，庶几可追太祖。大明屈大均有《燕京述哀》诗道：'先帝宵衣久，忧勤为万方。捐躯酬赤子，披发见高皇。'足见崇祯是一个勤勉的皇帝，可大明何以崩坏如斯？"

"你既然读过《待访录》，自可从书中找到答案。我且说说另一因由，天亡大明，可谓三大灾三小灾齐发。"

"三大灾三小灾？"

"世界入坏中劫，天上七日并出，江海枯竭，山川皆成灰烬，是为火灾；火灾之后，天上地下皆为倾盆大雨所灭，是为水灾；水灾之后，遍世界宫殿田地皆为风力破坏，是为风灾。此即三大灾。

"初世界时，海晏河清，安居乐业，之后杀盗淫妄诸恶渐生，人心不善，五谷不生，人相食，饿殍遍野，是为饥馑灾；之后人心放浪，疫气横生，是为疾疫灾；之后人心越发向恶，互为仇敌，草木皆化为刀剑，是为刀兵灾。此即小三灾。

"崇祯年间,仅陕西一地,元年大旱,五年大饥,六年大水,七年秋蝗、大饥,八年大旱、水涝,九年旱蝗,十年秋禾全无,十一年夏飞蝗蔽天,十三年、十四年大旱。江南亦如此,无年不灾,无灾不烈。大雨致舟行于陆,村舍良田化为泽国;大旱致河圻见底,井泉俱竭;旱后即飞蝗蔽天,禾木殆尽;风潮拔木,房屋桥梁倾圮。崇祯十三年至十五年最烈,江南八府一州旱、蝗、疫数灾并发,比户疫疠,积尸横道。数千年未有如此亘古奇荒。究其深因,实是朝廷吏治腐坏,水旱不修,疫疾不治所致。名为天灾,实为人祸。"

那人面色惨白萧索,好一会儿说:"国之将亡,必有异象。"

黄宗羲劝慰:"四十年过去了,先生莫再伤神了。"

"在下还想唠两句,以后只怕无人可说了。先生的《原君》篇说,若后世君主果真能守住产业,传给子孙后代,也不用责怪他们将天下当作私有。可人人都会有将天下视为产业的念头,那么即便把产业捆于箱笼锁在宫室,君主一家一姓之力,怎么挡得住人人都想抢夺?远古也许可以传几代,近世争夺皇位的血肉之惨还祸及子孙。先帝对惨遭断臂的长平公主说,'汝何故生在帝王家',此言何等沉痛?"

黄宗羲讶然,《待访录》这么多篇章,他为何挑这一段说?又不肯挑明身份,举手投足看来非一般士子……

此时船抵钱清驿,客人纷纷下船。

那人又深深一揖:"先生,《待访录》是警策后世的好书,就算当世无人读懂,后世必会振聋发聩,启蒙人心。山高水远,无相见时。各保玉体,将死为期。"言罢转身就上岸。

望着他孑然一身的背影,黄宗羲顿然想起——多年前在四明山清源寺问"天地是明明白白的好,还是清清朗朗的好"的和尚,与他何其相像？更多年前在海昌遇到的遭遇劫贼的落魄异乡人，与他亦何其相似？他是谁？他到底遭遇了什么？

那人随着人群上岸，从怀里摸出一对皱巴巴的纸折双飞燕。他一遍遍捋平，轻轻放在岸边，朝客船回首，眼神里有无限眷恋深情，然后转身离开。江风吹来，双飞燕在半空中飘飞了一阵，晃晃悠悠地坠落水面，很快卷入波涛之中。

"花落花开总属春，开时休羡落时嗔。好知青草骷髅冢，就是红楼掩面人……"他边走边吟，渐行渐远。

"是他，是他——"许舜华朝岸上冲去。

船板已撤，船徐徐离岸，严秋毫拉住她。黄宗羲看着岸上人的远影，再看一脸是泪的许舜华，有所悟：他们之间有一段不可说的因缘。

严秋毫急切地问黄宗羲刚才那人说了些什么。

"他问大明何以崩坏如斯，我说，天亡大明实是天意。"

"他还说些什么？"许舜华哽声道。

"山高水远，无相见时。各保玉体，将死为期。"

许舜华顿时痛哭失声，严秋毫只得轻声安慰。

黄宗羲拍栏轻叹。他一生著书立说，却未深研男女情事，任何学问都有理可言，唯有情爱不可理喻。当年在南京，他目睹复社才子与秦淮八艳是如何浓情蜜意，钱谦益与柳如是，侯方域与李香君，冒辟疆与陈圆圆、董小宛……转瞬间笙歌杳然，风流云散。

情爱如斯，江山如斯，生死如斯，天地间有什么是亘古不变的？

长风浩荡，长河澎湃。漕船传来悠悠歌谣："运河水，万里长，千船万船运皇粮。漕米堆满舱，漕夫饿断肠，姑娘不嫁摇船郎……"

化安山龙虎山堂，雪后初霁，山堂静寂。

山堂外的林子，风一吹，积雪不时从树枝坠落，窣窣作响，在无人踩踏的圆润雪地砸出一个个小坑。

严秋毫抄完一卷书，揉揉酸胀的眼眶，望向窗外，许舜华在院子里缝衣裳，人面与积雪琼枝相映，越发楚楚动人。橘树上挂着几个过冬的残橘，鸡在树下啄虫，狗趴在柴门前打瞌睡。

他抄录书籍，接明史馆寄来的史稿，交黄宗羲校勘订正，再寄往明史馆；许舜华照顾他们的饮食起居，种花种菜，养鸡喂狗；黄宗羲全心著述，有时外出讲学，两人陪侍同行。日子与山堂一样静谧安然。

严秋毫走到院子，许舜华咬断缝衣线，提起衣裳让他试一试。严秋毫腼腆地举起胳膊任由她摆布，心中暖热。

"对了，昨日先生说要去后园走走。"许舜华指了指北首的墓园。

"先生怕是看书写稿又忘了时辰，去看看。"

书房门开着，黄宗羲在缝一件灰黑色的衣衫，手势笨拙吃力。

"先生，我来缝好了，您何须动手呢。"许舜华接过衣衫。

严秋毫道："先生，您自己缝衣，未史先生可要怪我们照顾不周了。"他抓起衣衫大惊小怪，"这么旧了，还破了个口子，还要补啊？我明日进城给您买块面料，让舜华给您做件新衣。"

黄宗羲的神色有异样的萧索。

"十五年前，晚村先生赠我一件衣裳一斤松萝茶，如今衣尚在，人已逝。今日是他冥诞，我唯有睹物思人了。"

两人知道黄宗羲与吕留良的交谊及之后的罅隙乃至绝交，外界对他们的恩怨莫衷一是，他们更无从评说。

严秋毫暗想，梨洲先生年长吕留良十九岁，这一对忘年交的恩怨纠葛,非三言两语能说清。梨洲先生濒于十死而依然不废弦歌,吕留良与他疏远后未能感知其万一,可见世间知交何其不易啊。

许舜华幽幽地说:"先生,我会把衣裳补好,就算不能缀合如初,也不会让它再破下去。"

黄宗羲点点头,走向外面:"带上扁担、锄头、箩筐,还有柴刀,跟我走。"

先生要做什么?两人愣了愣,找出家什追上。

山道蜿蜒曲折,溪流仍淙淙有声。梅花暗香阵阵,雪野中红云点点。许舜华折了几枝梅花,严秋毫陪黄宗羲在各墓前供花,许舜华也给父亲供上。

严秋毫过去与她一同跪拜,心里说:许伯放心,舜华有我,我会一辈子护她周全……

黄宗羲张望一圈道:"是时候建生圹了。"

这话他不止一次说过,两人才明白拿家什做什么。黄宗羲走了几圈,在离父亲坟茔不远的一片灌木杂草丛停下,说就在这儿吧。

生死那么远,如此近,那么喧哗,又如此寂静。彼岸有父母兄弟妻儿,有那么多老友故人。"剡中十亩埋荒地,树树松林作怨声",大半生濒于十死,这一条末命之路该自作主张了。

严秋毫挖掘灌木杂草,许舜华抱堆在一边,黄宗羲用柴刀把树枝斫成一截截,晒干后这是上好的柴火。他们唱着乡间小调,说说笑笑,半个时辰就整出一小块平地。两人怕黄宗羲累着,劝他歇会儿。

风穿林梢,落地卷叶,林子响起呜咽之声,似有无数声音涌来。他们给黄宗羲披上棉袍,扶他到避风向阳坡坐下。严秋毫随身带有火石,捡来干树枝,揪了把干草,升起一堆篝火,不时往火中扔一把干

松针。周围顿时暖意融融,松香四溢。

"梅花独立正愁绝,冰缠雾死卧天阙。孤香牢落护残枝,不随飘堕四更月。"黄宗羲吟道,这是有一年七夕他梦见梅花所作的诗,他望着平整后的空地道,"他年老友来看望我,若能于坟上植梅五株,我谢天谢地了。"

"一定一定,先生,我记住了。"严秋毫忙说。

许舜华嗔道:"有你这样说话的吗?呸呸呸。"

严秋毫跟着吐了口口水,黄宗羲笑道不必忌讳。

前头传来嘎吱嘎吱的踏雪声,一个十多岁的少年挑着担,搀扶着一个八十多岁的老人过来。黄宗羲一看,是年迈的徐太婆,拄着一根枯梅枝。少年放下担,恭恭敬敬地作揖喊梨洲先生。

徐太婆咧开没牙的嘴笑了:"黄先生,今早我卖了三瓿咸菜酱瓜,城里人说炖肉最好吃了,我回头叫曾孙儿送点过来。"

黄宗羲道:"不用不用,您留着卖铜钱。"

徐太婆从挑担里摸出一块红点黑绸,欢欢喜喜地往身上贴:"黄先生,你看这块布料可好?"

"好好,真是一块上好料子。徐太婆有眼光。"

严秋毫和许舜华啼笑皆非,这太婆跟先生闲扯这等鸡毛蒜皮,难为先生还要耐着性子应付她。

"前些年世道乱糟糟,小春他爷爷跟黄先生当兵打仗死掉了。"徐太婆指了指少年。

"小春他爷爷?"黄宗羲一时不解。

"他说朝廷乱了,皇帝上吊死了,黄先生要跟北兵打仗了。后来呢,北兵胜了,黄先生败了,我小儿子也死了。"

严秋毫和许舜华第一次听说这些,不免一头雾水。黄宗羲一推算年岁就明白了。

"现如今世道总算安定些了,不再打打杀杀了。我几十年来一文一毫地攒铜钱,就为着能穿上一身上好的寿衣,体体面面过世。"徐太婆喜滋滋地说。

黄宗羲摸了摸小春的头,道:"徐太婆,孩子跟我读书可好?"

小春欣喜道:"太奶奶,我要跟梨洲先生读书,我长大要做有学问的人。"

"那以后谁帮我挑担卖咸菜酱瓜?"徐太婆有点不乐意。

严秋毫和许舜华笑起来。严秋毫说:"您想让孩子卖一辈子咸菜酱瓜吗?"

小春涨红了脸:"没有学问,今朝卖菜差点让人给骗了。"

"你读了书,给太奶奶考个功名来。"徐太婆笑眯眯地说。

黄宗羲道:"小春,除了读书,我们还要去外面多走走,看看书外的草木春秋,日月星辰,江河万里。"

小春趴在雪地上,利索地对黄宗羲磕头,抬起头,沾了一脸雪。众人哈哈大笑。一老一少告别,在雪地上留下深深浅浅的脚印。

黄宗羲道:"小秋,舜华,你们可知,向后二十年交入'大壮',始得一治,则三代之盛犹未绝望的意思?"

这句话他们熟稔已极,先生不会无缘无故提及,难道这话还有更深一层意思?严秋毫心虚地说请教先生。

许舜华又折来一大簇梅花,严秋毫拿起家什,挑起柴火,三人踩着积雪往回走。

黄宗羲说:"元明之交的长山先生胡翰学识渊博,聘修《元史》,

有'十二运'循环之说。他以为，十二运可分六十四个朝代，以《周易》六十四卦命名。自秦朝将天下视为一家一姓之私产，导致后世陷入皇位争夺厮杀之中，是以一朝一代更替，皆有乱而无治。"黄宗羲伸出手指掐算，"从周敬王甲子算起，到康熙二年《待访录》成书之年，开启第一运'天地否泰之运'。再向后二十年，交入'大壮'，始得一治。正是今时，合第二运'男女交亲之运'所统年数。"

严秋毫和许舜华对视一眼，慌乱地移开目光。

"小秋，舜华，你们已非少年，共历人世磨难，年纪相当，彼此亦是知心性，通情义，可考虑成家立业了。男女交亲天经地义，男治政于先，女理事以承其后，人世繁衍生息亦由此而始。"黄宗羲指向一老一少两个身影，"徐太婆的儿子死了，还有孙子、玄孙，此便是生生不息。古之欲明明德于天下者，先治其国；欲治其国者，先齐其家；欲齐其家者，先修其身；欲修其身者，先正其心。你们成家后，还是可以随我治学。"

"我们愿奉先生终老林泉。"两人齐声道。

严秋毫恳切道："末史先生为朝廷修史，不能时时侍奉先生。先生，龙虎山堂亦是我们的终老地。还有，往后二十年交入'大壮'，是否有更深义？"

"第二运过后，世道转入第三运'阳晶守政之运'，治世才开始。"

严秋毫喜不自胜："这么说，我和舜华成亲后，乃是大壮之年了？太好了，先生期待已久的三代之盛开始了。"

黄宗羲神情肃然，并无笑意。两人不由惴惴，《待访录》成于二十年前，彼时他们素不相识，不知从那时起命运之绳已将他们悄然牵系起来，更不敢将区区'男女交亲之运'与'阳晶守政之运'作相提并论之想。

"记得从杭州回来的船上,你问我康熙算不算一个好皇帝?"

"先生当时没有明说。"这个疑虑更早之前就盘桓在严秋毫心头,以他与康熙之间的特殊交集,他很难用"好"或"坏"评判这个皇帝。

"除鳌拜,平三藩,修明史,征台湾,修黄河,抚民生。今时虽然算不上万民康宁天下熙盛,倒也承平一时。就像徐太婆为买到一块寿衣布料而欢喜,对在乱世中苟活下来的她来说,足矣。"黄宗羲思虑良久道,"康熙,不算是坏皇帝。"

"二十年前我雨窗削笔,改《留书》为《待访录》,喟叹昔日王冕仿《周礼》之著述未能流传下来,我期望《待访录》不只可以流传,且能在交入'大壮'成为治世之时,为后世明主所纳用。《待访录》成书二十年,我也等了二十年。只是今时'大壮',非我期待之'大壮'。今时盛世,亦非我翘首之盛世呵。"

"先生——"两人一时不知如何劝慰是好。

"好在,当年亭林先生读过《待访录》后书信于我,他道——"黄宗羲脸上浮起澹淡的笑意,"群雄逐鹿江山崩坏的乱世会重来,而夏商周三代之盛同样也会来到。天下之事,有识之士往往生不逢时,而逢时之人又未必有见识。因而,古之君子著书待后,期待明主得此著而师之。"

"著书待后,后世会有人读懂先生的《待访录》,师之效之,定会有三代之盛。"许舜华欣然道。

"二十年不够,四十年。四十年不够,四百年。三代之盛犹未绝望,先生,您期盼的治世定会到来。"严秋毫满是信服。

黄宗羲眼里亮起温润的光泽,多年以来的忧患,似乎在这样的自勉自励中得到了满意的阐释。接着他又慢条斯理地说:"来年你们除

了抄录史料,还要做一桩要紧事。"

两人问什么事。

"办学校。"

"先生是让我们开乡塾吧?"严秋毫说。

"有先生指点,我们定能把乡塾办好。"许舜华拍手叫好。

黄宗羲摇头:"不是乡塾,是学校。"

两人不明所以,乡塾与学校有何不同?

"乡塾、教馆以祛蔽启蒙为要,难以授之精要学问。学校,以培养士人为职责,但不止于培养士人。古时圣王设立学校的本意,是要使治理天下的学问皆出自学校,如此,学校的本意才算完备。"

"对了,《待访录·学校篇》说,学校的真正本意乃是养成诗书宽大之气,天子之所是未必是,天子之所非未必非,天子亦就不敢自以为是或不是,于是便把判别天下是非的权利交给学校士人去公议。"许舜华恍然大悟。

"如今天下是非对错皆由皇帝决定,天子赞成的事,众人就以为是对的。天子贬抑的事,众人则以为是错的。此等风气之下,学校为了科考嚣争,富贵熏心。久而久之,连栽培士人之职也丧失殆尽,非但不能养士,还会害士。我明白了,先生要重振学校之根本。"严秋毫道,"这也是先生方才希望小春来读书的真正要义。"

"当年我创办甬上证人书院,小有成就,亦不足以容诗书宽大之气。唯有兼顾养士和治天下,颠倒千万世之是非,公其是非于学校,方可恢复学校之真精神。"黄宗羲拂开一枝挡道的梅枝,枝上积雪纷落,他颤巍巍的脚坚实地迈向雪地山道,朗声道,"大丈夫行事,论是非,不论利害;论逆顺,不论成败;论万世,不论一生。此乃我生平大愿矣。"

声音在雪野山谷间长久回荡,仿佛漫山遍野皆有回应。

雪霁天晴,时近黄昏,却有异样的澄明透亮。霞光落在梅林,越发幽香四溢。梅树映在雪地,呈现一幅淡淡的没骨画。树上的积雪落下,簌簌清响。墓地、山道、沟壑、茅屋、枯枝败叶、荒径野岭、残山剩水、禽兽的骨骸、人世的苦厄,都掩在白净无垢的积雪之下。

严秋毫和许舜华看着他苍老而微佝的背影,只觉心头敞亮,所有的迷惑、迟疑、忐忑,已然如纷落的积雪,消融于野。

他们走出化安山谷,走进积雪覆盖院墙屋瓦的龙虎山堂。

严秋毫掸落身上的雪花,关上柴扉,扫去门廊的雪泥。给屋檐下的两口水缸加上竹编盖子,以免冻裂水缸。用竹梢扫去屋顶的积雪,以防积雪过重压坏残破的瓦片。开春该翻修屋顶了,他寻思着。

屋里升起暖炉,炭火哔剥轻响,松香漫溢,黄宗羲在炉边读书,炉火映着他的面颊,泛出一种奇异的红润,恍然间看起来不那么苍老了。先生今年七十五岁,须好好筹划给他过个寿辰。厨房里飘出温润的饭菜香,他深深嗅闻,那是咸菜笋丝汤的香气。舜华想必被灶火映得面颊如桃花,眼眸似春水。他欣然而笑。

关窗前,他朝窗外张望了一圈。暮霭斜斜地投向白雪笼盖的山谷四野,山林明明暗暗,天空仿佛垂下一支巨大的羽翼,遮蔽山林,呈现一种晦暗而又澄明的奇异景象。

他把一枝梅花插在水瓶。寒花待春,暗香漫溢,早春的脚步正从远方踏歌而来。

后　记

历史的伏脉千里

　　黄宗羲在中国经学、史学、思想、地理、天文、历算、教育等诸多领域留下不凡成就,有"中国思想启蒙之父"之高光,为这位大儒立书实有挂一漏万之虞。思之再三,我选择了围绕"史学"作为叙事首选。"百卷纬书真绝学,千秋国史附江东"。"明可亡,明史不可亡",前一句道出黄宗羲研史之姿态,后一句道出其修史之信条,这亦成为本书最大的情感尊崇和创作缘起。

　　本书创作初衷,一是与我之前出版的王阳明题材长篇历史小说《风定鄱阳湖》形成一个"明大儒系列";二是受刘斯奋先生的茅盾文学奖作品《白门柳》影响。《白门柳》是唯一一部有黄宗羲文学形象的茅奖作品。该书讲述钱谦益、冒辟疆、黄宗羲等明末清初复社士子的乱世沉浮,展现了黄宗羲从一位初出茅庐的青年士子,到南明溃败后赴四明山结寨的人生前半场。本书则讲述黄宗羲抗清失败后转向著书立说、厕身儒林的人生中场,接壤《白门柳》关于黄宗羲的叙事时间段,向前辈作家和优秀作品致敬。

黄宗羲所处的是"中国封建时代的一个'天崩地解'的乱世。它正值明清两个朝代更迭的当口,阶级矛盾、民族矛盾、统治集团内部的矛盾都空前激化;再加上新旧观念的对立和激荡,不同文化的冲突与融合,交织成一幅色彩斑斓、惊心动魄的图景"(茅盾文学奖得主、长篇历史小说《白门柳》作者刘斯奋)。

本书以康熙三年(1664)至二十三年(1684)为时间跨度,以黄宗羲与康熙、《明史》史官叶方蔼、徐元文、万斯同、小人物严秋毫、崇祯之子朱三太子、抗清志士许山,以及钱谦益、顾炎武、吕留良等的人生交集为叙事主副线,围绕黄宗羲与一代信史《明史》的矛盾纠葛因缘,展开了一段段跌宕起伏的家国千秋传奇。

黄宗羲自述生平"初锢之为党人,继指之为游侠,终厕之于儒林",以古往今来独特的"三变"姿态,敲响振聋发聩的黄钟大吕,执着公道人心、公正秩序的追求,传播经世致用、经世应务的学问体系,怜恤草根小民的浮世卑微,力挽朝代鼎革的激荡狂澜。然而,终其一生,黄宗羲未能等到他期盼的"大壮治运"。私淑弟子全祖望慨叹先师"犹闻老眼盼大壮,岂料余生终明夷",着实令人怆然。黄宗羲"书百卷纬书,著千秋国史"自当是本书一大看点。

《明夷待访录》为后世、尤为辛亥革命碰撞出了"烈耀破迷"式的思想启蒙火花。"孙中山于1894年成立兴中会后,即把《明夷待访录》的《原君》《原臣》进行印刷用来宣传革命,其后康有为、谭嗣同、梁启超、刘师培、陈天华等有志之士都大力阐发《明夷待访录》的思想来推动政治变革","《明夷待访录》的写作意图最终得以实现"(中央民族

大学哲学与宗教学学院教授孙宝山《重建华夏 开启大壮——〈明夷待访录〉的写作意图再论》)。

另一大看点,是大儒、小民和帝王以及他们与《明史》之间的故事铺阵。湖州"明史案"幸存者严秋毫,机缘凑巧与黄宗羲相识,之后意外成为清廷翰林院明史馆小供事。严秋毫意图刺杀康熙而未遂,康熙最终被其身世打动而赦其罪,之后严秋毫赴余姚陪侍并抄录黄宗羲的书籍史料。

在宏微相济的历史背景下,大儒、小民与帝王三者有了叙事的可能。黄宗羲与康熙并没有现实交集的历史记载,康熙是否读过《明夷待访录》亦是未知数。书中以某种颇具说服力的文学逻辑性为基础,虚构了大儒与帝王的一次交集,为读者读懂黄宗羲提供了另一种维度。

伏脉有两层意思,一指文章前后照应的线索,一指"脉搏隐伏。常见于邪闭、厥证及剧痛"。在我看来,"天崩地解"的历史剧痛的千里伏脉,足以长久地警觉当世和后世。

著名作家、资深编辑走走老师推荐本书:"在天崩地解的历史夜空,有人熠熠生辉";著名历史学者、中央民族大学哲学与宗教学学院教授孙宝山推荐本书:"虚实相映,文史交融。凌云妙笔,叩问苍穹。康熙之治,水月镜影。大壮何待?风雷革命";黄宗羲后裔、余姚历史学者黄耀老师,谢玲玲老师和施长海老师等对本书完稿进行校读,给予了宝贵的意见建议。在此一并深表衷心的感谢。

符利群

2023年9月仲秋于浙江余姚梨洲故里